자노바

루이젤드

에리스

루데우스

인물소개

에리스는 나를 똑바로 바라보았다.

# 무직전생

### 이세계에 갔으면
### 최선을 다한다

⑥

글 리후진 나 마고노테　일러스트 시로타카　옮긴이 한신남

**無職転生 ～異世界行ったら本気だす～　6**

ⒸRifujin na Magonote 2015
Edited by MEDIA FACTORY
First published in Japan in 2015 by KADOKAWA CORPORATION, Tokyo.
Korean translation rights arranged with KADOKAWA CORPORATION, Tokyo.

# CONTENTS

인간이 모두 자유롭게 살 수 있는 건 아니다

——**The moment hope could be seen,**

　**it is the easiest to be thrust down into hell.**

글 : 루데우스 그레이랫

옮김 : 진 RF 매곳

제6장

# 소년기
## 귀향편

## 제1화  루트 선택

열두 살이 되었다.

문득 모험가 카드를 보았을 때 나이 부분이 12가 되어 있었다.

대체 언제 생일이 지났을까.

여행을 하고 있으면 날짜 감각이 망가지기 일쑤다.

그렇긴 해도 전이하고서 2년인가.

2년 만에 마대륙과 미리스 대륙을 답파했다면 빠른 편이겠지만, 반대로 말해 2년이나 걸렸다고도 할 수 있었다.

2년이나 걸려서 간신히 중앙대륙에 돌아올 수 있었다.

하지만 여기까지 오면 눈앞에 아슬라 왕국이 있다고 해도 과언이 아니겠지.

미리스 대륙에서의 노정을 생각하면 앞으로도 별 고생은 없을 것 같았다.

돈도 있고 이동수단도 있다. 걱정거리라면 가족의 행방을 모른다는 건데….

파울로가 조직으로 움직이면서도 아무도 찾을 수 없었다.

제니스, 리랴, 아이샤 그리고 실피.

전원이 살아 있다고 믿었다.

하지만 이제 와서 내가 애써서 찾으려 덤벼든다고 그리 쉽게 찾을 수 있는 것도 아니겠지.

천천히 시간을 들여가며 찾을 수밖에 없다.

현재 위치는 왕룡 왕국의 동쪽 끝, 항구도시 이스트포트.

웨스트포트와 마찬가지로 수산업자나 수송업자의 힘이 센 곳이다.

우리는 숙소를 잡고 작전회의를 열었다. 평소처럼 지도를 둘러싸고 셋이서 머리를 맞댔다.

"그럼 앞으로의 일에 대해 이야기하죠."

두 사람은 진지한 얼굴로 지도를 들여다보았다.

몇 번이나 반복했으니 질릴 만도 하겠지만, 어려운 이야기를 꺼리는 에리스도 이때만큼은 진지한 얼굴로 귀를 기울였다.

"여기서부터 아슬라 왕국으로 가는 루트는 세 가지 있습니다."

내가 오늘 사 온 지도를 짚으면서 설명했다.

커다란 마을이나 숲의 위치가 실려 있을 뿐인 간소한 지도였다. 자세한 지도를 만들거나 파는 것은 이 나라의 법률로 엄히 금지되었다. 타국에 넘어가는 것을 두려워했겠지.

뭐, 대충만 알면 된다.

"일단 첫 번째는 통상교역에 사용되는 가도를 사용하는 루트입니다."

나는 지도상에서 왕룡산맥을 동쪽으로 우회하는 루트를 손가락으로 훑었다.

"가장 안전한 루트지요. 우리의 이동속도를 생각하면 도착까지 10개월 정도 걸릴까요."

시간이 가장 오래 걸리지만, 정비된 가도를 지나기 때문에 가장 안전하다.

"왜 빙 돌아가야 되는데?"

에리스가 당연한 의문을 던졌다. 그녀는 항상 당연한 질문을 꺼낸다.

솔직하니까 대답하기 쉬웠다.

"서쪽 루트는 숲이 있기 때문입니다."

나는 왕룡산맥의 서쪽을 가리키며 그 의문에 대답했다.

왕룡산맥의 서쪽에는 광대한 밀림지대가 펼쳐졌기 때문에 마차가 지나갈 수 없다.

일단 길을 잘 안다면 이동시간을 몇 달 단축할 수 있다지만, 전제조건에 승마 실력이 포함된다. 나와 에리스는 말을 못 탄다. 루이젤드는 말 정도라면 탈 수 있겠지만, 아무리 우리가 작다고 해도 말 한 마리에 세 명이나 타는 건 무리겠지.

그래서 이 루트를 지날 경우는 걸어가게 된다.

걸어갈 경우 시간이 얼마나 걸릴지는 조사할 수 없었지만, 대신 기본적으로 다들 안전한 동쪽 루트를 택하는 사실을 알았다.

시간에 그렇게 차이가 없든가 동쪽이 빠르겠지. 급할수록 돌아가란 소리다.

이러한 사실을 요약해서 설명했다.

"그래, 그럼 서쪽은 안 되겠네."

에리스도 납득했다.

"그리고 세 번째 루트 말입니다만."

마지막 루트를 손가락으로 짚었다. 배로 베가리트 대륙으로 넘어가서 수색을 하면서 아슬라로 빠지는 루트인데, 이쪽은 얼마나 걸릴지 알 수 없었다.

"애초에 이쪽 루트는 기각입니다."

"왜?"

"위험하기 때문입니다."

베가리트 대륙은 마대륙 이상으로 마력이 짙다고 한다.

평균적으로 보면 마물의 강함은 마대륙과 같은 정도지만, 지하에는 대량의 미궁이 존재하고 지상에는 이상 기상이 일어난다.

그 풍토는 한 마디로 설명할 수 있었다. 사막이다. 그 대륙은 모래로 뒤덮였다.

또한 그레이트 토터스와 동급의 크기를 가진 거대한 전갈이나 그 전갈을 주식으로 삼는 거대한 웜이 횡행한다. 낮에는 작

열, 밤에는 극한. 오아시스 같은 것은 거의 없고 휴식도 취할 수 없다. 또한 중앙으로 더 들어가면 모래가 사라지고 왜인지 눈이 쌓인 극한의 땅이 된다. 사막에서 갑자기 얼음에 갇힌 땅이 된다. 거기까지 가면 먹을 수 있는 마물은 거의 나오지 않는다나.

그런 곳을 수색하면서 통과하는 것은 현실적이지 않다.

"그런 고로 우리는 동쪽 루트로 가겠습니다."

"루데우스는 여전히 겁이 많아."

"겁쟁이라서요."

"우리라면 괜찮을 것 같은데?"

에리스는 베가리트 대륙에 가 보고 싶은 모양이었다.

눈이 반짝거렸다.

하지만 베가리트 대륙과의 거리는 미리스—중앙대륙 사이와 비교도 되지 않을 정도였다.

"오랫동안 배를 타야 하는데, 에리스는 괜찮은가요?"

"…베가리트는 포기할래."

그렇게 해서 우리는 동쪽 루트를 가기로 했다.

정신을 차리고 보니 하얀 방에 있었다.

몸 속 깊은 곳에서 들끓는 감정.

몇 번 체험해도 익숙해지지 않는 이 감각을 한 마디로 표현하자.

빌어먹을.

"갑자기 욕설이라니, 너는 여전히 품위가 없군."

모자이크. 인신이다.

칫, 뭐가 여전히야. 간신히 잊어갈 무렵에 튀어나오고서.

"1년 만이군."

그래, 1년 만이다. 꽤나 오래간만이다.

혹시 너 1년에 한 번밖에 얼굴을 내밀 수 없는 건가?

그렇다면 나로서는 마음이 편하겠는데.

"그런 건 아냐."

그렇겠지. 처음에는 1주일도 안 되어서 얼굴을 내밀었으니까.

"그렇긴 해도 너는 여전히 나한테 차갑네. 내 덕분에 마안도 손에 넣었는데."

아니, 그거에 대해서는 감사해…. 하지만 더 자세히 가르쳐 줬으면 감옥에 들어갈 일도 없었고, 정보의 차이로 파울로랑 싸울 일도 없었잖아?

으으, 제길. 아주 재미있었겠군. 내가 정보를 얻지 못하는 바람에 파울로와 틀어져서 풀죽고 위로받고 간신히 대화를 나누어서 화해하는 모습을 보는 건 말이지!

"그야 재미있었지. 하지만 괜찮겠어?"

괜찮다니, 뭐가?

"전부 내 탓으로 돌려도."

칫……. 제길. 이 방에 있으면 옛날로 되돌아가는군.

뭐든지 남의 탓으로 돌리던 그 무렵으로.

나는 반성했다. 반성…. 으으, 제길, 무슨 반성을 했는지 안 떠올라….

대체 왜지, 제길…. 젠장….

"뭐, 그것도 네 특징이지. 조금 반성한 정도로는 한 발짝도 전진하질 못해."

칫, 좋아. 지금뿐이다. 눈을 뜨면 기억해낼 수 있어. 반성할 수 있어.

그러니까 들어보도록 하지. 네 말을 듣고 수정하기로 하지.

"들어? 헤에, 이번에는 어쩐 일로 조언을 순순히 들으려나 보네?"

그래. 하지만 내가 듣고 싶은 조언은 딱 하나야.

"뭐지? 내가 아는 거라면 가르쳐 줘도 좋아."

가족이 어디 있는지 가르쳐 줘.

"네 가족은 이세계에 있지 않던가?"

장난치지 마. 제니스, 리랴. 아이샤, 이렇게 셋 말이야.

가능하면 실피와 길레느, 필립과 사울로스도 부탁해.

"으음."

뭐야? 사람이 이렇게 고개를 숙이며 부탁하잖아. 얼른 가르쳐 줘.

"어쩔까나~."

왜 너는 그렇게 잘난 척하는데?

인간의 인생을 엿볼 뿐인 변태 주제에.

대체 뭐냐고? 너한테 유리한 거밖에 못 가르쳐 주는 거야?

마계대제랑은 만나게 해 줘도 가족과는 만나게 해 줄 수 없다고?

"아, 아, 미안, 미안. 좀 심했네."

알면 됐어.

"하지만 괜찮겠어? 이번에 난 거짓말을 할지도 모르는데?"

헤에, 거짓말!

간신히 너한테서 그 말을 들었네. 그래, 너는 거짓말을 하는 타입이지.

"내가 거짓말을 하네 마네가 아니라 네가 내 말을 믿을 수 있느냐를 묻는 거야."

아니, 안 믿어. 지금은 비상사태니까 그대로 움직여 주겠지만, 혹시 한 번이라도 거짓말을 하면 두 번 다시 조언을 안 듣겠어.

"그럼 약속을 해 주겠어?"

뭔데?

"혹시 다음 조언으로 가족과 재회할 수 있거든 앞으로는 내 말을 믿어 줘."

…너를 믿고 꼭두각시 인형이 되라고?

네 말을 고분고분 듣고 몸종처럼 모시라고?

"아니, 그런 소리까진 안 해. 다만 매번 이렇게 싸움을 벌이는 것도 피곤하잖아."

딱히 싸움을 벌이지 않아도 지친다고.

너 알긴 해?

가능하면 잊고 싶고 고치고 싶은 과거의 감각이 억지로 끌려 나오고, 반성했다, 성장했다고 생각한 기억이 희미해져서, 아침에 일어난 순간 무진장 비굴한 기분이 들어서 힘이 쭉 빠지는 심정을 말이야.

"그건 미안하네. 그럼 룰이라도 정할까? 다음에는 이 날에 조언을 한다든가."

아, 그거 명안이군!

다음에 나타나는 건 백 년 뒤가 어때?

"그럼 네가 죽잖아."

두 번 다시 나타나지 말란 소리야.

"하아…. 뭐, 그럴 줄 알았어. 그럼 이번에는 조언 없는 걸로 되겠어?"

…아니, 잠깐 기다려.

미안해. 나도 타협하지. 혹시 이번 조언으로 가족 중 누군가와 재회할 수 있거든 나도 너랑 괜히 싸우듯이 말하는 건 그만두겠어.

"믿어 주는 거야?"

아니, 그것까진 아냐. 하지만 적어도 듣네 마네로 의미 없는 문답을 거듭하는 건 그만두지.

"긍정적이군."

그러니까 너도 타협해. 이번처럼 갑자기 얼굴을 내미는 건 그만둬.

마음의 준비를 하게 해 달라고. 아니면 다른 녀석의 꿈에 나타나서 그 녀석을 통해 편지를 전달해.

"그건 어려워. 사실은 꿈에 나타나려면 조건이 있어."

조건? 즉 언제든지 얼굴을 내밀 수 있는 것도 아니란 소린가?

"그런 거지. 꿈에 나오려면 파장이 맞는 상대가 아니면 안 되니까. 내 조언을 타이밍 맞게 받아들일 수 있는 인물은 좀처럼 없어. 너는 운이 좋았어."

그래, 행운이 넘쳐서 눈물이 다 나오겠다. 이 행복을 나눠주고 싶을 정도야.

저기 있는 버러지에게라도 말이지.

…흐음, 하지만 그렇단 말이지. 조건이 있나.

그래서 그 조건은 뭔데?

"글쎄, 나도 잘 몰라. 다만 아, 이 녀석은 되겠다, 이 날은 되겠네, 라는 식으로 생각되면 연결돼."

헤에, 즉 너도 완전히 컨트롤할 수 없단 소린가.

그럼 그건 포기하지. 다른 걸로 할까. 그래…. 조언의 내용을 조금 더 자세하게 해 줘. 저쪽으로 가라, 이쪽으로 가라, 그런 말로는 뭘 하면 될지 몰라서 혼란스럽잖아.

손바닥 위에서 놀아나는 기분이 들어서 짜증나고.

"오케이. 자세하게 말이지. 알았어. 그렇게 하지."

좋아. 그럼 부탁해.

"어흠. 그럼 이번 조언을 내리겠습니다."

다음 순간 내 마안에 비전이 흘러들었다.


**'거기는 어느 나라의 뒷골목으로.'**

**'한 소녀가 난폭하게 손을 붙잡혀 있었다.'**

**'손을 붙잡은 것은 병사.'**

**'병사는 두 사람.'**

**'손을 잡지 않은 쪽은 소녀에게서 빼앗은 종이를 박박 찢고 있었다.'**

**'소녀는 그걸 보고 뭐라고 외쳤다.'**


비전은 거기까지였다.

"루데우스여. 잘 들으세요. 그녀의 이름은 아이샤 그레이랫. 현재 시론 왕국에 억류되어 있습니다. 당신은 지금 장면과 마주쳐서 돕게 되겠죠. 하지만 결코 이름을 밝혀선 안 됩니다. '데드 엔드의 개주인'이라고 밝히고 그녀에게서 사정을 들으세요. 그리고 시론 왕궁에 있는 지인에게 편지를 보내는 겁니다. 그러면 리랴, 아이샤를 시론 왕궁에서 구해낼 수 있겠지요."

어, 잠깐, 뭐, 아니, 잠깐만, 그게 뭐야?

지인? 편지?

"너무 자세했나? 너무 밝히면 재미가 떨어지니까 이 정도로 할까. 자, 너는 어느 쪽과 친해질까…."

어? 리랴와 아이샤는 둘 다 시론 왕국에 있어?

왜? 그런 곳에 있는데 못 찾을 리가 없잖아.

친해진다는 건 뭐야? 리랴와 아이샤 중 한쪽과 사이가 틀어진다는 소리야?

"그럼 루데우스여. 힘내거라…."

거라…거라…거라….

메아리를 들으면서 내 의식은 가라앉았다.

벌떡 일어났다.

"윽…."

머리가 꽝꽝 울렸다. 압도적인 현기증. 그리고 구토.

나는 침대에서 내려가 서둘러 방의 출구로 향했다. 방을 나가 화장실로 가서 변기에 대고 즉각 꾸역꾸역 토했다.

머리가 아팠다. 엄청난 두통과 구역질, 다리가 비틀거렸다.

화장실에서 나왔지만 방이 꽤나 멀게 느껴졌다.

벽에 손을 짚으니 다리에서 힘이 빠져서 주르륵 바닥에 주저앉았다.

어두운 숙소에 쉬익쉬익 소리가 났다.

뭔가 싶어서 시선만 돌려 주위를 둘러보다가 문득 깨달았다. 내 숨소리였다.

"왜 그러지, 괜찮나…?"

어느 틈에 시커먼 암흑 속에 하얀 얼굴이 있었다.

루이젤드였다. 그는 걱정스럽게 내 얼굴을 바라보고 있었다.

"예…. 괜찮습니다."

"뭐 잘못 먹었나? 해독할 수 있나?"

루이젤드는 주머니에서 천을 꺼내어 내 입가를 닦아 주었다.

내가 토해낸 토사물의 냄새에 또 구역질이 강해졌지만, 토할 정도까지는 아니고 가슴속이 메슥거렸다.

"괜찮습니다…."

간신히 목 안에서 그런 말을 쥐어짜냈다.

"정말인가?"

걱정하는 목소리에 나는 고개를 끄덕였다.

이 두통은 기억에 있었다. 웬포트에서 맛본 적이 있었다.

"예, 자다가 예견안의 조정에 실패했을 뿐이니까요."

예견안을 사용하여 몇 초 이상의 미래를 보았을 때 이런 두통이 일었다.

그때는 두통이 인 시점에서 그 이상의 미래를 보지 않았지만, 그게 악화되면 이렇게 된다고 직감적으로 이해했다.

왜 이렇게 되었는지도 예상이 갔다.

그 꿈, 그 조언이다. 거기서 보았던 비전, 그것 때문이다.

인신은 내게 미래를 보여 주었다. 아마도 예견안을 통해서.

"이걸 위해서였나…"

내 혼잣말에 루이젤드가 의아한 얼굴을 했다.

항구도시에서 마계대제와 만나서 마안을 입수한 경위를 떠올렸다.

갑작스럽게 만나고 뭔가를 위해 마안을 손에 넣었다.

그 뒤로 갈스와 만났지만, 마안 자체는 도항에 아무런 의미도 없는 물건이었다.

마안 덕분에 갈스에게 승리한 건 맞지만, 혹시 이게 없더라도 어떻게든 될 것 같았다.

내게 커다란 의미는 없지만, 인신에게는 의미가 있었단 소리다.

그렇게 내게 미래를 보여 주기 위해서 나를 마계대제와 만나게 한 걸지도 모른다.

어떤 준비가 착착 진행되는 듯한 기분이었다.

불안이 고개를 쳐들고, 내 안에 처음으로 인신에 대한 공포가 생겨났다.

강대한 힘을 가진 부정형의 존재가 내게 뭔가를 시키려 한다는 예감에 몸을 떨었다.

"루데우스, 안색이 안 좋군. 정말로 괜찮나?"

걱정하는 루이젤드의 얼굴에 나는 그대로 내 불안을 토해낼 뻔했다.

사실 나는 당신과 만났을 때부터 인신의 감시를 받았고, 녀석이 시키는 대로 일을 진행하고 있었습니다, 라고.

하지만 그 순간 나는 한 가지 사실을 깨달았다.

'루이젤드와 만났을 때부터.'

그래. 인신이 처음으로 내게 접촉한 것은 루이젤드와 만나기 직전이었다. 그리고 녀석은 루이젤드를 도우라고 조언하였다.

이상한 이야기다.

왜 여태까지 접촉하지 않았을까. 왜 마력 재해 직후에 말을 걸어왔을까. 왜 루이젤드에게 의지하는 것만이 아니라 '도우라'고 조언했을까.

모든 것에 연관이 있을 듯했다. 녀석에게 무슨 꿍꿍이가 있는 것처럼 생각되었다.

확증은 없고 의심 정도지만, 그런 의식 속에서 이런 생각이 떠올랐다.

'인신은 루이젤드에게 뭔가 시킬 생각이 아닐까?'

인신은 꿈에 나오려면 조건이 있다고 말했다.

그 조건에 맞지 않아 직접 루이젤드를 조종할 수 없다. 그러니까 조건에 맞는 나를 마력재해로 전이시켜서 루이젤드를 돕도록 유도하고 중앙대륙까지 호위하게 만든 게 아닐까….

아니. 그럼 내게 마안을 주거나 아이샤를 돕도록 조언하는 의미를 모르겠다.

모르겠다. 녀석이 무슨 생각을 하는지 모르겠다.

녀석에게는 모든 게 이어져 있을지도 모르지만, 내게는 그 연관점이 보이지 않았다.

그리고 인신에 대해 루이젤드에게 말해야 할까, 말아야 할까. 고민했다.

"……."

이 불안을 누군가에게 말하고 해소하고 싶었다.

하지만 이 남자에게 이 이상 짐을 지우면 안 된다고도 생각했다.

내가 인신에 대해 루이젤드에게 말하면 무슨 조건이 갖추어져서 인신이 루이젤드에게 접촉할 수 있게 될지도 모른다.

성실한 이 남자는 분명 인신에게 쉽사리 속겠지.

나도 속는 게 아니라고 단언할 수 없지만, 적어도 내가 계속 시비를 거는 태도를 취하는 바람에 인신으로서는 일이 마음대로 되지 않는 기색이었다.

그런 동안에는 문제가 터지지 않는다…라고 생각하고 싶었다.

"루이젤드 씨, 혹시 힘들 때 누군가가 달콤한 말을 속삭이더라도 결코 신용하지 마세요. 힘들 때야말로 속이고 들려는 녀석이 꼬여드니까요."

결국 나는 말하지 않았다. 인신에 대해서 말하지 않았다.

"…무슨 이야기인시는 모르겠다만 알겠다."

진지한 얼굴로 고개를 끄덕이는 루이젤드에게 복잡한 감정을 품었다.

그는 나를 신용해 주는데 나는 비밀을 품었다. 숨겨두는 쪽이 낫다고 판단했기 때문이지만, 그래도 마음은 개운치 않았다.

어느 틈에 두통과 구토는 수그러들었다. 하지만 머리는 다른 의미로 먹먹했다.

방으로 돌아가서 침대에 누워도 잠이 들 것 같지 않았다.

잠은 오지 않고 머릿속에는 생각이 휘몰아쳤다. 눈을 감으면 차례로 생각이 떠올랐다.

의미 있는 생각은 아니었다. 이론적인 생각도 아니었다.

출구 없는 미로처럼 뜬금없는 생각이 떠올랐다가 사라졌다.

"냐아…."

문득 그런 잠꼬대가 들려서 시선을 옆으로 옮겼다.

옆 침대에서 에리스가 큰 대 자로 자고 있었다.

여전히 잠버릇 안 좋게 다리를 크게 벌리고 자고 있었다.

잠옷 대신으로 삼은 반바지에서 나온 건강한 다리. 옷자락 사이로 안쪽이 들여다보일 것처럼 아슬아슬한 틈새.

젖혀진 옷과 거기서 엿보이는 건강한 배꼽.

위를 향하고 있어도 기복이 확실해진 가슴.

잘 때는 브래지어를 하지 않는지, 눈을 부릅뜨면 보이는 젖꼭지.

그리고 침을 흘리면서 히죽히죽 웃는 얼굴.

"우후후…."

나는 그런 잠꼬대에 쓴웃음을 지으면서 일어났다.

그녀의 옷자락을 고쳐 주고 담요를 덮어 주었다.

"루데우스 저질…."

칠칠맞은 얼굴이다.

남이 이렇게나 고민하는데 저질은 무슨.

그 말대로 가슴이라도 만져 줄까 생각하는데 갑자기 졸음이 찾아왔다.

나는 하품을 하면서 침대에 쓰러졌다.

에리스는 역시 대단하군….

그렇게 생각한 직후에 바로 잠에 빠졌다.


## 제2화  쌀


다음날. 주점에서 아침식사를 하면서 나는 두 사람에게 선언했다.

"도중의 수색을 짧게 끝내고 시론 왕국에 들르겠습니다."

두 사람은 고개를 갸웃거리면서도 승낙했다.

"알았어."

"알겠다."

어째서? 라든가 왜? 같은 질문은 돌아오지 않았다.

이유를 묻지 않은 건 내게 고마운 일이었다. 인신에 대해선 최대한 말하지 않는 방향으로 결심했지만, 인신에 대한 걸 빼놓고 어떻게 설명할지 고민스러웠다.

루이젤드는 어젯밤의 내 모습을 보고 뭔가 생각한 바가 있는 모양이었다.

아마도 내가 뭔가를 숨기고 있다고 눈치챘겠지.

병을 숨기는 거라고 오해하는 걸지도 모르겠지만. 아니, 인신은 병마와 비슷하다. 그렇게 틀린 것도 아니다.

"시론이라면 거기지? 루데우스의 스승이 있다는?"

에리스의 그 말에 나는 한 소녀의 모습을 떠올렸다.

록시 미굴디아.

그래. 시론에는 그녀가 있을 터다.

인신도 지인에게 편지를 보내라고 말했다.

처음에는 '지인이란 게 누구야?'라고 생각했지만, 내가 편지를 보낼 상대라면 한 명밖에 없다. 그녀에게 조력을 부탁하란 소리겠지.

인신도 가끔은 괜찮은 제안을 한다.

"예, 제가 존경하는… 선생님입니다."

스승입니다, 라고 말하려다가 말을 바꾸었다.

그러고 보면 스승이라고 부르지 말랬지.

최근에는 스승이 대단하다, 스승이 대단하다, 그렇게 여러 사람에게 말하고 다녔는데… 뭐, 괜찮겠지.

"그래, 루데우스가 존경하는 사람이라면 만나 봐야겠지. 뭔가 힘이 되어 줄지도 모르고."

에리스는 그렇게 말하고 혼자 고개를 끄덕이며 납득했다.

록시. 우수한 그녀라면 큰 힘이 되어 주겠지. 그건 틀림없다.

그러고 보면 록시도 궁정마술사다. 바쁠 테니까 너무 크게 신세지고 싶지 않았다.

안 그래도 계속 신세만 졌고, 학생으로서 꼴사나운 모습도 보이고 싶지 않았다.

물론 재해나 수색이라는 이유를 빼더라도 만나고 싶은 마음은 변함없었다.

마족사전에 대한 감사의 말도 하고 싶었다. 그게 없었으면 나는 아직 마대륙에 있을지도 모른다. 전이로 잃어버린 것이 원망스러웠다. 그건 필사해서 전 세계에 판매해야 할 물건이었다.

"루데우스의 선생님, 만나 보고 싶어."

"흠, 나도 흥미가 있군."

에리스와 루이젤드도 흥미를 가진 듯했다.

여행 도중에도 때때로 록시의 이름을 꺼내며 절찬했기 때문일까.

록시는 어디에 내놔도 부끄럽지 않은, 자랑스러운 선생님이다. 당연하겠지.

"그럼 시론 왕국에 도착하거든 소개하지요."

그렇게 약속하면서 우리는 출발했다.


★　★　★


일단은 가도를 따라 이동하여 왕룡 왕국의 수도 와이번을 경유했다.

이 수도에서 왕룡산을 우회하듯이 길이 나뉘었다.

똑바로 북쪽으로 뻗는 루트와 서쪽으로 뻗는 루트.

우리는 계획대로 시론으로 가는 북쪽 루트를 선택했다.


수도 와이번에서는 뜻하지 않게 이레 정도 머물게 되었다.

당초 예정으로는 사흘 정도만 있다가 떠날 생각이었는데, 새로 구입한 마차의 상태가 안 좋아서 수리에 시간을 들였다.

돌이나 쇠로 만들어진 거라면 나도 다소 수리할 수 있지만, 나무를 마력으로 어떻게 할 수는 없었다. 수리공에게 돈을 다소 넉넉하게 쥐어주고 서둘러 고쳐달라고 했다.

그 기간이 이레였다.

급할 건 없었다.

인신이 보여 준 광경에서는 아이샤가 두 남자에게 붙잡혀 있었다.

걱정은 들지만, 인신은 내가 그 상황에 맞닥뜨릴 거라고 말했다.

그렇다면 혹시 마차가 망가진 이 사건은 운명조작 같은 뭔가의 결과일지도 모른다.

아마 너무 서둘러도 그 장면과 조우할 수 없겠지.

마음은 최대한 평상심으로.

그렇게 생각하면서 수도 와이번을 보고 다녔다.

왕룡 왕국은 이 세계에서 세 번째로 큰 나라다. 중앙대륙 남부의 패자로, 네 개의 속국을 거느렸다.

과거에는 이 나라도 중앙대륙 남부에 여럿 존재하는 나라 중 하나였는데, 북서쪽에 있는 왕룡산의 왕, 왕룡왕 카작트를 쓰러뜨리고 그 영역에 있는 막대한 광물 자원을 손에 넣어서 단숨에 강국으로 발돋움하였다.

세계에 흩어진 48마검의 발상지이며, 북신 영웅담의 한 구절에도 나오는 장소.

수많은 이야기가 있으면서도 전통을 그리 중시하는 느낌은 없어서 미국처럼 잡다한 느낌이 드는 나라였다.

또한 이 도시에는 대장간이나 검술도장이 많았다.

유파는 여러 가지지만, 북신류와 수신류가 많은 느낌이었다.

도장을 힐끗 들여다보았지만, 어린애 상대로 가르치는 경우가 많았다.

도장주조차도 상급검사인 케이스가 많은 모양이라서, 에리스가 한 번 보기만 하고 대단할 것 없다고 코웃음을 치다가 루이젤드에게 꾸지람을 들었다.

그리고 그런 도시에서 행방불명자에 관한 정보를 모았다.

모험가 길드에는 파울로의 부하가 있어서 이 나라에 대단한 정보가 없다고 가르쳐 주었다.

역시 이 정도 시기면 행방불명자가 쉽사리 발견되지 않는 모양이었다.

그 뒤에는 평소에 하듯이 시장을 조사했다.

와이번은 중앙대륙의 특산물과 미리스 대륙의 특산물이 모두 팔리는 곳이었다.

그 폭넓은 종류의 식재료가 팔리는 시장에서 나는 어떤 것을 발견했다.

바로 쌀이었다.

다소 노란색이 돌았지만 분명히 쌀이었다.

물론 이 나라에 쌀이 있다는 사실은 알고 있었다. 이스트포트에서도 쌀밥을 먹었다.

그래서 이 나라의 식사를 기대했는데, 아쉽게도 이 나라의 가게에서 나오는 것은 스푼으로 먹기 쉽도록 만든 파에야나 죽뿐이었다.

내가 원하던 것과는 다소 달랐다.

나는 흰밥을 먹고 싶다. 그렇게 빌었건만 이뤄지지 않았다.

하지만 시장에서 쌀을 파는 걸 발견한 순간 내 안에 전류가 흘렀다.

고민할 것도 없었다.

흰밥이 없다면 내가 만들면 된다.

그렇게 생각한 나는 즉각 쌀을 구입했다.

몇 시간 뒤 나는 숙소의 앞뜰에서 요리 준비를 했다.

방금 사 온 세 홉 정도의 쌀, 흙 마술로 공들여 만든 반합, 가마, 가게 점원에게 배운 레시피에 추가로 소금과 달걀도 준비했다.

레시피를 한손에 들고 반합에서 쌀을 일고 가마에 불을 지폈다.

밥을 지을 때 중요한 것은 불 조절이다.

"뭐 하는 거야?"

진지한 얼굴로 반합을 불에 올리자 에리스가 다가왔다.

"실험입니다."

"흐응?"

에리스는 흥미 없는 듯이 콧방귀를 뀌더니 내 옆에서 검술 연습을 시작했다.

힐끗힐끗 이쪽을 엿보는 기색을 보면 흥미는 있는 모양이겠지.

나는 주점 주인에게 빌려 온 모래시계를 뒤집고 화력을 올렸다. 조금씩 화력을 올리는 게 요령이라고 주인이 가르쳐 주었다. 거기에 따라 화력을 올렸다.

모래시계를 세 번 정도 뒤집고 불을 줄였다. 그리고 또 모래시계를 두 번.

마지막에는 불을 끄고 모래시계를 두 번.

"다 됐다."

"정말로?"

멍하니 중얼거리자 에리스가 연습을 멈추고 내 바로 옆에 웅크려 앉았다.

에리스의 향기가 후욱 풍겼다. 좋은 냄새였다.

하지만 지금은 성욕보다도 식욕이 먼저였다. 그녀는 두근거리는 표정으로 반합을 들여다보았다. 나도 두근거리는 마음으로 반합 뚜껑을 열었다.

화악 풍기는 밥 냄새.

"냄새 좋네. 역시나 루데우스야."

"아뇨. 일단은 맛을 봐야."

나는 그렇게 중얼거리고 밥을 손가락으로 떠서 입에 넣었다.

"…흠, 45점."

기억에 있는 코시○카리나 사사○시키에는 아득히 못 미쳤다.

현대 일본에서 랭크를 매긴다고 쳐도 C랭크에도 못 미쳤다.

퍼석하고 잡맛이 강했다. 빛깔도 좀 누런 빛. 내 취사 실력이 떨어지는 탓도 있겠지만, 재료도 나쁘겠지. 역시 이 나라는 쌀이 주식이 아니기 때문일까. 도저히 제대로 된 흰밥이라고 할 수 없었다.

본디 30점이라서 낙제점이지만, 쌀을 먹고 있으면 그리움이 가슴을 가득 채운다.

그 점을 봐서 15점 플러스다. 나도 참 후하군.

"이건 전에도 먹었던 거네? 무슨 실험이야?"

"여기부터가 진짭니다."

나는 흙 마술로 만든 밥공기에 밥을 담았다.

그리고 공들여 해독 마술을 건 달걀을 풀어서 밥 한가운데에 구멍을 내고 투입.

그 위에 소금을 휙휙 뿌렸다. 흙 마술로 만든 젓가락을 손에 들고 두 손을 모아서.

"잘 먹겠습니다."

"어? 아니, 루데우스, 그 달걀… 날것….”

크게 입을 벌리고 노랗게 물든 밥을 꿀꺽.

음, 비리다. 일단 소금을 뿌려 봤지만 별로 변화는 없는 모양이었다.

하지만 이렇게 먹어 보니 달걀 자체도 다소 맛이 달랐다. 일본에서 먹을 수 있는 신선한 생식용 달걀과는 다르겠지. 나중에 해독 마술을 걸지 않으면 위험하겠군….

그리고 역시 간장이 필요했다. 간장이 없으면 아무래도 비린 맛이 앞섰다.

이 세계에 간장은 있을까? 없다면 대용품을 찾고 싶다….

그런 생각을 하면서도 열심히 밥을 먹었다.

"읍, 읍읍, 우읍!!"

"맛있어?"

에리스의 질문에 나는 흙 마술로 밥공기를 하나 더 만들었다.

거기에 밥을 담고 소금을 뿌려서 에리스에게 내밀었다.

내친 김에 수저를 만들어 주었다. 일단은 초심자용.

"…저기, 이것만으로 먹는 거야?"

⋯⋯끄덕.

나는 말없이 끄덕였다.

밥은 밥만으로 먹을 수 있다. 그렇기에 주식이다.

자랑은 아니지만, 생전의 내 전성기에는 고봉밥이 주식에 주먹밥이 반찬이었던 적이 있었다.

쌀밥만 있으면 얼마든지 먹을 수 있는 시절이었다.

"으음…."

에리스는 미묘한 듯한 얼굴로 조금씩 먹었다. 그녀는 아직 어린애로군.

하지만 달걀을 깨뜨려 넣더니 '응, 아까보단 낫네.'라고 하며 우물거리면서 다 먹어치웠다.

역시 달걀밥은 최강이다. 완전식이니까.

우리는 그렇게 말하면서 밥을 다 먹고, 마지막으로 누룽지를 와득와득 씹으며 식사를 끝냈다.

달걀밥을 같이 먹지 못했던 루이젤드는 아무런 불평도 하지 않았다.

따돌림 당해도 그저 쓴웃음을 지을 뿐이던 그는 정말로 어른이다 싶었다.

하지만 미안한 짓을 했다. 다음에는 그도 먹게 하자.

왕룡 왕국을 출발하여 가도를 따라 북상했다.

시론 왕국에 도달하기 전에 들른 나라는 두 곳.

사나키아 왕국와 키카 왕국. 양쪽 다 왕룡 왕국의 속국 같은 입장의 나라였다.

사나키아 왕국에서는 쌀 재배가 왕성했다.

그런 풍토인지, 가도를 이동하고 있으면 죄다 논이었다.

이 주변에는 강이 많고 기후도 일본이나 동아시아와 비슷할지 모르겠다.

쌀은 왕룡 왕국에서 먹은 것과 같았다. 아무래도 여기서 재배된 것이 왕룡 왕국의 시장에 수출되는 듯했다. 그러니까 여기 쌀은 사나키아쌀이라고 부르기로 했다.

숙소의 식사로는 어패류를 섞어 지은 밥이 많이 나왔다. 이 세계에서는 절제를 명심하며 살던 나지만, 역시 쌀의 매력에는 거스를 수 없었다.

오늘도 배는 빵빵. 내 하루는 해피엔딩이었다.

최근 식사 때가 되면 에리스가 왠지 놀란 눈으로 나를 바라보았다.

항상 식사 때에도 나름 잔소리가 많았던 내가 묵묵히 계속 먹었기에 뭔가 생각하는 바가 있는 걸지도 모르겠다.

"왜 그러나요?"

"루데우스는 별로 안 먹는 쪽이라고 생각했어."

생전에는 소식한다는 소리를 들은 바 없다. 있으면 있는 대로 먹어치우고 더 달라고 하는 스타일이었다. 이 세계에 온 뒤로 절제할 수 있었던 것은 식생활이 맞지 않았기 때문이다.

마대륙에서의 딱딱한 고기 중심의 식사는 둘째 치고, 아슬라 왕국에서의 빵 중심의 식사도 다소 부족한 면이 있었다.

제니스의 요리가 나쁘다는 건 아니지만, 밥은 내가 원해 마지 않는 것이었다.

음, 역시 밥은 좋다.


음식에 대한 탐구만이 아니라 모험가 길드에도 얼굴을 내밀었다.

역시나 중앙대륙이라고 해야 할까. 데드엔드의 이름을 꺼내도 아무도 놀라지 않았다.

비유하자면 미국에서 유명하다고 일본까지 이름이 알려진 것도 아니란 느낌일까. 슈○맨은 알아도 캡틴 아○리카를 모르는 아이가 많은 것과 같다.

그렇긴 하지만 그들도 모험가다.

데드엔드라는 단어 정도는 들었겠지. 다만 외국의 유명인이 일본에 온 정도라서 코어한 팬 이외에는 아무도 떠들지 않는 것과 같다.

스펠드족이라고 알아도 그렇게 소란 떠는 기색이 없었다.

결국 중요한 건 머리카락 색깔일까.

이 세계의 차별은 현대 일본의 오타쿠와 통하는 바가 있었다. 스펠드족은 녹색 머리가 아니면 스펠드족이 아니고, 육상부 여자는 흑발 포니테일이 아니면 육상부가 아니다, 이런 소리다.

하지만 A랭크가 되면 제법 주목을 받는 모양이었다.

"여어, 너희들, 못 본 얼굴인데. A랭크라. 최근 결성했나?"

우리에게 말을 붙인 것은 노코파라와 비슷한 분위기의 남자였다.

경험상 이런 남자와는 친하게 지내고 싶지 않다.

하지만 괜히 매몰차게 대했다가 얽히면 귀찮으니까 적당히 넘기는 게 좋다.

"결성한 건 2년 전이에요."

"헤에, 여기선 못 들었는데. '데드엔드'. 분명히 마대륙의 악마 이름이었지?"

"예, 마대륙에서 왔거든요."

"헤헤. 그런 거냐. 그쪽 남자가 그 악마야?"

"그렇긴 한데요, 자꾸 악마, 악마 그러지 마시겠어요?"

"왜지? 별명이 그거 아냐?"

"괜한 소동이 싫어서 삭발하긴 했지만 진짜니까요."

"허풍도 참."

남자는 웃었지만 나는 진심이었고, 에리스는 살짝 화난 눈치였으며, 루이젤드도 불쾌한 기색이었다.

그걸 보고 남자도 식은땀을 흘렸다.

"어이, 진짜야?"

"뭣하면 이마의 보석도 보여 줄까요?"

"아니, 아니, 됐어. 미안, 진짜인 줄 몰랐어. 스펠드족도 있는 곳에는 있구나…."

마대륙에 있는 동안에 A랭크로 올려두길 잘했다.

루이젤드가 진짜 스펠드족이라는 신뢰성으로 이어졌다.

중앙대륙은 마족에 대한 편견이 강하지만, 왜인지 마대륙보다 스펠드족을 두려워하지 않았다.

위험이 가까이 있느냐 없느냐의 차이겠지.

큰곰이 안전하다고 말하는 인간은 실제로 산에서 큰곰과 맞닥뜨린 적 없는 인간이다.

네임 밸류는 써먹을 수 없게 되었지만, 두려워하지 않는다면 인기 회복의 난이도도 내려가겠지. 앞날은 밝다.

그렇긴 하지만 좀처럼 좋은 방법이 떠오르지 않는 것도 사실이었다.

루이젤드 피겨도 미리스 종교권에 있는 동안에는 통하지 않을 것 같고.

그런 생각을 하는데 에리스가 방금 전의 남자를 노려보았다.

"에리스. 싸움을 벌이지 마세요."

"알고 있어."

"그럼 됐습니다."

에리스는 최근 들어 별로 싸움을 벌이지 않게 되었다.

그녀는 1년 동안 행동거지가 꽤나 날카로워졌고, 신참티도 사라졌겠지.

언뜻 봐서 위험하다고 느껴지는 상대에게 시비를 거는 녀석이 있을까?

또 그녀 자신도 모험가들이 어떤 농담을 던지는지 이해하게 된 모양이었다. 누가 뭐라고 해도 전에 비슷한 말을 들은 적 있다고 깨달으면 얼굴을 찌푸리면서도 거기에 대응하는 말을 던질 정도의 여유가 생겼다.

상대가 거기에 웃으면 에리스도 으쓱하는 얼굴로 대응했다.

모험가다워졌다.

물론 싸움을 걸어 온다면 피하는 것도 아니었다.

에리스가 어린 나이에도 A랭크인 것을 보고 의외로 진짜 시비를 거는 자도 있었다.

그런 부류는 C랭크 정도의 젊은이가 많았다. '실력도 없으면서 남자 덕에 A랭크가 된 거지?'라는 느낌으로 시비를 걸었다가 한 방에 침몰했다.

그런 녀석은 보통 어느 모험가 길드에나 있는 듯했다. 멍청한 놈들이다.

참고로 나한테도 곧잘 시비를 걸었지만. '그렇지요. 우리 형님 덕분에 아주 신난다니깐요.'라는 식으로 말하며 적당히 넘겼다. 자존심은 없다. 실제로 A랭크까지 올라올 수 있었던 것은 루이젤드에게 의지한 부분도 크니까.

에리스는 내 태도가 마음에 들지 않는 모양이었지만, 혼자서는 A랭크가 될 수 없었겠지.

겸손해지자.


키카 왕국에서는 유채 같은 식물의 재배가 왕성했다.

가도에서도 하얀 꽃이 가득 피어 있는 꽃밭이 보였다.

왕성하기는 왕성한데, 이 유채 재배는 왕룡 왕국이 키카 왕국을 상대로 강요한 사업이라는 모양이었다. 사나키아 왕국에 논이 많은 것도 왕룡 왕국의 지시라나. 속국도 큰일이다.

참고로 이 나라도 쌀이 주식이었다.

먹고 비교해 봐서 안 건데, 아무래도 북쪽으로 갈수록 쌀의 품질이 오르는 듯했다.

이거 내가 한눈에 반하는 쌀과 만날 날이 머지않았을지도 모르겠다.

하지만 아쉽게도 현재 중앙대륙 북부에서는 소국들의 분쟁이 이어지고 있다.

그런 상태에서 맛있는 쌀을 만들 순 없겠지. 실로 아쉬운 일이다.

그러고 보면 여기 왕룡 왕국에서 키카 왕국에 이르는 일대에서는 '칠성구이'라고 불리는 요리가 유행했다. 고기에 밀가루나 쌀가루를 입혀서 고온의 기름으로 튀긴다──말하자면 닭튀김과 같다.

아슬라 왕국 쪽에서 최근 개발되어 유행하였는데, 그 유행이 흘러온 모양이었다.

식용유가 대량으로 나는 나라 이외에는 만들기 어려운 요리겠지만, 이 근처 나라는 기름 생산량이 많으니까 먹을 기회가 많아졌다.

참고로 이 튀김도 다소 맛이 떨어졌다. 고기로는 양고기나 돼지고기, 말고기를 쓰는 일이 많고, 기름의 온도가 적절하지 않기 때문에 딱딱하거나 퍼석거렸다.

밑간도 제대로 안 되어 있었다. 물론 소금이나 건조 허브, 이 지방에 전해지는 소스 등으로 맛에 변화를 주긴 했다. 그렇기에 이스트포트에서 먹은 것만큼 맛없진 않았다.

오히려 제법 잘했다고 칭찬할 만했다.

먹는 쪽으로 전문인 나도 노력한 걸 알 수 있었다. 이 나라의 요리사들은 애를 많이 썼다.

하지만 내가 갈망하는 맛과는 다소 거리가 멀었다. 역시 간장이 없는 게 문제다.

간장과 마늘, 생강 등으로 밑간을 해서 매콤달콤하게 만들어
야….

"루데우스, 최근 식사시간에 복잡한 얼굴을 해."

"녀석은 맛에 까다로우니까. 생각하는 바가 있겠지."

"충분히 맛있는데…."

테이블을 둘러싼 두 사람은 그렇게 말하면서 우적우적 먹었
다.

그들은 음식에 그리 까다롭지 않았다. 나도 이런 곳에 와서
까지 미식클럽의 주최자 같은 소리를 할 생각은 없지만, 조금만
더, 조금만 더 간장 맛이 있었으면 하는 생각을 버릴 수 없었
다.

"하지만 신기한 식감이네. 바삭바삭한데 씹으면 육즙이 좌악
흘러나오고."

"음, 맛있군."

밥을 더 청해서 퍽퍽 먹는 두 사람.

그들은 행복하다. 처음 먹는 요리를 맛있게 먹을 수 있으니
까.

나는 이 이상의 맛을 알고 있기에 솔직하게 기뻐할 수 없었
다.

흰밥과 간장 맛의 닭튀김. 거기에 두부와 미역이 든 된장국이
있었으면…하고 갈망할 수밖에 없다.

질리지 않는 음식에 대한 탐구. 물론 짬짬이 당연하게도 행

방불명자를 수색하고, 당연하게도 아무런 정보도 얻을 수 없는 나날이 이어졌다.

그런 여행을 계속하면서 넉 달.

우리는 시론 왕국에 도달했다.

## 제3화  시론 왕국

시론 왕국은 소국이지만, 200년 정도의 역사를 가진 오래된 나라다.

천 년 단위로 역사가 움직인 이 세계에서 200년이라면 그리 오래되지 않은 것처럼 생각되지만, 400년 전의 전쟁으로 인간의 나라는 아슬라 왕국과 미리스 신성국 외에 전멸했다.

중앙대륙 남부는 풍요롭지만, 300년 전에 왕룡 왕국이 최남단의 일대를 지배할 때까지 격심한 분쟁지역이었다. 지금도 북부로 가면 분쟁지대가 펼쳐졌다.

시론 왕국은 그런 분쟁지역과 가까운 장소에 있는 나라였다.

그런 장소에서 시론 왕국이 어떻게 200년이나 나라를 지킬 수 있었을까.

건국 후 이른 단계에 왕룡 왕국과 동맹을 맺었기 때문이다. 물론 동맹이라고 해도 국력의 차이는 역력했다. 시론 왕국은 도중에 들른 두 나라와 마찬가지로 왕룡 왕국의 속국 비슷한 존재였다.

그렇다곤 해도 솔직히 그런 쪽으로는 흥미가 없었다.

내가 흥미를 가진 것은 이 나라에 록시가 있다는 점이다.

그 어린… 아니, 어리진 않지.

귀엽고 덤벙대는 스승은 아직 이 나라에서 궁정마술사로 있을까.

왕자 때문에 고생한다고 했는데, 분명 어떻게든 애쓰고 있겠지.

오래간만에 보고 싶다. 만나서 무사하다고 전하고 싶다. 록시의 고향에 갔던 이야기를 하고 싶다. 왕급 마술이란 것도 구경하고 싶다.

두근대는 마음을 품으면서 수도로 향하는 길을 이동했다.

가도변에 계속되는 것은 통일감 없는 논밭이나 방목하는 가축, 혹은 경작을 쉬는 건지 클로버 같은 목초를 키우는 구역이었다.

내게 농업 관련 지식은 없지만, 이 세계의 주민도 아무 생각 없이 작물을 키우는 건 아닌 듯했다.

여기도 왕룡 왕국의 속국 비슷한 거지만, 도중에 들른 두 나라와 달리 식민지 같은 인상은 없었다. 위치적으로 떨어진 탓일까, 아니면 분쟁지대의 방파제라는 역할이 있기 때문일까, 그런 건 잘 모르겠다.

그런 풍경을 곁눈질하면서 이동하여 시론 왕국 왕도 라타키아에 도달했다.


　이 세계에서 주요 도시는 대개 성벽을 둘러쳤다.

　로아도 미리시온도 그랬다. 키카 왕국이나 사나키아 왕국에서도 큰 도시에는 성벽이 있었다.

　시론 왕국의 수도 라타키아 또한 주위를 판타지 느낌의 든든한 성벽으로 둘러쌌다.

　그러고 보면 성벽의 존재는 마대륙에서도 변함없었다.

　오히려 마물이 강한 마대륙 쪽이 현저하다고 할 수 있었다.

　리카리스 시 정도로 거대한 자연방벽을 가진 도시는 없었지만, 각각의 도시는 근처에 사는 각 종족의 특수능력을 사용하여 견고한 벽을 만들어 도시를 지켰다.

　또 작은 마을에서도 마을 주변의 마물을 일상적으로 쫓아내는 모양이었다.

　그와 비교하면 중앙대륙의 성벽은 어디까지나 위엄을 갖추기 위한 것이라고 여겨졌다.

　그런 성벽을 지나 시내로 들어가서 평소처럼 마차를 마구간에 맡겼다.

　이 나라 주변에는 미궁이 다소 많이 존재하는 탓인지, 행동거지가 날카로운 모험가가 많군.

　미궁 탐색을 주로 하는 모험가는 많이 존재한다. 파울로나 길레느도 그랬고, 록시도 한때는 미궁에 들어갔다는 모양이었다.

미궁 탐색자 중에는 실력자가 많다고 파울로가 그랬던 것 같다.

시론 주변에는 미궁이 많다.

그 중 하나라도 최초로 답파할 수 있으면 막대한 자금이 수중에 굴러들어 온다.

근처를 오가는 모험가 중에도 일확천금을 노리는 S랭크 모험가가 몇 명 있겠지.

그들 사이에 섞여서 대로를 이동하고 적당한 숙소를 잡았다.

평소와 마찬가지로 D랭크 모험가용 숙소였다.

이 도시에는 높은 랭크의 모험가가 많은 탓인지 랭크가 낮은 숙소라도 숙박비가 다소 비쌌다.

그렇다고 해도 중앙대륙의 숙소는 D랭크용이라도 마대륙의 D랭크 방보다 질이 좋았다.

그러니까 숙소의 질을 더 낮춰도 좋겠지만, 돈 걱정을 하지 않아도 될 정도의 자금이 수중에 있었다. 반대로 말하자면 더 높은 등급의 방을 잡을 수도 있었다.

전에는 '조금 더 좋은 방에서 자고 싶다'고 생각했지만, 지금은 돈에 여유가 있어도 아깝다는 생각이 들었다.

의외로 나는 구두쇠일지도 모르겠다.

"자, 그럼 시론 왕국에 도착했으니 작전회의를 하겠습니다."

방에서 대기하는 두 사람을 앞두고 나는 평소처럼 선언했다.

짝짝, 건성인 박수소리는 완전히 익숙해졌다는 증거겠지.

"자, 그럼 뭣부터 결정할까…."

"루데우스의 선생님을 만나는 거지?"

에리스의 말에 인신의 말이 떠올랐다.

―그녀의 이름은 아이샤 그레이랫. 현재 시론 왕국에 억류되어 있습니다. 당신은 지금 장면과 마주쳐서 돕게 되겠죠. 하지만 결코 이름을 밝혀선 안 됩니다. '데드엔드의 개주인'이라고 밝히고 그녀에게서 사정을 들으세요. 그리고 시론 왕궁에 있는 지인에게 편지를 보내는 겁니다. 그러면 리랴, 아이샤를 시론 왕궁에서 구해낼 수 있겠지요.

그런 느낌이었다.

이걸 전면적으로 신용한다면… 즉 나는 꿈에서 본 뒷골목을 찾아 돌아다니면 된다.

에리스와 루이젤드는 같이 데려가야 할까?

이번에는 혼자라는 지정이 없었으니까 셋이서 가야 할까?

조금 생각해 보았다.

인신의 말을 믿는다면 리랴와 아이샤는 시론 왕국에 억류되어 있다.

하지만 아이샤와는 밖에서 만난다. 그렇다는 소리는 그녀가 어떻게든 왕궁에서 도망쳐 나온다는 소리다. 꿈에서 본 그 광경, 거기서 만난 병사 둘. 그들의 옷차림은 시내에서도 몇 번 보았지만 이 나라의 정규군 복장이었다.

즉 아이샤는 왕궁의 병사에게 쫓기고… 결국 붙잡힌다는 소리다.

내가 거기에 딱 맞닥뜨린다면.

그걸 대놓고 구한다면 왕궁과 대놓고 대치하는 형태가 된다.

고로 결코 이름을 밝혀서는 안 된다고 했다.

여기서 가명을 쓸 필요성이 나오면… 얼굴도 숨기는 편이 좋을지 모르겠군.

기사들이 가명인 나를 찾는 동안에 나는 시론 왕궁의 지인— 록시에게 편지를 보내어 도움을 청한다. 록시도 궁정마술사라면 나름 발언력이 있겠지.

분명 힘이 되어 줄 거다.

또 신세를 지겠군. 정말로 록시 쪽으로는 다리 뻗고 못 자겠다. 반대로 내 쪽으로 다리를 뻗고 잔다면 자는 동안에 그 다리를 깨끗하게 씻겨 주겠지.

응, 간단히 생각한다면 이 조언은 그런 흐름일 것이다.

다만 다름 아닌 인신의 말이니 뭔가 꿍꿍이가 있을 가능성도 있었다.

이 조언 후에 '너무 자세하게 가르쳐 주면 재미가 떨어진다' 는 말이 있었다.

즉 녀석에게 재미있는 일이 일어난다는 소리다.

아마도 그건 피할 수 없겠지. 그렇긴 해도 녀석은 '다음에는 믿어 줘'라고 말했다.

그럼 다소 빡빡한 전개가 기다린다고 해도 내가 큰 부상을 입거나 주변의 누군가가 죽는 사태는 되지 않는다고 예상할 수 있었다.

어디까지나 녀석을 신용한다면 말이다.

이번에 확실히 속이기 위해 그런 거짓말을 한 것뿐이지, 다음 따윈 생각하지 않는 걸지도 모른다.

하지만 그렇다고 해도 괜히 서둘러서 사태를 악화시켰다간 좋은 꼴 못 본다.

또 손바닥 위에서 놀아나는 느낌이 들어서 싫었지만, 말을 들을 수밖에 없었다.

어찌 되었든 '아이샤를 찾는다', '이름을 감춘다', '록시에게 편지를 보낸다', 이 세 가지는 확실하겠지.

하지만 어떻게 두 사람을 설득할까?

편지는 그렇다고 치고, 뒷골목을 찾는 이유, 이름을 감출 이유, 두 개를 동시에 생각해야만 한다.

미리시온을 떠난 뒤로는 하루를 휴일로 지정해도 에리스나 루이젤드 중 누군가가 반드시 내 곁에 붙어 있게 되었다.

파울로와의 만남으로 내가 침울해졌던 것이 꽤나 마음에 남았던 모양이다.

그만큼 걱정을 끼쳤단 소리다. 미안하다.

그렇긴 해도 이번에는 병사와 일을 벌일 가능성이 크고, 연기가 서툰 두 사람을 데려갔다간 괜히 덤불을 건드려서 뱀을 부를 것만 같았다. 스네이크는 어디든 잠복해 있다.

자, 어떻게 할까.

"루데우스, 무슨 고민 있어?"

오랫동안 침묵한 내게 에리스가 고개를 갸웃거리면서 물었다.

흠…. 끙끙 고민만 하지 말고 일단 말해 볼까.

"사실 이 도시에서는 이름을 숨길까 해서."

"또 연기해? 왜?"

"어어…."

인신에 대해선 숨긴다고 해도 두 사람에 대해 숨길 필요는 없나.

"사실은 어떤 정보가 들어왔는데, 이 나라 어딘가에 제 가족이 억류된 모양입니다."

"그래?"

"호오?"

두 사람은 어디서, 누구한테 들었는지 묻지 않았다.

애초에 정보 수집도 이 둘 중 누군가와 함께 했지만….

뭐, 캐묻지 않는 건 내게 고마운 일이었다.

"과연, 그레이랫이라는 이름을 꺼내면 경계를 사겠네!"

"그런 겁니다."

"그래서 누가 있어?"

"리랴와 아이샤…. 옛날 메이드와 여동생입니다."

그러고 보면 나와 리랴는 어떤 사이일까. 계모는 아닐 듯한데….

"루데우스의 여동생? 미리시온에도 건방진 애가 있었잖아."

"한 명 더 있습니다."

"흐응…."

에리스는 재미없다는 듯이 입을 삐죽거렸다.

노른이 건방졌나. 나는 그렇게 생각하지 않았는데, 에리스가 보기엔 그 태도도 건방지게 보였을까. 혹시 여동생이 맞는다면 나는 누구 편을 들어야 할까….

"그런 거라면 불만 없어! 역시나 루데우스, 잘 생각했어."

에리스는 흐흥 소리 내어 콧방귀를 뀌었다.

생각했다고 해도 인신의 감언에 넘어갔을 뿐인데.

"이름을 숨긴단 말이지. 가명을 써?"

"흔한 이름이 좋겠지."

"왜?"

"가명은 기억에 남지 않는 편이 좋다고 들었다."

고민하는 나를 무시하고 둘이서 이런저런 가명을 생각했다.

"이 근처에서 유명한 이름이라면 어떤 게 있을까?"

"여행 도중에 샤이나나 레이달 같은 이름을 흔히 들었군."

사신기사 샤이나는 북신 영웅담에 나오는 여기사의 이름이다.

북신 세 검사 중 한 명으로 과거에 북신의 반려 중 한 명.

아마도 픽션이겠지만, 이 동네 사람들 사이에서는 자기 자식이 갑작스러운 사고로 죽지 않도록 샤이나라는 이름을 붙이는 일이 많다고 들었다.

레이달은 수신이다. 카운터의 천재로, 바다를 얼려서 발판을 만들며 해룡왕을 쓰러뜨린 영웅이다. 그렇게 위대한 이의 이름을 이어받아서 수신류의 종주는 대대로 남자라면 레이달, 여자라면 레이다라는 이름을 쓴다. 이쪽도 꽤나 흔한 이름이다.

이름을 숨긴다고 말했을 뿐인데, 두 사람 다 진지하게 생각해주었다.

고마운 이야기다. 좋아, 나도 진지하게 생각하자.

"루데우스, 어쩔래?"

"그렇군요. 이 경우는 아예 완전히 가명이라고 알 수 있는 쪽이 나을지도 모르겠습니다."

"왜?"

"우리는 얼굴도 이름도 알려지지 않았고, 일부러 눈에 띄는 이름을 쓰면 상대는 우리의 목적을 알 수 없어서 혼란스러울지도 모릅니다."

예전에 어느 애니메이션에서 들은 듯한 말을 꺼내보았다.

솔직히 말해서 가명 따윈 아무래도 좋은데….

"그럼 멋진 게 좋겠네."

멋진 거라.

"알겠습니다, 그럼 저는 쉐도우문 나이트라고 하지요."

"쉐도우문 나이트?!"

에리스가 얼굴을 붉히며 눈을 반짝거렸다.

순간적으로 꺼낸 이름인데, 급식담당 같은 차림을 하고 아니꼬운 시를 읊는 인물이다.

에리스라면 보자마자 일단 때리고 들지 않을까.

"나도 그걸로 할래! 아, 하지만 똑같으면 안 되지. 어어…."

그렇게 마음에 들었나? 그럼 나이트틱한 이름을 주자.

"그럼 에리스는 쉐도우문 소드, 그리고 루이젤드가 쉐도우문 랜스로 하면 되겠네요. 그러면 서로 통일감도 있어요."

"통일감, 그거 좋아! 그걸로 하자."

루이젤드는 창피해하지 않을까 했는데, 꼭 그렇지도 않은 모양이었다.

파울로도 '아쿠아 하티아'를 멋지다고 평하였다.

이 세계에는 중2병이란 게 없나.

"하지만 루데우스는 기사란 느낌이 아닌데."

거의 다 결정하려다가 에리스가 그런 말을 중얼거렸다.

기사가 아니라. 그럼 나는 마술사나 사령탑 쪽으로 할까? … 뭐, 실제로 그 이름을 쓸지는 알 수 없으니 아무래도 좋지만.

상황에 따라 판단하고 안 되겠다 싶으면 개주인이라고 하면 되겠고.

"그럼 가명은 그런 느낌으로."

"그래, 그리고 어떻게 할 거야?"

"일단 왕궁에 있는 록시에게 편지를 보내고…. 답장이 올 때까지 정보수집을 할까요."

나는 그렇게 선언했다. 자유시간에 찾고 다니면 문제의 장면과 조우하겠지.

일이 잘 풀리도록 힘내 보자.

다음날.

시장에서 편지지와 봉투를 구입하고 록시에게 편지를 썼다.

일단 계절 인사 같은 걸 쓰면서 전이한 뒤에도 무사했다는 내용을 썼다. 그리고 건강하게 지내고 있으니까 걱정 없다, 일단 시론 수도까지 왔으니 만나고 싶다고 썼다.

부에나 마을 사람들이 행방불명되었다는 내용을 슬쩍 언급하고, 수색 중에 아무도 발견되지 않아서 걱정이라고 불안을 부채질한 뒤에, 메이드 리랴 이야기를 슬쩍 꺼내면서 소중한 이들이니까 다시금 가족이 걱정된다는 말로 마무리했다.

또한 그런 내용의 머릿글자들을 따서 세로로 읽어 보면 '도와주세요'가 되도록 배치.

이 정도로 쓰면 록시도 알아채겠지.

이걸 밀랍으로 봉인하고 록시 펜던트의 문양을 본뜬 인감(자작)을 꾸욱.

발신자 이름을 가명으로 할까 고민했지만, 이름을 보고 '이 녀석 누구야?'라며 버리면 곤란하니까 본명으로 했다.

'당신의 생활을 지켜보고 싶은 애제자 루데우스 그레이랫 보냄'이라고.

아마 가명으로 써도 록시라면 내 글씨를 보기만 해도 딱 알아차리겠지만, 록시는 중요한 상황에서 실수를 한다. 편지의 행방은 록시의 손에 전해질 때까지 알 수 없다.

슈뢰딩거의 록시다.

'주워가 주세요'라고 적힌 상자에 담긴 록시가 뇌리에 떠올랐다.

오오, 신이시여, 종이박스에 들어갈 때는 박스를 뒤집어쓰는 법입니다.

뭐, 그건 그렇다고 치고, 내용을 읽어 줄 가능성을 높이는 게 좋겠지.

"그럼 편지를 보내고 오겠습니다."

"그래."

"응, 다녀와."

두 사람은 활짝 웃으면서 나를 배웅했다.

분명 따라올 거라고 생각했는데 김이 샜다.

"어라? 두 사람은 어쩔 건가요?"

"시내에서 루데우스의 여동생에 관한 정보를 찾아볼 거야."

아, 그러고 보면 정보를 수집한다고 그랬지.

뭐, 정보는 힘이다. 모아둬서 손해볼 것 없지.

오히려 정보를 모으지 않고 부딪치려고 했던 내 어리석음에 고개를 내저었다.

"저도 편지를 보내고서 정보를 좀 모아 보겠습니다."

그렇게 말하고 두 사람과 헤어졌다.


그 뒤로 모험가 길드에서 편지를 보내고 정보 수집을 시작했는데….

몇 분 뒤, 내 뒤를 미행하는 존재를 눈치챘다.

처음에는 루이젤드가 나를 감시하는 거라고 생각했다. 나를 혼자 놔두면 무슨 문제를 일으키니까 문제가 일어날 때를 대비해 따라붙은 거라고.

하지만 요 몇 달 동안 루이젤드는 일부러 미행 같은 걸 하지 않고 나와 행동을 함께했다.

애초에 루이젤드의 미행 능력은 지극히 우수하다. 내가 알아차릴 리도 없다.

지금 내 뒤에 있는 녀석의 미행은 조잡하니까 루이젤드일 리가 없다.

아마 에리스도 아니겠지. 에리스는 미행이 서툴다. 숙소를 나설 때부터 기척을 느꼈어도 이상하지 않고, 그녀라면 일부러 그렇게 복잡한 짓을 하지 않고 말없이 따라왔겠지. 미행할 이유도 떠오르지 않았다.

그러면 누굴까?

이 나라에서 내게 원한을 가진 자…?

짚이는 바가 없었다. 애초에 이 나라에는 어제 처음 왔다. 이제부터 이 나라와 충돌할 가능성은 크지만, 지금까진 누구에게도 폐를 끼치지 않았다.

아니면 마대륙에서 일으킨 사건과 관련이 있을까?

마대륙에서부터 일부러 우리를 쫓아와서 복수하려는 건가? 바보 같군.

하지만 잔트포트의 밀수조직의 생존자일 가능성도 있다. 우연히 발견한 나를 이 기회에 처리하려는 심산일지도 모른다.

물론 아무런 관계도 없을 가능성도 크지만.

골목길을 꺾을 때 힐끗 뒤를 보니, 조그만 그림자가 재빨리 그늘에 숨는 게 보였다.

어린애다.

무슨 목적으로? 라는 생각은 하지 않았다. 돌발적으로 그런 장난을 치는 아이도 있겠지.

근처의 꼬맹이가 왠지 모르게 건방져 보이는 나를 악당으로 보고 미행 놀이를 하는 걸지도 모르겠다. 어쩌면 고아가 내 지갑을 슬쩍 하려는 걸지도….

어딘가에 숨어 있다가 다급히 쫓아오거든 와악 소리라도 질러서 겁을 줘 볼까…?

아니, 이 세계에서는 호빗이라는 키 작은 종족도 있다.

방심은 금물이다. 어디서 떨쳐내기로 하자.

그렇게 생각하며 두 번 정도 십자로를 돌아서 다소 좁은 골목으로 들어갔다.

"…음?"

문득 위화감을 느꼈다.

뭔가가 목젖까지 올라오는 듯한 분위기.

"……."

하지만 나는 별로 신경 쓰지 않고 마술로 흙벽을 만들었다. 내 마력으로 3미터 정도의 벽이 갑작스럽게 지면에서 생겨나서 뒷골목을 막다른 길로 만들었다.

벽 너머에서는 타닷 하고 황급히 달려오는 소리가 들렸다.

그리고 힘없이 벽을 두드리는 소리. 마술이나 검술을 써서 벽을 깨뜨리려는 기척은 없었다.

어쩌면 에리스가 쫓아온 건가 싶었지만, 그녀라면 이 정도 벽을 뛰어넘을 수 있다.

역시 근처 꼬맹이의 장난이었겠지.

나는 내 생각에 만족하고 그 자리를 뒤로 했다.

자, 꼬맹이를 떨쳐내기 위해 다소 골목 안까지 왔군. 큰길이 어느 쪽이더라. 왠지 미아가 된 기분이었다. 하지만 큰길이 보이면 금방 알겠지.

그렇게 생각하면서 굽이굽이 꺾인 길을 걸었는데, 생각한 방향으로 갈 수 없어서 고생했다.

이 도시는 큰길조차도 마구 꺾여 있었다.

바둑판 같은 미리시온과는 크게 달랐다. 미아 속성이 없는 나조차도 진짜 미아가 되려는 판이었다.

　여차하면 마술을 써서 지붕 위에라도 올라가면 되지만.

　그러고 보면 인신이 보여 준 광경도 이런 뒷골목이었지.

　"아!"

　그때 나는 방금 전의 위화감을 깨달았다.

　그건 위화감이 아니었다.

　기시감이었다.


　즉각 발길을 돌려서 굽이진 골목을 달렸다.


　T자형의 길에서 헤매면서도 뒤를 돌아보며 방금 전의 길로 돌아갔다.

　"안 돼, 하지 마!"

　소녀의 비명이 들렸다.

　내 시야에도 내가 만들어낸 흙벽이 보였다.

　"돌려줘!"

　나는 흙벽에 손을 대고 마력을 집중했다.

　흙 마술로 벽을 조작하여 균열을 만드는 동시에 바람 마술을 써서 벽의 중심에 충격파를 만들자, 퍼억 하는 큰 소리를 내며 흙벽은 산산이 부서졌다.

　내 시야에 그 광경이 들어왔다.

　한 소녀가 난폭하게 손을 붙잡혀 있었다. 손을 붙잡은 것은 병사.

병사의 숫자는 둘. 손을 잡지 않은 쪽은 소녀에게서 빼앗은 종이를 박박 찢고 있었다.

"아빠한테 보낼 편지를 찢지 마!"

소녀의 비명이 울려 퍼지는 가운데, 두 병사는 아연한 표정으로 나를 바라보았다.

"누, 누구냐…?"

소녀. 리랴와 비슷한 얼굴에 파울로와 비슷한 갈색 머리를 포니테일로 묶고 헐렁한 메이드복을 입었다. 평소에는 표표하니 활발할 듯한 인상인 그 얼굴은 마구 일그러지고 눈물과 콧물로 더러워졌다.

그걸 내려다보면서 저속한 얼굴을 한 병사!

아, 아니, 두 병사는 저속한 얼굴을 하지 않았다. 따지고 보자면 미안하다는 얼굴이었다. 어디까지나 직무에 충실할 뿐이지, 본의는 아닐지도 모르겠다.

"누구냐! 정체를 밝혀라!"

"나는 그 아이의…."

오빠라고 말하려다가 주저했다.

이름을 밝히면 안 된다고 했지. 어어.

"내 이름은 쉐도우문 나이트!"

"뭐가 나이트냐. 아무리 봐도 마술사잖아."

"으윽…."

정확한 태클이 들어왔다.

제길. 다음 기회가 있거든 마술사라고 하기로 하자.

"어이, 꼬마야. 정의의 용사 놀이를 하는 거는 좋지만, 아저씨들은 이래 보여도 왕궁의 병사야. 이 애가 미아가 됐으니까 데리러 온 것뿐이라고."

그러더니 장난꾸러기 애를 보는 눈으로 조용하게 나를 타일렀다. 이 말에는 다소 거짓말이 섞여 있겠지만, 그 옆의 병사도 울음을 터뜨리는 아이샤를 보고 다소 난처한 얼굴을 하였다.

악당들은 아니겠지. 왕궁에서 무슨 문제가 있어서 리랴와 아이샤를 억류한 거라도 말단 병사까지 악한 것은 아니겠지.

어쩌면 이 병사들과는 적대해선 안 되는 것 아닐까?

싸우는 게 아니라 말로 해결하는 게 좋지 않을까?

"그 애가 가진 편지를 찢던 것 같은데요?"

"아…. 그거 말이지, 어어, 뭐냐, 어른한테는 어른의 사정이란 게 있단다."

그렇구나. 어른에게는 그런 게 있구나….

"아!"

그때 아이샤가 한순간의 빈틈을 찔러서 병사의 손을 뿌리쳤다.

"도, 도와주세요!"

똑바로 내게 달려와서 내 뒤에 숨더니, 눈물콧물로 엉망이 된 얼굴로 매달렸다.

그 얼굴과 필사적인 모습을 보면 왕국과 적대하네 뭐네 하는 문제가 아무래도 좋아졌다.

"저, 저 사라을이, 어지로 내 펴지를 빼아사서…."

무슨 소린지 모르겠지만 필사적인 분위기는 전해져 왔다.

됐다, 됐어. 나 같은 어른스러운 중년이 어린애들처럼 정의의 용사 놀이를 할 순 없다.

평소처럼 하도록 하지.

"…흠!"

즉각 손을 들어서 무영창으로 스톤 캐논.

"음!"

기사는 갑자기 날아온 스톤 캐논을 재빨리 뽑은 검으로 옆쪽으로 쳐냈다.

오오, 반응 빠른데!

수신류일까. 껄끄럽군. 하지만 내가 스톤 캐논밖에 못 쓰는 것도 아니지. 이 거리라면 여유롭다.

후후, 내 스톤 캐논을 피한 건 네가 네 명째다.

"무영창 마술이라고?!"

"그럼 이 녀석이 설마?"

"응원군을 불러!"

"알았, 우오오오!"

나는 도망치려는 병사의 발치에 함정을 설치했다. 밑으로 슈웃.

동시에 스톤 캐논을 연발하여 나머지 병사를 견제하면서 아이샤에게 물었다.

"도망칠게요, 괜찮나요?"

"훌쩍, 훌쩍, 응⋯!"

아이샤는 울면서도 고개를 끄덕였다.

좋아, 그럼 나머지 한 명을 기절시키고 이탈하기만 하면 된다.

그렇게 생각했을 때였다.

삐이이익──!

갑자기 새 울음소리와 비슷한 새된 소리가 울려 퍼졌다.

소리는 구멍 밑에서 울렸다.

호각이다. 병사가 호각을 분 것이다.

그리고 다소 간격을 두고 멀리서, 혹은 근처 골목에서 차례로 호각 소리가 울렸다.

삐이익삐익삐이이──!!

제각각 소리나 울림이 미묘하게 달랐다.

아마도 그 소리로 서로의 위치를 전달하는 거겠지. 내 스톤 캐논이 빗은 것을 보고 병사가 소리쳤다.

"이 근처 길은 죄다 봉쇄했다! 이제 곧 여기에도 병사가 온다.

괜한 저항은 그만두고 그 애를 놔줘라! 나쁘게 대하진 않으마!"

"······."

아마도 곧바로 여기에 병사나 기사가 쇄도하겠지.

하지만 내게는 아직 수가 있었다.

"아이샤! 날 꽉 붙잡으세요!"

"어?!"

"절대로 손을 놓으면 안 돼요!"

아이샤는 주저하면서도 내 허리춤에 손을 둘러서 꼭 붙잡았다.

나는 왼손으로 그녀의 옷을 잡고 오른손에 마력을 집중시켰다.

내 발치에 끝부분을 평평하게 만든 어스 필러를 발생시켰다.

그 기세로 인간 포탄처럼 공중으로 날아올랐다.

"뭐, 뭐야?!"

"꺄아아아아아!"

병사의 허둥대는 목소리와 아이샤의 비명을 들으면서 나는 그 자리에서 아름답게 탈출했다.

와하하, 잘 있게, 아케치 군!


참고로 착지할 때 두 다리가 와지끈 부러졌습니다.

두 번 다시 안 해.

## 제4화　신의 부재

　마술로 캐터펄트 탈출한 뒤에 아이샤는 한동안 울었다.

　꺼이꺼이 울면서 부르르 몸을 떨고 오줌까지 흘렸다.

　기분은 알겠다. 나도 억센 남자에게 붙잡혀서 공갈을 당하면 오줌까지는 아니더라도 다리가 바들바들 떨리겠지. 오줌까지는 아니더라도.

　아까 두 병사는 신사적인 쪽이겠지만, 대여섯 살짜리 애한테는 다소 자극이 강했을 터다.

　나이 차이란 것은 어릴 때 현저하게 드러난다.

　예를 들어서 초등학생, 중학생에게 고등학생은 묘하게 어른으로 보인다. 고등학생이 길가에 서 있기만 해도, 그 고등학생이 거친 차림을 하지 않았더라도 묘하게 무서운 법이다.

　하물며 상대는 둘. 얼마나 무서웠을까.

　결코 바로 옆에서 두 다리가 부러지는 소리를 들은 탓이 아니라고 생각하고 싶다.

　바로 치유 마술로 고치긴 했지만 아팠다.


　현재 나는 그녀가 오줌을 싼 것을 언급하지 않고 묵묵히 속옷을 빨고 있다.

장소는 내 숙소다. 돌아왔을 때에는 에리스도 루이젤드도 없었다. 정보를 모으러 나가겠다고 했으니, 돌아오려면 아마 밤이 되어야겠지.

자, 나는 여기서 또 신기한 체험을 했다.

방금 전에 아이샤의 헐렁하고 작은 메이드복을 벗기고 흠뻑 젖은 속옷을 벗겨서, 그녀의 발달하지 않은 소문자 i와 그 주변을 즉석 물수건으로 닦아 주고 내가 평상복으로 입는 셔츠를 입혀 주었다.

수중에는 세탁용 물통과 비누, 그리고 여아용 팬티가 있다.

생전의 나라면 이 시추에이션과 아이템에 흥분상태에 빠졌겠지.

생각해 봐라.

바로 옆 침대에는 오줌을 싸서 울고, 한 차례 알몸이 되었다가 헐렁한 내 옷을 입은 어린애가 있다. 물론 노팬티다.

신사라면 누구든 이런 상황에 빠지면 흥분하겠지.

어? 왜 팬티를 안 입혔냐고?

그야 물론 입힐 팬티가 없기 때문이다.

에리스의 팬티를 입힐 수는 없다. 그녀의 팬티에는 노 터치. 그것이 이 '데드엔드'의 중요한 룰 중 하나다. 아무리 비상사태라고 해도 그녀가 없는 동안에 소지품을 뒤져서 팬티를 꺼낸다니… 생각만 해도 무섭다.

룰을 깨뜨리면 루이젤드가 도와주지 않고, 마안을 써서 도망치면 에리스는 사흘 정도 기분이 상한다. 그렇다고 무방비하게 얻어맞으면 사흘 정도는 밥맛을 모를 정도로 얼굴이 변형한다. 물론 사흘도 안 기다리고 치유 마술로 고치겠지만….

이야기를 되돌리자.

현재 내 야수가 포효를 시작해도 이상하지 않은 상황이었다.

하지만 내 마음은 잔잔한 호수처럼 고요했다.

흥분은 고사하고 파문 하나도 없었다. 명경지수였다.

신기한 일이었다.

흐느껴 우는 아이샤에게 '손이 많이 가는 애로군'이라는 감정을 품었지만, 그 이상의 성적 흥분은 느끼지 않았다. 모르는 사이에 성인군자라도 된 걸까? 아니면 모르는 사이에 나는 에리스의 성질을 건드려서 포켓몬스터가 전투불능에 빠진 걸까?

나는 그때의 공포를 잊기 위해 기억을 봉인한 걸까?

아니, 설마 그럴 리가. 괜찮겠지, 마이 선?

그런 생각을 하고 있자니 순식간에 빨래가 끝났다.

색기 없는 삼베 속옷에 그럭저럭 고급스러운 천으로 된 작은 메이드복.

그것들을 아이샤에게 건네자, 어느 틈에 울음을 그친 그녀는 부시럭부시럭 옷을 갈아입기 시작했다.

나는 그걸 지그시 바라보았지만 역시나 흥분하지 않았다.

그리고 보면 제니스의 맨가슴에도 흥분하지 않았지…. 이 몸은 가족에게는 흥분하지 않나? 생전에는 남녀노소 불문이었는데….

생명이란 신비로운 것이다.

★　★　★

"저는 아이샤 그레이랫이라고 합니다! 도와주셔서 감사합니다!"

아이샤는 헐렁한 메이드복 차림으로 꾸벅 고개를 숙였다.

거기에 따라서 포니테일도 찰랑 흔들렸다.

역시 포니테일은 좋다. 에리스도 가끔은 포니테일을 하지만, 그녀의 포니테일은 운동부 여자란 느낌이다. 아이샤의 것과는 다소 느낌이 다르다.

아이샤는 인형처럼 아주 귀여웠다.

눈이 충혈되어서 저주의 인형 같지만.

그녀는 고개를 들더니 한 걸음 다가왔다. 가까웠다.

"나이트 님의 도움이 없었으면 도로 끌려갈 뻔했습니다!"

나이트 님이라는 단어를 들었더니, 그녀의 앞에서 '쉐도우문 나이트'라는 이름을 쓴 것이 떠올랐다.

등에 한 줄기 식은땀이 흘렀다.

에리스와 그 이야기를 하면서 좀 심하게 신났던 걸지도 모르겠다. 이 나이에 창피함을 느끼며 데굴데굴 구르지는 않았지만, 10년 정도 뒤에 이 이야기 때문에 얼굴이 굳을지도 모르겠다는 생각을 하니 조금 후회.

"정말로 고마웠습니다."

아이샤는 다시금 깊이 고개를 숙였다.

그녀가 지금 몇 살이더라. 여섯 살인가? 아직 어린데도 예의 바른 아이잖아.

"도움을 받은 김에 낯짝 두껍게도 한 가지 더 부탁을 하고 싶습니다만!"

"으음."

으음, 어려운 말을 알고 있군.

파울로의 이야기로 아이샤가 리랴에게 영재교육을 받았다는 건 알았지만, 그렇다고 해도 똑똑하네.

"편지를 쓸 도구가 필요합니다! 또 모험가 길드의 위치를 가르쳐 주세요! 부디 부탁드립니다!"

그렇게 말하며 꾸벅 고개를 숙였다.

사람들에게 부탁할 때의 자세가 되어 있다.

음, 착한 애다.

"두 개면 되나요? 돈은 있어요?"

"…돈은 없습니다!"

"편지를 쓸 도구도, 편지를 보내는 것도 돈이 필요하다고 배우지 않았나요?"

어렸을 때부터 돈의 소중함을 가르치는 것은 중요하다.

리랴라면 그런 것도 빼먹지 않았을 텐데, 철든 지 얼마 안 되었으면 배운 것과 다 못 배운 것, 이해한 것과 이해 못 한 것이 있겠지.

"엄마는 저 같은 애가 이렇게 올려다보면서 '아빠한테 편지를 보내고 싶어요'라고 하면 돈을 내지 않아도 대충 될 거라고 가르쳐 주셨습니다."

어머나, 리랴도 참 약삭빨라.

자기 딸에게 뭘 가르치는 거야…. 여자로서의 무기 사용법이냐?

그렇게 생각하니 이 말투나 동작도 연기처럼 보였다. 아니, 진짜로 뭘 가르친 거야?

"계속 아빠한테 연락을 취하려고 했는데, 성 사람들이 안 된다면서 편지를 못 보내게 했습니다!"

리랴는 억류되었다고 들었다.

편지도 못 보내게 한 모양이다. 혹시나 꽤 심한 대접을 받는 걸까?

인신도 '구해낸다'는 단어를 사용했으니까, 어쩌면 이건 파울로에게 재미없는 NTR 전개일지도 모르겠다.

"아빠 이외에… 달리 부탁할 만한 사람은 없나요?"

"없습니다!"

"예를 들어서, 엄마의 지인 중에 파랑머리 언니라든가… 그래, 어딘가에 있을 터인 오빠라든가."

은근슬쩍 그렇게 말하자 아이샤는 눈썹을 찌푸렸다.

불쾌하다는 얼굴이었다. 왜지?

"오빠는 있지만…."

"있지만?"

"도움이 안 됩니다."

뭐라고! 방금 전에 너를 멋지게 구해 줬잖아!

"이, 이유를 물어봐도 될까요?"

"이유! 좋아요! 엄마는 오빠에 대해 자세히 말씀해 주셨습니다."

"호오."

"하지만 도저히 믿을 수 없는 것뿐입니다! 세 살 때 중급 마술을 쓸 수 있었다던가, 다섯 살 때 수성급 마술사가 되었다던가. 마지막에는 일곱 살 때 영주의 따님의 가정교사라고요? 이건 도저히 믿을 수 없습니다! 분명히 거짓말입니다!"

믿을 수 없나. 그런가. 그렇겠지.

"하지만 실제로 만나 보면 좋은 오빠일지도 모르고…."

"그럴 리 없습니다!"

"어, 어째서?"

"집에는 엄마가 소중히 보관하는 상자가 있습니다. 만지면 안 된다, 안을 보면 안 된다고 그러기에 왜냐고 물었습니다. 그랬더니 오빠의 소중한 물건이기 때문이라고 했습니다."

상자…. 그러고 보면 그런 이야기를 파울로에게서 들은 것도 같다.

"엄마가 없을 때 몰래 열어 봤습니다. 그러자 안에 뭐가 들어 있었을 거라 생각하나요?!"

"그, 글쎄, 뭘까?"

"팬티입니다. 여자 팬티입니다. 그것도 꽤 작은 사이즈였습니다. 제 계산으로는 열네 살 정도 여자의 팬티입니다. 이건 말도 안 됩니다. 그 정도 나이의 사람은 그 집에 없었습니다. 오빠가 사실은 여자일 가능성도 생각했지만, 그러기에는 조금 컸습니다. 해당되는 사람은 단 한 명. 오빠의 가정교사였던 인물입니다. 오빠는 네다섯 살이라는 나이로 분명히 연상인 여성의 팬티를 계속 소중히 여겼다는 소립니다."

계산으로는.

자, 잠깐만, 이 애 너무 똑똑한 거 아닙니까? 어? 아직 다섯 살인가 여섯 살 아니던가?

왜 이렇게 조그만 애한테서 이렇게 대단한 갭이? 어라라?

"하지만 오해일 가능성도 있지 않을까요?"

"아뇨, 슬쩍 엄마한테 뒤를 캐 보았습니다. 오빠는 그 여성이 목욕하는 걸 엿보거나 부모님의 정사를 엿보는 등 맘대로 굴었다는 모양입니다. 엄마는 숨기는 눈치였지만, 틀림없습니다. 오빠는 틀림없는 변태입니다!"

변태입니다! 변태입니다! 변태입니다! 틀림없는 변태입니다!

틀림없는 변태입니다!

그만해애애, 루데우스의 정신력은 0이야아아!

"그, 그래, 오빠는 변태인가. 그거 큰일이네, 하하하…."

자업자득이라고 해도 이럴 수가….

설마, 이런 일이…. 제길. 그래, 이런 건가. 그래서 인신은 이름을 대지 말라고 했나. 지금 마음으로 이해했어. 역시나 인신이로군, 만세.

"그런데 나이트 씨, 진짜 이름은 뭐라고 합니까?"

"비밀입니다. 항간에서는 '데드엔드의 개주인'이라고 불리지만요."

빠릿한 얼굴로 대답했다.

오빠라고 가르쳐 주는 건 조금 더 나중으로 미루는 게 낫겠지. 변태 취급을 받았고.

"헤에…. 개주인입니까. 멋지네요! 역시 소환술 같은 것도 쓸 수 있나요?"

"아뇨, 두 마리의 흉포한 개를 부릴 수 있는 것뿐입니다."

"그런가요, 대단합니다!"

아이샤는 눈을 반짝거리며 나를 바라보았다.

강아지 같다. 그것도 속기 쉬운 강아지. 아아, 조금 가슴이 아프다.

하지만 일단 결과 오케이다.

여기서 내가 오빠라고 밝히면 아이샤는 내 말을 듣지 않았을지도 모른다.

하지만 이런 식이면 개주인의 말을 순순히 따라 주겠지.

정체를 숨긴 채 리랴를 멋지게 구해낸다. 그러면 아이샤는 개 주인을 존경의 눈으로 보겠지. 그리고 나중에 내가 오빠라고 알았을 때에는 평가가 급등한다는 작전이다.

"좋아. 그럼 내가 네 엄마를 구해 줄게요."

"어?"

그렇게 선언하자 아이샤는 놀란 눈으로 나를 보았다.

"하, 하지만."

"맡겨 주세요."

이렇게 나는 아이샤와 만났다.

최악의 인상을 품은 모양이지만, 아버지를 때려눕히는 걸 눈 앞에서 목격한 노른 정도는 아니었다.

록시의 팬티를 가지고 있어서 변태 소리를 들었지만, 그녀도 언젠가 알 날이 오겠지. 사람에게는 매달릴 물건이 필요한 때가 있다는 사실을.

하지만 이 나이에 팬티=변태라는 인식인가.

성적인 욕구와 속옷을 연결할 만한 나이는 아니고, 애초에 성욕이란 것을 이해하는지 미심쩍은 나이인데….

누가 뭐 이상한 거라도 가르쳤나?

우리 여동생에게 이상한 걸 가르친 놈은 따끔하게 벌을 줘야만 하겠지.

"그런데 개주인 씨."

"뭔가요?"

"어떻게 제 이름을 알고 있었나요?!"

그 뒤에 메이드복 구석에 '아이샤'라고 적힌 자수를 발견할 때까지 내 필사적인 변명이 이어졌지만 넘어가자.

그 뒤로 한동안 아이샤와 이야기를 나누었다.

아이샤에게 최근 2년 동안의 이야기를 들었다. 혀 짧은 말인데다가 설명이 부족했지만, 대략적인 상황은 파악했다.

아무래도 그녀들은 이 나라의 왕궁으로 전이한 모양이었다.

당연히 수상한 자로 간주되어 붙잡혔지만, 리랴가 이런저런 이야기를 한 결과, 왕궁에 연금되는 처분을 받은 모양이었다. 그 전후관계에 대해서는 아이샤도 이해하지 못하는 눈치였지만, 편지도 못 보내게 하는 걸 보면 뭔가 이유가 있는 듯했다.

리랴도 심한 대접을 받은 건 아닌 듯했다.

몸이 목적인 것도 아닌 모양이었다.

아이샤가 모를 뿐이지 밤이면 밤마다 무슨 짓을 당했을 가능성도 있지만, 리랴는 나이도 좀 있고 왕궁에 사는 사람들이 일부러 연금하며 구슬리려고 들 정도의 미모도 아니니 그럴 가능성은 적겠지.

수상쩍은 사람이란 사실은 변함없으니까 억류해둔 걸까….

그렇다고 해도 다소 이상한 부분이 있었다.

전이된 지 2년 반. 계속 오해를 풀지도 못하고 억류된 채였다는 소릴까.

내가 모르는 무슨 사정이 있는 걸지도 모른다.

참고로 아이샤는 그런 상황에 대해서 파울로에게 도움을 청하는 편지를 보내려고 했던 모양이다. 하지만 길을 잃었고, 모험가를 따라가면 길드로 갈 수 있을 거라고 생각했다고. 그게 나였다는 소리다. 설마 나도 아이샤 쪽에서 접촉해 올 거라곤 생각도 안 했군.

아이샤의 입에서는 록시의 이름이 나오지 않았다. 그녀는 리랴를 도와주지 않았나…. 아니, 뒤에서나마 도와주었기에 지금 상황으로 그쳤을 가능성도 있다.

아무튼 지금은 록시의 대답을 기다리자. 인신은 편지를 보내라고 말했다. 그럼 그 가능성으로 퍼즐의 조각이 맞춰지듯이 모든 의문이 풀리겠지.

"헤에, 개주인 씨는 마대륙에서 여행 왔군요."

"예, 피트아령의 전이사건에 휘말려서요."

또 아이샤는 내 이야기를 듣고 싶어했다.

"그 전에는 뭘 했습니까?"

"가정교사지요. 귀족 아가씨에게 마술을 가르치는."

"그런가요, 어디서 가르쳤습니까?"

"로아예요."

"그럼 우리 오빠랑 똑같네요. 어쩌면 시내에서 엇갈렸을지도 몰라요!"

"그, 그러네요. 그럴 가능성도 미립자 레벨로 존재하려나…."

그렇긴 해도 아이샤는 리랴에게 많은 것을 배운 모양이었다.

일반상식이나 예의작법, 생활에 도움이 되는 지혜, 메이드의 자세, 기타 등등.

어떻게 이런 어린 나이에 이해할 수 있었는지 나조차도 신기할 정도지만, 적어도 내가 이해할 수 있는 정도로는 설명할 수 있는 듯했다. 말하는 모습만 봐도 그 나이의 어린애 같지 않았다. 일부러 어른스럽게 구는 걸지도 모르지만, 그렇다고 해도 이 애는 진짜로 똑똑하다.

어렸을 적부터 배운 것을 스폰지처럼 흡수하는 힘이 있다.

장래에 어떻게 될까. 나는 오빠로서의 위엄을 지킬 수 있을까?

"귀족의 따님이라면 우리 오빠의 고용주와 접점이 있었을지도 모르는데, 들은 바 없습니까?"

"아, 아뇨, 소문으로는 그런 사람은…."

"그렇습니까. 개주인 씨가 본 오빠의 인상을 듣고 싶었는데."

"어어, 영주님 댁의 아가씨가 난폭해서 손에 부친다는 소문밖에 들은 바 없어요."

여기서 내 정보를 흘리고 싶은 마음이 싹텄지만 꾹 참았다.

어찌 되었든 나중에 들킨다. 그때 자작극이라고 알려지면 평가가 내려갈 테니까.

그 뒤에 마대륙에 대해 이것저것 묻길래 자세히 말했다.

이 나이의 아이와 무슨 이야기를 하면 좋을지 몰랐는데, 신기하게도 화제는 끊이지 않았다.

아이샤의 대화능력이 대단한 걸지도 모르겠다.

그렇게 생각하면서 나는 순수하게 거의 첫 대면인 여동생과의 대화를 즐겼다.

몇 시간 뒤, 아이샤는 지쳤는지 잠들었다.

에리스와 루이젤드는 해가 진 뒤에 돌아왔다.

다소 지친 표정의 두 사람에게 사정을 묻자, 뒷골목 쪽까지 정보 수집하러 나갔다가 여러 일이 생겨서 싸움이 일어났다는 모양이었다.

또 싸운 모양이다.

두 사람은 미안한 눈치였지만 으레 있는 일이라서 자세히 묻지 않았다.

누구든지 실패는 한다. 나도 한다. 무슨 일이 있거든 서로 도우면 된다.

나는 시내에서 아이샤를 만난 일과 리랴가 성에 붙잡혀 있다는 사실을 말했다.

아무래도 여러모로 수상쩍다고.

또 말하는 김에 이름을 숨긴 것도 이야기했다.

특히나 아이샤에게 내 정체가 루데우스라고 알려지지 않도록 당부했다.

"왜 그렇게 복잡한 짓을 하는데?"

"아무래도 오빠에 대해 잘못된 지식을 가진 모양이라서, 멋진 모습을 보여 줘서 그 인식을 교정하려고요."

"흐응, 나는 그대로도 멋지다고 생각하는데?"

"에리스…."

기쁜 말을 해 주는구나 싶어서 '멋진 남자'의 미소를 지었다.

그러자 에리스는 당황하며 한 발 물러났다.

"윽…. 왜 칭찬하면 그렇게 기분 나쁜 얼굴을 하는데!"

내 멋진 얼굴은 기분 나쁜 얼굴인 모양이다.

조금 쇼크. 누가 새로운 얼굴을 좀 주세요.

"하지만 그런 거라면 지금부터 습격하자!"

"공성攻城은 오래간만이군…."

에리스가 의욕을 드러내며 그런 말을 했다.

루이젤드까지 창을 꺼내들었기 때문에 나는 다급히 두 사람을 제지했다.

"아뇨, 일단은 편지의 답장을 기다리죠."

그렇게 말하자 에리스는 재미없는 눈치를 했다.

여전히 그녀는 날뛰는 걸 좋아하는구나.

어렵게 생각하기보다는 성을 습격해서 리랴를 빼앗는 쪽이 분명히 간단하겠지만, 그렇게 록시에게 폐가 끼치는 건 좋은 일이 아니니까.

일단은 자세한 상황을 확인해야지.

결코 록시를 만나고 싶다는 이유는 아닙니다.

그렇게 생각하면서 그 날이 지났다.

★　　★　　★

다음날. 슬슬 점심시간이 되었을 때 여관에 기사가 찾아왔다.

어제 아이샤를 붙잡으려고 했던 녀석과 비슷한, 하지만 더 고급스러운 차림을 한 사람이었다.

세 사람에게는 방에 있으라고 하고 여관의 로비에서 혼자 대응하기로 했다.

"루데우스 님이십니까?"

"예."

"저는 시론 제7왕자 친위대에 소속된 진저 요크라고 합니다."

왜 친위대가? 그런 생각도 들었지만, 록시는 왕자의 가정교사를 맡았다는 이야기였으니 딱히 이상할 것도 없었다.

"친절하신 대응 감사합니다. 루데우스 그레이랫입니다."

기사는 혼자였고, 여자였다.

그녀는 내 얼굴을 봐도 안색 하나 바꾸지 않고 기사식 인사를 했다.

나도 귀족식 인사로 답례했다. 사실은 어떤 인사를 해야 좋을지 몰랐던 거지만, 아무튼 성의가 전해지면 괜찮겠지.

"록시 님이 부르십니다. 왕궁까지 동행해 주시겠습니까?"

어제 일에 대해선 아무런 말도 없었다.

딱히 얼굴을 숨긴 것도 아니었지만, 얼굴이 드러나진 않은 모양이었다.

"……."

동행하라는 말에 고민했다.

아이샤를 어떻게 해야 할까? 그녀를 데려가면 병사들을 공격한 게 들통나겠지.

역시 스톤 캐논을 날린 건 실수였을지도 모르겠다.

…좋아, 여기서는 아이샤를 남기고 가도록 하자.

록시에게 완충재가 되어달라고 하고 제대로 사과하면 되겠지.

나는 그렇게 결심했다. 아이샤에게 절대로 방에서 나오면 안 된다고 말하고 에리스와 루이젤드에게 그녀의 호위를 부탁했다.

그리고 록시와 만나기 위한 옷차림을 체크.

머리는 흐트러진 곳 없고. 옷은 평소처럼 로브면 되겠지. 아, 그렇지, 과자 같은 게 필요할까? 한동안 연락이 없었던 스승과 만날 때는 뭘 가져가면 좋을까.

그때 도구꾸러미 구석에서 인기 없는 쪽으로 넘버원인 루이젤드 인형을 발견.

그리고 보면 저번 편지에 록시 인형이 본인에게 도달했다는 이야기가 있었다.

이 인형을 보여 주며 '사실은 제 작품이었습니다'라고 하는 것도 재미있을지 모르겠다.

"꽤나 열심이네."

"오래간만에 스승과 만나는 거니까요."

"…나중에 꼭 소개해 줘야 돼?"

"예, 물론이죠. 일이 끝난 뒤에 천천히."

에리스와 그런 이야기를 하면서 준비 완료.

"혼자서 괜찮겠나?"

루이젤드의 다소 걱정 어린 목소리.

나도 혼자가 되면 문제를 일으키는 경우가 많으니까 걱정하는 마음은 알겠다.

"문제없습니다. 무슨 일이 있으면 날아서 도망칠 테니까요."

물론 비유 표현이다. 두 번 다시 두 다리가 부러지는 짓은 안할 거야.

"개주인 씨…."

"괜찮아요. 맡겨 주세요."

불안해하는 아이샤의 머리를 어루만지자, 그녀는 입을 꾹 다물고 끄덕였다.

그래, 착하구나.


기사 진저의 안내를 받아서 왕궁으로 향하는 길을 걸었다.

마차가 오가는 대로 옆을 둘어서 다소 서둘러 걸었다.

대로는 이리저리 굽이쳤고, 때때로 마차가 서로 지나갈 수 없을 만큼 좁은 통로도 있었다.

적국이 공격해 왔을 때를 위한 대책이겠지.

생전의 일본에서도 미노 지방의 길은 이런 식이었다고 들었다.

"……."

진저는 과묵한 사람인지 쓸데없는 말은 한 마디도 하지 않았다.

다만 질문을 하면 대답해 주었고, 태도는 항상 정중했다.

"좋아, 다음은 이 녀석이다!"

문득 위세 좋은 목소리가 들려서 그쪽을 보았다.

"이 녀석은 과거에 와샤와 국의 기사! 전투용 노예다! 다소 건방지지만, 실력은 있지! 금화 세 닢부터!"

대로에 접한 장소에 노예시장이 있었다.

연단처럼 한층 높은 자리 위에 노예가 늘어서 있었다.

인간이 세 명, 토끼 귀를 가진 수족이 한 명.

남자 둘에 여자 둘. 남자도 여자도 상반신은 알몸이고, 먼발치에서 봐도 피부가 빛나는 게 보였다. 보기 좋게 하려고 기름을 칠한 걸지도 모르겠다.

그 수족은 대삼림에서 끌려왔을까.

구할 여유도 의리도 없었지만 다소 눈살이 찌푸려졌다.

눈살을 찌푸리면서도 그녀의 가슴을 보면 가랑이 사이가 다소 반응했다.

아이샤에게는 반응하지 않았기에 신기하게 생각했는데, 역시 나도 아직 현역인 모양이다.

노예 옆에 선 상인이 이것저것 설명하는 게 들렸다. 내용은 잘 들리지 않았지만, 대략 노예의 출신이나 능력에 대한 세일즈 포인트를 열거하는 거겠지.

잠시 뒤에 청중 쪽에서 목소리가 나오기 시작했다. 옥션 방식이었다.

리랴나 아이샤도 운이 나빴으면 저기에 서 있었을지도 모른다.

그렇게 생각하면 지금 상황이 결코 나쁘지 않다고 할 수 있을지 모른다. 단언할 순 없지만.

문득 바라보니 진저는 노예시장을 보며 눈썹을 찌푸리고 있었다.

그녀는 이 나라의 치안을 지키는 사람이다. 저런 짓을 당당하게 벌이는 게 성미에 거슬렸을지도 모르겠다.

"노예시장 같은 건 더 안 보이는 곳에 있는 줄 알았습니다."

이것도 화제 중 하나다 싶어서 말을 건넸다.

다른 곳에서는 노예시장이 더 후미진 곳에 있었다.

이 세계에서는 딱히 노예제도 자체를 나쁘게 보지 않는 모양이지만, 대로에 접한 곳에서 당당하게 하는 건 처음 보았다.

"그렇군요. 저런 경쟁도 평소라면 보다 안쪽에서 합니다."

짜증어린 목소리로 말할까 싶었는데 진저는 평탄한 목소리로 대답했다.

"오늘은 무슨 이벤트 데이인가요?"

"아뇨. 원래 노예시장이 있는 곳에서 어제 모험가들끼리 싸움이 있어났던 모양입니다. 그래서 시장을 못 쓰게 되었기에 일시적으로 이쪽으로 노예시장을 옮겼습니다."

노예시장에서 싸움이라.

에리스와 루이젤드도 싸움을 일으켰던 모양이다.

왠지 연관이 있을 것도 같지만, 그걸 말했다간 분명 이야기가 꼬이겠지.

"실례."

갑자기 진저는 내 옆구리를 붙잡고 들어올려 주었다.

"보시죠."

"아, 감사합니다."

아무래도 높은 곳에서 보라고 해 준 모양이었다. 눈치 빠른 사람이다.

얼굴은 평범해서 결코 미녀란 느낌은 아니었지만, 섬세한 곳에 신경이 닿는다면 분명 좋은 남편을 얻을 수 있겠지.

"록시 님도 사람이 많은 곳에서는 뿅뿅 뛰곤 했습니다."

"그런가요."

"예, 하지만 이렇게 들어올리면 복잡한 얼굴을 하셨습니다."

그 광경이 눈이 선했다.

잘 안 보인다고 말하면서 뿅뿅 뛰는 록시. 그걸 보다 못 해 선의로 들어올려 준 진저. 기분 상해서 내려달라고 하는 록시.

"록시 선생님을 들어올린 적이 있습니까?"

"예, 금방 내려달라고 화를 내셨지만."

역시나.

"어디를 붙잡았나요?"

"어디냐고 해도, 지금처럼 했습니다만."

지금 나는 딱 옆구리 근처를 잡혀서 들어올려진 상태다.

"어떤 느낌이었나요?"

"그러니까 복잡한 얼굴을 하고 바로 내려달라고."

내가 묻고 싶은 것은 록시의 옆구리 감촉에 대한 것이었는데… 뭐, 됐어.

"내려주세요. 얼른 가죠."

딱히 재미있는 것도 없었다. 앞으로 팔릴 노예가 쇠창살 안에 있을 뿐이었다.

얼른 서두르자 싶어서 왕궁으로 발길을 향했다.

"록시 선생님은 왕궁에서 어떤 일을 하셨나요?"

공통의 화제를 찾았다 싶어서 나는 진저에게 그렇게 물어보았다.

"보통은 왕자님께 공부를 가르쳤습니다만, 짬이 날 때는 병사의 연습에 참가하셨습니다."

로아에 있을 적에 록시가 보낸 편지에도 그런 내용이 있었던 것 같다.

"분명히 마술사와의 싸움을 상정한 연습을 했다고 들었는데요?"

편지에 따르면 난전 중에 록시가 마술을 쓰고 그걸 받아내는 연습이었다.

순간적으로 의식 밖에서 날아오는 마술을 받아 흘릴 수 있게 되면 전장에서의 구사일생도 어렵지 않다나.

"그렇습니다. 저희는 모두 수신류의 중급 검사지만, 록시 님 덕분에 순간적으로 마술이 날아와도 검으로 흘려낼 수 있게 되었습니다."

과연, 그래서 어제 싸운 기사가 내 스톤 캐논을 받아내었군.

말단 기사가 그걸 받아냈다 싶어서 쇼크였는데, 록시의 가르침의 결과라면 납득이 갔다.

그 뒤로 한동안 록시에 대해 이야기했다.

마술 수업 중에 융단을 태워서 새파래진 록시를 보고 병사들이 다함께 위로해 줬다든가, 식사에 나온 피망을 록시가 새파란 얼굴로 씹지 않고 삼킨 일이라든가.

"루데우스 님의 이야기도 들었습니다."

"호오. 어, 어떤 이야기였나요?"

"어린 나이에도 무영창으로 마술을 쓰는 천재라고."

"선생님이 그런 말씀을?"

"록시 님은 곧잘 자랑하셨습니다. 사실은 자기가 가르칠 수 있을 만한 존재가 아니었다고."

"에헤헤, 그건 과찬이에요."

그런 이야기를 하는 도중에 성에 도착했다.

제법 큰 성이지만, 리카리스의 키시리스 성이나 미리시온의 화이트팰리스 정도는 아니었다.

에리스의 본가와 비슷할 정도의 크기였다. 말하자면 아슬라 변경과 이 나라는 비슷한 정도다. 역시나 아슬라 왕국은 대단하네.

"……."

"근무 수고하십니다!"

진저가 문지기에게 가볍게 인사하자, 문지기가 직립부동 자세를 갖추었다.

그녀는 친위대라고 했으니까 보통 병사보다 높겠지.

"이쪽입니다."

그대로 똑바로 가려고 했더니 진저가 옆쪽으로 데려갔다.

성의 주변을 따라 빙글 돌아서 뒷문 같은 곳을 통해 안으로 들어갔다.

"죄송합니다. 정문은 귀족용입니다."

"그렇습니까?"

뒷문 안은 병사의 대기소 같은 장소였다.

방구석에는 긴 테이블이 두 개 있고 병사 몇 명이 앉아서 카드 게임 같은 것을 즐기고 있었다.

그들은 진저를 보자 곧바로 일어서서 직립부동 자세를 취했다.

"……."

"근무 수고하십니다!"

진저는 인사를 한 차례 하고 방 안쪽으로 들어갔다.

나는 그들을 곁눈질하면서 그녀의 뒤를 따랐다.

"진저 씨는 높은 사람이군요."

"기사 중에서는 열두 번째 정도일까요…."

열두 번째, 높은 건지 낮은 건지 판별하기 힘드네.

이 나라의 기사는 백 명 단위겠고, 그렇게 생각하면 낮지는 않겠지.

"이쪽입니다."

진저는 계속 안쪽으로 들어갔다. 그 발걸음이 약간 신중한 듯했다.

그녀는 계단을 올라가지 않고 복도 안쪽 막다른 곳에 있는 방 앞에서 멈추었다.

여기가 록시의 방일까? 꽤나 한적한 장소로군. 록시답기는 하지만.

"……."

진저는 문득 내 차림을 보고 손을 내밀었다.

"실례, 지팡이와 짐을 맡겠습니다."

"아, 예."

도어보이 같은 일까지 해 주다니, 친절하군.

진저는 내 짐을 맡더니 똑똑 노크.

"진저입니다. 루데우스 님을 모셔왔습니다."

"들어와라."

대답은 남자 목소리였다.

내가 그 사실을 의문스럽게 생각하기 전에 진저는 바로 문을 열고 내게 안으로 들어가라는 손짓을 했다.

나는 시키는 대로 방 안에 들어갔다.

"호오…. 이 녀석이 루데우스인가."

거기에는 남자가 잘난 듯이 앉아 있었다. 작은 통 같은 남자였다.

남자는 거만하게 가슴을 떡 펴고 있었지만, 키가 꽤나 작았다. 키만 작은 게 아니라 손발도 짧았다.

호빗과 드워프를 합친 듯한 느낌이었다. 하지만 얼굴만 이상하게 커서 인간 성인 남성의 것이었다. 얼굴도 내게 꽤나 친밀감이 느껴지는 종류의 것이라서 미남이라고 할 수 없었다.

그 양옆에는 두 메이드의 모습. 낯익은 메이드와 낯선 메이드.

낯선 쪽을 메이드A라고 하자. 20대 후반 정도의 평범한 여자.

메이드 B는 리랴와 똑같은 얼굴을 하고 있었다.

아니, 리랴였다.

5년이나 지나서 조금은 나이든 것처럼 보였다. 피부가 시드는 시기가 겹친데다가 전이 같은 것에 휘말려들었으니까 어쩔 수 없겠지.

"우읍?!"

그리고 그녀는 의자에 앉혀져 있었다.

왜인지 의자에 로프로 꽁꽁 묶여 있고 입에는 재갈.

록시의 모습은 어디에도 없었다.

"어? 이게 뭐야…"

나는 혼란에 빠져서 주위를 둘러보았다.

나는 여기에 록시가 있고 사정을 설명해 줄 거라고 생각했다.

"떨어뜨려라."

남자의 목소리에 내 발밑의 바닥이 사라졌다.

정신을 차리고 보니 나는 마법진 안에 있었다.

신호와 함께 발밑의 바닥이 무너져서 함정처럼 나를 밑으로 떨어뜨렸다.

그걸 알기까지 몇 초의 시간이 필요했다. 작은 방이었다. 열두어 평 정도 될까.

지면에는 마법진이 있어서 희미한 빛을 발하고 있었다.

나는 재빨리 마술을 쓰려고 했다.

바닥에 떨어졌으니까 위로 올라가야겠다 싶어서 어스 필러로 내 몸을 들어올리려고 했다.

"…어라?"

하지만 마술은 발동하지 않았다.

다시금 더 세게 마력을 담아서 발치에 흙기둥을 만들려고 했지만 발동하지 않았다.

이상하네. 마력은 분명히 나왔을 텐데….

아니, 이상할 것 없나. 주위를 둘러싼 이 마법진. 이것 때문이겠지.

"결계…인가."

마법진의 테두리를 향해 손을 뻗어 보자, 벽 같은 것에 닿았다.

한 대 때려 보았지만 꿈쩍도 하지 않았다.

나갈 수 없다. 하지만 위기감은 들지 않았다. 아직 머리가 이 상황을 쫓아가지 못했다.

"카하하하하! 헛수고다! 헛수고! 그 마법진은 록시를 붙잡기 위해 만든 왕급 결계다! 너라고 해도 어떻게 안 돼!"

방금 전의 뚱뚱이가 방구석에 있는 계단을 내려왔다.

그리고 내 앞에 멈춰 서더니 히죽히죽 기분 나쁜 웃음을 지으면서 의기양양하게 고개를 쳐들었다.

"당신은?"

"내 이름은 팩스. 팩스 시론이다!"

팩스. 아, 제7왕자인가.

그렇긴 해도 이 남자, 마술을 못 쓰게 하는 결계로 록시를 붙잡아서 대체 뭘 할 작정이었을까.

아니, 편지에는 나와 비슷하다고 했다.

나는 신사적인 남자다.

그럼 분명 신사적인 행동을 할 게 틀림없다. 신사적인 행패를 부리겠지.

"크크큭, 좋은 얼굴이군. 루데우스 그레이랫."

나의 분한 얼굴을 봤는지 남자는 히죽히죽 웃었다.

나는 포커페이스를 만들면서 심호흡했다. 진정해. 일단 진정해.

"저는 덫에 걸린 모양이군요. 알겠습니다. 어제 병사를 공격한 것은 정식으로 사죄하지요. 그 전에 일단 록시를 불러 주세요. 저는 그녀에게 사사한 바 있습니다. 신원 증명을 해 줄 겁니다. 그리고 변호사를 불러서 정식 재판 후에—."

"록시는 없다."

록시가 없다.

"뭐…라고…?"

그 말에 나는 스스로도 놀랄 만큼 충격을 받았다.

록시가 없다. 그건 즉 신의 부재를 의미했다.

신은 없나.

아니, 그럴 리가. 저 위대한 수학자 오일러도 신은 존재한다고 말하지 않았나. 예카체리나 2세의 명을 받아서 훌륭히 신의 존재를 증명하지 않았던가.

신은 있다. 나 또한 신의 존재를 이 몸으로 증명할 수 있다.

"아니, 신은 있습니다."

"…뭐? 신?"

팩스는 놀란 얼굴을 했다.

그래. 신은 있다. 틀림없다. 없다면 종교전쟁이다. 미리스 교단이든 뭐든 죽고 싶은 놈부터 덤벼봐라. 이길 수 있을 만한 놈만 상대해 주지.

"흥, 신에게 기도하나. 좋은 선택이군. 이런 상황에서는 도저히 벗어날 수 없을 테니까."

"그렇군요."

자, 진정도 되었으니 농담은 이정도로 끝내자.

"그래서 방금 전에 한 말은 이 나라에 록시가 없다는 의미로 받아들이면 되겠습니까?"

"그래! 너는 록시를 유인하기 위한 미끼가 되는 거다!"

"록시가 덥썩 물어 준다면 그건 바라는 바입니다만…"

적당히 대답하면서 생각했다.

즉 록시는 이 나라에 없고, 이 사람은 록시를 붙잡으려고 한다.

뭐지? 뭔가 일을 치고 록시가 도망쳤다는 소린가?

생각하는 내게 팩스는 다음 말을 던졌다.

"편지를 보고 놀랐다. 설마 록시의 연인이 이 나라에 오다니!"

"어? 록시에게 연인이 있었습니까?!"

진짜?

편지에 그런 말은 적지 않았는데….

"음? 네가 아닌가?"

아, 나를 록시의 연인으로 착각했나.

"천만의 소리! 가당치도 않은 소리! 부족하기 짝이 없는 불초 제자입니다!"

나는 설레설레 고개를 내저었다.

사실은 기쁜 나머지 몸을 배배 꼬고 싶었다. 무슨 순록처럼 배배 꼬고 싶었다. 메탈 몬스터 안의 사람처럼 꿈틀대고 싶었다.

하지만 꾹 참았다.

"흥, 연인이 아니더라도 제자라면 록시는 온다."

"올까요?"

"오고말고. 리라는 미끼로 부족한 모양이지만, 그렇게나 칭찬했던 너라면 록시는 온다! 그리고 그렇게 왔을 때가 록시가 여자로서 끝나는 날이다. 내 성노예로 평생 키워 주지. 왕자를 다섯은 낳게 하지."

성노예 운운 전에 제7왕자가 정권을 잡을 수 있을지를 따지고 싶지만.

아, 의문이 한 가지.

"저기, 질문 좀 해도 되겠습니까?"

"뭐냐? 아, 그렇군. 처음에는 네 눈앞에서 범해 주마! 그리고 네 목을 벤 뒤에 절망의 얼굴로 물든 록시와 또다시!"

꽤나 망상에 젖었군.

"저는 여기에 올 때까지 리랴의 정보를 일절 듣지 못했습니다만…. 저기, 어떻게 록시는 제가 붙잡혔다는 걸 탐지할 수 있을까요?"

팩스는 우뚝 멎어 버렸다.

"흥, 우수한 록시라면 어디에서든 듣겠지!"

과연, 록시는 우수하니까.

내가 찾아낼 수 없는 정보라도 찾아낼지 모른다.

하지만 그 확률은 낮겠지.

"저기, 하다못해 정보를 흘리기라도 하는 편이 좋지 않겠습니까?"

록시가 당하는 걸 바라는 건 아니다.

그건 아니지만, 하다못해 그랬으면, 어쩌면 파울로가 조금 더 일찍 리랴에 대해 알 수 있었을지도 모른다.

"흥, 그 수에는 안 넘어간다! 너희는 아슬라 상급귀족의 비호 밑에 있겠지! 리랴나 너를 붙잡았다는 사실이 알려지면 보레아스인가가 적으로 돌아서겠지?"

"그럴까요…?"

으음? 뭔가 이상한데? 뭐, 내가 붙잡혔다는 게 알려지면 혹시 사울로스 할아버지가 도와줄지도 모르지만….

하지만 왜 리랴가 관계있지?

"리랴도 몇 번이나 편지를 보내려고 했으니까! 도움을 청하게 놔둘 것 같냐!"

왜 다른 이는 안 오고 타깃만 딱 낚일 거라 생각하는 걸까?

아, 그런가. 이놈 바보구나.

"아니, 정보를 흘리지 않는다, 사람을 부르게도 하지 않는다, 그럼 아무도 안 올 거 같은데요?"

"흥! 실제로 네가 어슬렁어슬렁 나타났지 않았나!"

아니, 그런 논리는 이상해.

"애초에 정보를 록시에게 직접 건네주면 된다!"

"건네줬습니까?"

"2년 동안 계속 찾았는데도 못 찾았다! 하지만 언젠가 나타나 겠지! 그 여자는 눈에 띄니까!"

눈에 띈다고 해서 꼭 찾을 수 있을 것 같진 않은데….

이상하네. 편지에는 나와 비슷하게 우수하다고 적혀 있던 것 같은데.

아니면 혹시 록시는 나를 이 정도로 평가했나?

그렇다면 힘이 쪽 빠진다.

"흐흥, 아무래도 포기한 모양이군. 무영창 마술인지 뭔지 모르지만, 결국 내 권력에는 이길 수 없다."

흥, 절대로 권력에 진 게 아니야, 끄아아!

"오오, 좋은 눈이다. 소름이 돋는군. 마지막까지 그런 눈을 해 주겠어? 그래, 기대되는군. 기대된다. 록시, 얼른 좀 안 오려나…."

팩스는 사랑에 몸이 단 소년처럼 말하면서 계단을 올라갔다.

올 리가 없잖아….

"어이, 누가 리랴의 재갈을 풀어 주라고 했나?"

"죄송합니다. 한 마디 정도는 할까 싶어서."

"괜한 짓 하지 마!"

"부탁드립니다, 전하. 저라면 뭐든지 할 테니까 루데우스 님만큼은…!"

"시끄럽다. 나는 늙은이에게 흥미 없다!"

"아악!"

위층에서는 그런 소리와 함께 퍼억 하는 메마른 소리가 울렸다.

천장이 열려 있으니까 그대로 다 들리는 걸까.

아니, 혹시 지금 리랴를 때린 거야?

"그렇기는 한데 아이샤는 아직 못 찾았나!"

"현재 수색 중입니다, 전하!"

"큭, 납치범의 특징은?!"

팩스의 짜증 어린 목소리가 들렸다.

아무래도 어제 이야기를 하는 모양이다.

하지만 이거 난처하군. 나도 얼굴을 숨기지 않았으니까 금방 들킬 것 같다.

숙소의 장소는 편지에 적어두었고….

하지만 들켜도 문제없으려나. 숙소에는 루이젤드와 에리스가 있다. 루이젤드라면, 루이젤드라면 어떻게든 해 줄 거다. 오펜스에 정평이 난 에리스도 있고.

"보고에 따르면 쉐도우문 나이트라는 이름을 쓰는 근골 우람한 거한이었다고 합니다. 드높게 웃으면서 지붕 위를 뛰어다니는 변태라고."

"그렇게 눈에 띄는 녀석이 왜 붙잡히지 않지! 제길, 이놈이고 저놈이고 도움이 안 돼!"

"죄, 죄송합니다."

어이! 병사, 병사 아저씨, 제대로 좀 보고하라고!

내가 어디가 근골 우람해?

아니, 하지만 실제로는 선의에서 나온 행동일지도 모르겠군. 선의로 아이샤를 놓아주려고 한 걸지도 모른다. 착한 사람 같았고.

굿잡 솔저.

"하지만 편지는 이미 찢어 버렸다는 보고입니다."

"편지 따윈 얼마든지 쓸 수 있잖아!"

"어린애 편지로는 상급 귀족도 움직이지 않을 겁니다. 그냥 내버려두는 게 어떻습니까?"

"안 돼, 안 돼! 찾아라. 가족이 어떻게 되어도 좋나!"

"…큭! 바로 수색대를 보내겠습니다."

바쁘게 달려가는 소리.

진저는 가족을 인질로 잡혔나.

"흥, 리랴는 평소처럼 거기에 집어넣어라!"

"옙!"

"루데우스 님! 반드시 도와드리겠습니다!"

"닥쳐라! 그렇게 놔둘 리가 없잖나!"

"아악!"

"흥, 너도 록시를 알고 있었지. 그 건방진 여자 앞에서 목을 쳐 주지!"

짜악, 다시금 메마른 소리가 울리고 뭔가가 질질 끌려가는 소리가 들렸다.

"흥, 루데우스! 네 녀석은 절대로 꺼내 주지 않을 테다!"

그런 소리에 위를 보니 팩스의 기분 나쁜 웃음이 보였다. 그는 내게 시선을 한 번 던지더니 구멍에서 보이지 않는 위치로 이동했다.

잠시 뒤에 내가 떨어진 구멍에 뭔가가 덮였다. 뚜껑을 덮은 거겠지.

마법진의 흐릿한 불빛과 정적만이 남았다.

"후우…."

왠지 정신이 멍해졌다.

리랴가 얻어맞아서 화가 나야겠지만, 신기하게도 분노가 들지 않았다.

지금 대화가 너무나도 극적이었지만, 그래도 이미 인신에게 리랴를 구해낼 수 있다고 들었기 때문일까.

아니면 비뚤어졌다고 해도 그가 록시를 원하기 때문일까.

나도 록시에게 버림받았으면 그처럼 되었을지도 모른다.

아니, 그게 아니다. 생전의 나와 다소 비슷하기 때문이다.

그러니까 분노보다도 당혹스러움이 크겠지.

"어디 보자…."

어쨌든 대충 상황은 알았다.

말하자면 역시 리랴는 팩스에게 붙잡혀 있는 것이다.

구속의 명분은 뭐든지 상관없겠지. 타국의 스파이라든가.

그리고 이야기를 들어보기로는 아무래도 록시의 관계자라고 생각한 왕자가 계획을 짜냈다.

리랴를 미끼로 록시에게 연락을 취해서 유인하려고 했다.

그레이랫이라는 이름이 무섭기 때문인지 어디까지나 비밀리에.

아슬라 왕국에게 들켜도 리랴는 결국 메이드니까 얼마든지 무마시킬 수 있겠지.

록시는 발견되지 않고, 리랴는 오랫동안 억류되는 꼴이 되었다.

리랴는 파울로에게 도움을 청하려고 했지만, 당연하게도 왕자는 그걸 허용하지 않았다.

그런 상황에서 아이샤는 성을 탈출, 편지를 보내려고 했지만 실패. 편지는 찢어졌다.

신기한 것은 그 뒤에 왜인지 병사는 그녀의 움직임을 돕는 보고를 했다는 점이다. 단순히 왕자가 싫은 건지, 아니면 다른 이유가 있는 건지…. 진저는 인질을 잡힌 모양이고, 다른 병사도 비슷한 느낌일지도 모른다.

그런 상황 속에서 내가 멍청하게 거미집에 걸렸지만, 인신은 록시에게 편지를 보내라고 말했으니까 내가 이렇게 붙잡히는 것은 상정범위 안이라는 소릴까.

당황할 것 없다.

지금은 지시대로 했다.

……아니, 잠깐만?

나는 정말로 지시대로 했을까?

예를 들어서 병사에게는 쉐도우문 나이트라고 말했다.

인신의 조언은 아이샤에게 '데드엔드의 개주인'이라고 밝히면 되는 거라고 생각했다.

하지만 사실은 병사에게도 개주인이라고 해야만 하는 게 아니었을까?

그것만이 아니다.

편지도 그렇다. 분명히 본명을 '밝히지 않으면 된다'고 생각했지만, 편지의 발신인에 루데우스라고 쓰지 않았으면 이렇게 안 되지 않았을까? 단순히 록시의 지인으로 왕자와 대면했으면 조금 더 온건하게 이야기를 할 수 있지 않았을까?

이런, 왠지 실수한 것 같았다.

아니, 아직, 아직 괜찮겠지? 이 정도는 상정범위 안이겠지?

걱정이다.

일단 탈출 루트만이라도 몰래 확보해두도록 할까.

## 제5화 제3왕자

안녕하세요, 전직 골방지기에 니트족이었던 루데우스입니다.

오늘은 시론 왕국의 무료 임대주택에 왔습니다.

입주금, 보증금 0. 집세 0. 식사는 없고 낮잠이 딸린 원룸.

건축 자재는 견고한 석재, 빈틈없고 튼튼하게 만들어졌습니다.

조금 해가 안 들고 침대가 없는 게 난점, 화장실은 다소 구형의 재래식, 오래 살면 병이 날 게 틀림없습니다만, 그걸 차치하더라도 집세가 쌉니다!

다름아니라 공짜니까요.

더군다나 이 마음 든든한 시큐리티 구조.

이걸 보십시오, 이 튼튼한 결계. 이 안에 있으면 마술을 무효화하고, 밖에 나갈 수 없어집니다!

A랭크 모험가인 제가 진심으로 때려도 꿈쩍도 하지 않습니다.

아무리 탈옥, 탈주의 명인이라도 여기를 드나드는 건 쉽지 않겠죠.

응, 이런 식의 이야기는 두 번째니까 그만하자.

나갈 수 없다. 누가 도와줘. 루이젤드, 얼른 구하러 와 줘, 루이젤드, 구해 줘!

그렇게 사로잡힌 공주님 같은 기분에 빠져 있습니다.


그 뒤로 꼬박 하루 동안 나는 결계의 해제에 힘썼다.

결과를 보자면 참담했다. 마술을 쓸 수 없다는 소리는 내가 할 수 있는 일이 거의 없다는 소리. 보이지 않는 벽을 때려 보거나, 바닥의 마법진을 문질러 보거나, 4미터 근처 높이인 천장에 닿지 않을까 싶어서 뿅뿅 뛰어 보았다.

할 수 있는 일은 다 해 보았지만 전부 실패였다.

하다못해 지팡이가 있으면 천장을 때리는 정도는 가능했을지도 모르지만, 짐은 죄다 진저에게 맡겼다. 대단한 걸 가지고 있던 건 아니지만, 뭔가 쓸모 있는 게 있었을지도 모른다.

마술로도 여러모로 시험해 보았지만 다 불발로 끝났다.

마력이 흡수된다면 내게 가진 최대급의 마력으로 깨뜨려 주겠다는 소년만화 같은 식의 시험도 해 보았지만, 꿈쩍도 할 기색이 없었다.

마력은 나오지만 그게 형태를 맺지 못했다.

현상으로 변화시킬 수가 없었다. 될 것 같은데 되질 않았다.

뭐라고 할까, 라이터가 강풍 때문에 안 켜질 때와 비슷할지 모르겠다. 불꽃은 나오고 가스도 나오지만, 불이 켜지질 않는다. 혹은 불이 켜졌다가 바로 꺼지는 느낌이다.

왕급 결계 마술이라고 했던가. 대단하네.

"……."

자력으로 나갈 수 없다고 인식한 시점에서 초조한 마음이 절절이 솟아났다.

지금 나는 여차할 때에 아무것도 할 수 없는 상황에 처했다.

예를 들어서 운 나쁘게 여기에 록시가 왔다고 해도 그녀가 나를 구하려고 힘을 쓰다가 팩스에게 당한다고 해도 나는 그녀를 도울 수 없다.

날 버리고 가라고 소리칠 뿐이겠지.

예를 들어서 어쩌다가 에리스가 붙잡혔다고 해도 나를 그녀를 도울 수 없다. 그 경우는 분명 나를 인질로 잡았다는 소리일 테니까 루이젤드가 어떻게 해 주기를 빌 수밖에 없다.

이 경우 역시 날 버리고 가라고 소리칠 뿐이겠지.

예를 들어서 팩스의 마음이 변해서 내가 있으면 인질은 충분하다고 말하며 리랴를 죽이려고 든다면… 역시나 소리칠 수밖에 없겠지.

괜찮다고 생각하고 싶지만, 인신의 조건을 완전히 따른 건 아니다.

어쩌면 이미 조언에서 엇나갔을지도 모른다.

다름 아닌 인신이니까 그것도 상정했을 것 같지만, 그래도 그 조언에서는 아이샤와 리랴를 구할 수 있다고밖에 하지 않았다. 그 외의 사람을 구할 수 있다고는 하지 않았다.

아니, 내 신용을 얻으려는 조언이니까, 그 뒤로 뭔가를 저지를 거라곤 생각하기 힘들다.

하지만, 하지만, 하지만, 안 좋은 생각이 자꾸만 맴돌았다.

제길. 얼른 탈출하지 않으면….

이것저것 시험하는 동안에 시간이 얼마나 경과했을까.

지쳤다. 이렇게 마력을 쓴 건 오래간만인 것 같았다.

결계는 꿈쩍도 하지 않았다.

록시를 붙잡으려는 결계니까, 그렇게 간단히 해제할 수 있을 리도 없나….

"후우…. 조금 쉴까…."

시계도 없고 태양도 안 보이니까 시간 감각이 모호해졌다.

배가 고팠다. 방금 전에 배가 꾸르륵 소리를 냈다. 그 왕자, 혹시 식사를 잊어버린 건 아니겠지?

아니, 그게 아닌가. 식사량을 줄여서 빼빼 마른 몸으로 만들 생각인 것이다. 그 편이 록시를 데려왔을 때에 흥분하겠지.

하루에 한 끼일까. 한창 자랄 때인 몸으로서 다소 힘들군.

어떻게 한다…. 힘으로는 탈출할 수 없다. 조금 다른 방법을 쓰는 편이 낫겠지. 생전에 감옥에 갇힌 사람은 어떻게 탈출했더라?

예를 들자면 병이라든가 죽은 척.

의사나 치유술사를 들여놓기 위해 일시적으로 결계를 해제할지도 모른다.

아니, 그냥 죽게 내버려둘 가능성도 있군. 인질은 둘이나 있고.

할리우드 스타라면 문지기가 다가왔을 때 쇠창살 사이로 손을 뻗어서 단숨에 기절시키고 열쇠를 빼앗겠지만, 여기선 그럴 수 없다.

…또 어떤 방법이 있었더라.

요는 여기서 나가면 된다. 마술만 쓸 수 있으면 어떻게든 되니까.

그러니까 아예 얌전히 따르는 척하면 될지도 모르겠다.

'사실은 전부터 록시가 마음에 안 들었어요. 케헤헤, 형님, 사실은 록시의 가족이 어디 있는지 아니까 아버지와 어머니의 눈앞에서, 라는 건 어떻습니까?'

그런 느낌으로 가면 걸리지 않을까?

그 녀석은 바보 같았고…. 아니, 그만두자.

아무리 나라도 록시를 나쁘게 말할 순 없다.

내 자존심은 얼마든지 버리겠지만 록시를 나쁘게 말할 순 없다.

뚜벅… 뚜벅….

고민하는 내 귀에 소리가 닿았다.

발소리였다.

조금씩 다가왔다. 팩스가 상황을 보러 온 걸까?

뚜벅….

발소리가 딱 머리 위에서 멎었다.

그리고 발소리는 곧 방을 가로질러서 계단에서 들려오게 되었다.

"호오, 진저의 말대로군."

계단을 내려온 것은 모르는 남자였다.

하지만 왕족이란 걸 한눈에 알 수 있었다.

일단 복장이 아주 으리으리한 느낌이었다. 검정 바탕에 금색의 자수를 여기저기에 놓아서 한눈에 높은 사람임을 알 수 있었다. 나이는 스무 살 정도일까. 얼굴은 팩스와 다소 비슷하지만 팩스보다 마른 인상이었다. 얼굴이 길고 광대뼈가 튀어나왔고 안경을 꼈다.

큐피트의 존재가 과학적으로 입증된 세계의 니트족이 이런 얼굴을 했던가.

"시론 왕국 제3왕자, 자노바 시론이다."

그 녀석은 다소 무게감 있는 목소리로 말했다.

제3왕자란 소리는 팩스의 형인가.

"인사드립니다. 루데우스 그레이랫입니다."

"음."

"오늘은 어떠한 일로?"

"음."

자노바는 거만하게 끄덕이더니 손에 들었던 꾸러미를 들어올렸다.

어디서 본 꾸러미였다. 아니, 내 꾸러미였다.

자노바는 꾸러미를 지면에 놓더니 신중한 손길로 그 안에서 어떤 것을 꺼냈다.

창을 든 전사 인형―루이젤드 인형이었다.

"이 마족의 인형을 어디서 손에 넣었지?"

자노바는 인형을 결계 바로 밖에 두고 그렇게 질문했다.

"대답해라. 진저에게서 네가 가져왔다고 들었다."

힐문하는 어조였다.

마족 인형. 별생각 없이 가지고 왔는데, 역시 마족 인형은 이 근처에서도 사신상 취급일까. 록시 인형은 마족의 특징이 없는 인형이지만, 루이젤드 인형은 이마에 보석이 있으니까 한눈에 마족임을 알 수 있다.

뭐라고 대답해야 할까…. 적어도 내가 만들었다고 하지 않는 편이 좋겠지.

"…마대륙을 여행할 때 우연히 입수한 것입니다."

"호오! 역시 마족의 손으로 만들어졌나! 그래서 어디쯤에서 손에 넣었지? 팔던 상인은 어떤 차림이었나? 제작자가 누구인지는 아나?!"

왠지 엄청난 기세로 캐물었다. 눈이 빛났다.

"그, 글쎄요, 저도 한눈에 마음에 들어서 구입했을 뿐이지 자세하게는…."

"뭐라고?"

자노바의 안경이 반짝 빛났다.

엄청난 위압감이다. 틀림없다. 이건 사람을 죽여본 적 있는 녀석의 눈이다.

"아, 그렇지. 그 인형을 팔 때 상인이 말했습니다. 그 인형을 가지고 있으면 스펠드족의 습격을 만나도 괜찮다고, 인형을 보여주면서 '루이젤드는 아이 좋아해, 루이젤드는 아이 좋아해'라는 주문을 외우면 스펠드족은 곧바로 십년지기 친구처럼 가까워져서 친근하게 어깨에 팔을 두르며 '헤이, 브라더'라고 말한다고."

"호오! 그런 말을! 그리고?! 그 외에는?!"

"어어, 무병장수에 아이 복이 생기고, 그, 그리고 검술이 능해진댔나?"

"에잇, 그런 게 아니다! 말하자면 스펠드족과 관계 깊은 자가 만들었다는 소리로군?!"

그런 게 되나.

나는 스펠드족이라면 루이젤드 한 명밖에 모르지만.

그래도 관계 깊다고 하자면 깊겠지. 이 세계에는 스펠드족과 엮이기 싫어하는 사람이 많은 모양이고.

"흐음, 역시 이건 같은 제작자일 가능성이 높아졌나…."

자노바는 흠흠 소리를 내면서 인형을 손에 들고 이리저리 돌려보았다.

그러더니 지면에 탁 내려놓고 또 꾸러미 안으로 손을 뻗었다.

으음, 그거 말고 거기 들어 있을 만한 건 긴급용 옷가지뿐인데….

"그럼 이 인형을 본 적 있나?"


꾸러미에서 나온 것은 록시 피겨였다.


록시 인형을 바닥에 내려놓은 자노바가 그 앞에 털썩 앉았다.

"이 마족상은 5년 정도 전에 시장에서 발견된 것이다…."

그는 턱에 손을 대고 사랑스러운 눈길로 인형을 보았다.

루이젤드 피겨를 포교하려던 도중에 안 것인데, 미리스 교단의 영향 밑에서는 마족 인형은 삼가야 한다. 역시 그것을 규탄하려는 걸까.

화난 느낌은 아닌데.

"내 동생이 발견한 것이지. 당시 궁정마술사였던 록시와 아주

비슷하다며 자기가 직접 시장에서 행상인에게 구입한 것이라고
했다."

"…'당시' 궁정마술사'였던', 이라고 하셨습니까?"

"음? 아, 너는 모르는 모양인데, 록시 미굴디아는 이미 이 나
라에 없다. 내 동생의 성희롱을 견디다 못 해 떠났다."

아니, 일단 팍스한테 듣긴 했는데.

그런가, 성희롱 때문에 떠났나.

"구체적으로는 어떤 성희롱을?"

"음…? 속옷을 훔치거나 목욕하는 걸 엿보았지."

진짠가. 용서할 수 없다. 그런 녀석에게는 따끔한 벌을 내려
야 한다.

그렇군, 예를 들어서 컴퓨터를 야구배트로 박살내든가, 틈만
나면 생명을 베어내는 주먹을 날리는 아가씨와 한 지붕 아래에
서 살게 한다든가. 홀딱 벗겨서 감옥에 처넣고 냉수를 뒤집어씌
운다든가.

뭣하면 내가 직접 굵직한 어스 필러를 내일을 향해 쏴주어도
좋다.

기둥만큼 굵직한 놈으로.

그렇긴 해도 록시의 팬티를 훔치다니, 그런 짓을 해도 된다고
생각한 걸까…. 아니, 아니지, 용서할 수 없는 행위다. 아무리
왕자라도 해도 되는 짓과 안 되는 짓이 있다. 록시가 떠난 게
당연하다.

…어라?

그 논법으로 가면 혹시 록시가 내 가정교사를 그만둔 이유는 나 때문?

"그런 것보다 이 인형 말인데."

자노바는 그렇게 말하고 록시 인형의 어깨 근처를 스윽 문질렀다.

그렇지. 이런 우울한 화제는 바꾸어야 한다.

그렇게 생각하며 나는 진지한 얼굴로 끄덕였다.

"나는 인형을 아주 좋아해서 말이지. 세계 각지의 인형을 수집하는데…."

그런 전제를 깔고 그는 이야기를 시작했다.

"이 인형만큼은 제작자도, 어디서 만들어졌는지도 알 수 없다. 바위를 깎아 만들었다는 것만큼은 알겠는데, 드워프가 쓰는 돌 세공의 재질보다도 단단하고 무겁군. 이 경도의 돌을 이렇게까지 정교하게 깎아내는 기술은 지금 세상에 존재하지 않는다…. 예를 들어서… 봐라, 이 지팡이 부분을. 정교한 드워프 기술이라도 단단한 석재를 이렇게까지 세밀하게 깎아내는 것은 아주 어렵겠지."

자노바는 그렇게 말하며 인형이 든 지팡이를 가리켰다.

지팡이 같은 가느다란 부분은 부러지기 쉽다.

그 결점을 보완하기 위해서 상당한 시행착오를 겪었다.

그런 보람이 있어서 높은 강도와 견고함을 가졌다.

루이젤드 인형의 창 자루 부분도 같은 재질이지만, 이 부분을 만들 때에는 상당한 마력과 집중력, 그리고 시간이 들었다. 구체적으로 말하자면 1센티 만드는 데에 꼬박 하루가 걸렸다.

그런 보람이 있어서 내 제조 기술의 결정이라고 할 수 있을 만큼 부러지지도, 휘어지지도 않게 완성되었다.

고생한 부분 중 하나니까 칭찬을 들으니 기쁘네.

"이렇게 훌륭한 것이 아슬라 금화 다섯 닢 정도에 팔렸다. 나라면 아슬라 금화 백 닢은 내놓겠는데. 저자거리에 사는 녀석들은 정말이지 눈썰미 없는 멍청한 것들뿐이라 곤란해. 물론 마족상이란 것도 고려해서 그렇게 싼 거겠지. 이런 것을 가지고 있다가 미리스 교단의 신전기사단에게 들키면 시론의 왕자라도 이단심문에 걸려서 마신숭배자로 죽을 테니까. 싸게 파는 건 얼마든지 핑계를 댈 수 있다."

자노바는 이마를 누르며 설레설레 고개를 내저었다.

죽는 건가…. 신전기사단은 광신자들뿐이라고 그랬고.

"하지만 나는 진작부터 이 조각상의 제작자를 찾고 있었다. 마신숭배자와는 엮이고 싶지 않지만, 그래도 이것을 만든 자와는 이야기를 해 보고 싶어서 말이지. 그런 때에 리랴가 갑자기 내 방에 나타났다. 록시가 떠난 다음날에 말이다."

흐음. 우연의 엇갈림이었군.

"리랴는 병사에게 붙잡혔고 이런저런 이유로 팩스가 관리하게 되었는데, 리랴의 소지품 중에 이런 것이 있었다."

자노바는 그렇게 말하면서 꾸러미보다 작은 상자를 꺼냈다. 주먹 정도 크기의 처음 보는 상자였다.

"왜 이런 것을 소중히 가지고 다녔는지 신기할 따름이었는데, 잘 보아라."

자노바는 내게 잘 보이도록 상자를 열었다.

자노바는 부드러워 보이는 천으로 싸인 그것을 꺼내더니 조심스럽게 천을 풀었다.

그 안에 들어 있던 것은 나무를 깎아 만든 펜던트였다.

어디선가 본 적이 있는 나무였다.

당연하지만 수제품으로, 그걸 만든 사람의 부족한 실력이 전해졌다.

"그 펜던트가… 어떻다는 거죠?"

"음, 이 펜던트는 아무래도 좋다."

자노바는 그렇게 말하더니 펜던트를 집어서 꾸러미 위에 놓았다.

동작 하나하나가 조심스러워서 호감이 일었다.

하지만 상자 내용물이 아무래도 좋다는 게 무슨 소리일까?

그때 나는 깨달았다. 펜던트를 싼 천이 기억에 있었다.

"그래, 이 **팬티** 말인데."

자노바는 그렇게 말하며 천을 펼쳤다.

홈베이스 같은 모양을 한 하얀 천, 틀림없다… 저것은….

록시의 것이었다.

"리랴는 네 열 살 생일에 이걸 선물하려고 했다는 모양이다."

즉 그런 소리인가. 펜던트는 카모플라주. 그걸 싼 천이야말로 내 소중한 것이라고 확실히 깨달았다.

어쩌면 당초에는 그대로 선물하려고 했을지도 모르지만, 생일에 팬티를 선물하는 게 이상하다는 걸 고려해서 일부러 이런 짓을 한 것이다.

하지만 아쉽기 짝이 없었다.

팬티는 깨끗하게 세탁되어 있었다.

록시의 엑스트라 버진 올리브 오일은 씻겨나가고, 신성은 사라졌다. 이미 이 팬티에는 신이 깃들어 있지 않다. 대신 리랴의 진심이 담겨 있다고 할 수 있겠지만….

"그, 그래서, 그 팬티가 어떻단 말씀입니까?"

떨리는 목소리를 숨기면서 나는 물었다.

자노바는 고개를 한 차례 끄덕이더니 엎드렸다.

"팬티에 대해 말하기 전에 이 인형에 대해 설명하지."

록시 인형을 깨지는 물건이라도 다루듯이 손가락으로 만졌다.

그리고 말하기 시작했다.

그래, 말하였다…. 막힘없이, 길게, 황홀한 표정으로.

"일단 이걸 정면에서 봐라.

언뜻 보면 이건 지팡이를 든 평범한 마술사다.

하지만 약동감이 있지.

이 로브의 파도치는 모양을 봐라.

한쪽 다리를 살짝 앞으로 내밀고 지팡이를 쑥 내미는 순간이 있는 그대로 느껴진다.

그리고 로브 자락과 소매 사이로 엿보이는 손목과 발목!

노출된 피부는 정말 적지.

정말 적지만, 거기에는 더 할 나위 없는 에로스가 있다.

이 적은 부분만으로 이 마술사 소녀가 너무 마르지도 않고,

결코 풍만하지 않은 몸을 로브 속에 감추고 있다는 걸 알 수 있다.

이렇게 헐렁헐렁한데도 알 수 있다!

그리고 이번에는 이렇게… 뒤쪽에서 봐라.

헐렁한 로브는 본디 몸매가 드러나지 않는다.

하지만 다리를 앞으로 내밀어서 천이 당기게 되고,

아주 조금 엉덩이 곡선이 드러났다.

작은 엉덩이지. 아마 실물을 봐도 그리 에로한 느낌이 안 들 겠지.

하지만 이렇게 헐렁한 로브에 드러났기에 에로하다!

꼭 보고 싶다고, 벗겨 보고 싶다고, 그렇게 생각하게 만드는 엉덩이다.

그렇게 생각해 보니, 이럴 수가, 이 로브는 벗길 수 있다.

로브를 고정하는 부분을 조심스럽게 벗겨 보면,

앳된 소녀의 속옷 차림이 드러난다.

더군다나 이 소녀는 브래지어를 하지 않았다.

록시란 인물의 가슴 크기로 보면 이 선택은 정답이다.

그리고 앞을 보면, 이럴 수가, 왼손이 가슴을 가리고 있다.

이상하지, 방금 전까지 왼손은 지팡이를 들고 있었는데.

그렇게 생각하며 로브를 보면 왼손이 이어진 채다.

그래. 이 인형에는 팔이 세 개 있다.

로브를 입은 모습과 속옷 차림. 이 기믹으로 두 개의 인형이 일체화되었다.

그야말로 천재다.

로브를 벗길 수 있다는 것은 다시 말해 몸의 포즈가 고정된다는 뜻.

하지만 이렇게 팔의 위치를 안과 밖에서 바꾸는 것으로 포즈의 자유도를 올렸다.

그것만이 아니야. 이번에는 옆에서 볼까.

로브를 입었을 때는 등을 쭉 펴고 앞다리를 내민 듯한 포즈였다.

하지만 로브를 벗기면 왜인지 몸을 앞으로 굽혔다.

마치 가슴을, 몸을 가리듯이.

그걸 확인하고서 얼굴을 보자.

로브를 입었을 때에는 늠름하던 얼굴이,

지금은 부끄러움을 필사적으로 억누르는 듯하지 않나?

이걸 만든 자는 알고 있다. 알면서 표정을 똑같이 했다.

누구도 흉내낼 수 없는 '지고'가 여기에는 있다.

분명히 요소요소는 드워프의 섬세한 기술에 아득히 못 미치지.

초보자라고 해도 좋아.

하지만 조야한 드워프로서는 도저히 미칠 수 없는 영역이 이 인형에는 있다!"


나는 그걸 한 마디 한 구절 흘려듣지 않았다.

평소라면 입을 쩍 벌렸을지도 모르지만, 나는 이 인형의 제작자다.

곱씹듯이 귀 기울여 듣고 만족스러운 기분이 되었다. 아니, 당연하잖아. 내가 만든 것을 두고 이렇게까지 뜨겁게 말하고 있으니 기쁘지 않을 리가 없지.

그래. 그렇다마다, 바로 그렇다. 이 록시 인형에는 당시 내가 가진 모든 기술을 부었다. 아직 서툰 실력이라고 해도 아는 사람이 보면 안다.

기쁜 일이다. 세심한 곳에 부은 노력까지 알아차려 주다니….

하지만 한 가지 부족하군. 내가 왜 손으로 가슴을 가리도록 했는지를….

"어라?"

그때 나는 깨달았다.

"옆구리의 사마귀가 사라졌습니다만."

"음?"

자노바는 그렇게 말하더니 록시 인형을 다시금 뒤집었다.

"아, 겨드랑이에 있던 검은 점 말인가? 하지만 그건 인형의 미관을 해친다고 생각해서 깎아냈다."

자노바는 별것 아니라는 듯이 말했다.

나는 그 말에 프리즈했다. 얼어붙었다. 눈을 치뜨고 움직임을 멈추었다.

"까, 깎아냈다고…?"

"흠, 여기에 점이 있었다는 걸 안다는 소리는 역시 너는 이 인형에 대해 뭔가 아는 게로군?"

"…잠깐 그 인형을 돌려 보세요."

"그전에 내 질문에 대답해라."

"됐으니까 돌려 보라고."

스스로도 놀랄 만큼 차가운 목소리가 나왔다.

자노바는 윽 소리를 내며 주저하다가 내가 시키는 대로 인형을 돌렸다.

"거기서 멈추고 그 각도로 살펴보세요."

사마귀가 있던 곳이 자노바에게 아슬아슬하게 보이는 위치에서 정지시켰다.

"손의 위치를 보시죠."

"대체 뭐지?"

"됐으니까 보세요."

나의 다소 강한 어조에 자노바가 울컥하는 게 느껴졌다.

하지만 얌전히 인형을 보았다. 참 성실한 녀석이로군.

"완전히 감춰지지 않는 게 보입니까?"

"…음?"

"손이 닿지 않은 걸 알겠습니까?"

"……아."

자노바가 작게 소리내었다.

그도 간신히 깨달은 모양이다. 그래, 내가 손으로 가슴을 가리도록 한 이유.

19금이란 개념이 존재하지 않는 세계에서 왜 록시의 귀엽고도 얌전한 가슴을 노출시키지 않았을까.

"가슴은 숨기고 있지만 사마귀는 숨기지 못한 걸 알겠습니까?"

"…그…런… 말도…안 되는…."

자노바가 부들부들 몸을 떨었다.

그래. 내가 사마귀에서 주목한 건 바로 그 점이다. 사마귀를 제2의 유두로 보고 그걸 채 숨기지 못한 것에 대한 부끄러움을 표현한 것이다. 다시 말해 그 사마귀는 이 인형에서 제일 에로한 장소다.

"나, 나는… 아무것도… 몰랐다…. 그런데, 작품을… 훼손하여…"

자노바의 눈이 공허해지고 몸을 바르르 떨기 시작했다.

입에서는 거품이 나왔다. 조금 반응이 과격한 거 아닌가?

"뭐, 사마귀는 다시 붙이면 됩니다만, 그래서 팬티가 어떻단 말입니까?"

"패, 팬티는… 그것과… 똑같아서…."

그러며 팬티와 인형을 비교해 보니, 인형이 입은 팬티와 록시의 것은 똑같았다.

과연. 나는 가장 내 눈에 익은 것을 인형에게 장착시켰다. 이 팬티를 리랴가 내게 선물하려고 했다면 관계성이 있다고 생각하는 게 보통이겠지.

참고로 록시는 당시에 그 외에도 팬티가 네 장 더 있었는데, 자세하게는 조금씩 달랐다.

그렇게 보여도 록시는 꽤나 멋을 부린다.

"그런 것이었습니까. 그래서 저는 이 인형에 대해 뭘 이야기하면 되겠습니까?"

뭐, 좋아. 자노바는 이 인형을 소중히 다루는 모양이고, 갑자기 신전기사단에게 넘기진 않겠지.

"우오오오오오!"

자노바는 갑자기 오체투지를 하였다. 바닥에 자기 온몸을 쾅 부딪쳤다.

깜짝.

"당신이 이 인형의 제작자셨습니까!"

왜 이 녀석이 갑자기 이렇게 엎드리는 걸까?

모르겠다. 내가 아는 것은 록시가 위대하다는 정도다.

"역시나 '수왕급 마술사' 록시의 제자! 이 인형은 마술로 만든 것이로군요!"

록시의 이름을 그렇게 막 부르지 마.

씨, 를 붙이라고.

"당신의 작품을 매일 보았습니다. 볼 때마다 발견하는 것이 있어서 존경의 마음을 품었습니다. 부디 스승님이라고 부르게 해 주십시오."

그렇게 말하며 그는 엎드린 자세로 샤샤삭 움직여서 내 신발에 키스하려고 했다. 하지만 결계에 가로막혀서 '우오옷!' 소리를 지르며 결계를 두들겼다.

그 모습은 그야말로 여름 코미케 3일차에 신간에 달려드는 망자와 같았다.

인간으로서의 프라이드나 존엄을 내팽개치고 욕망에 따라 사는 이의 모습이 거기에 있었다.

"우오오오! 뭐냐, 이 결계는! 누가 이런 것을! 스승님! 부디 그 신의 손을 만지게 해 주십시오오오오오오!"

이렇게 내게 조금 기분 나쁜 제자가 생겼다.

이런 녀석은 생전에도 있었다.

주로 인터넷상의 지인으로, 친구라고도 할 수 없는 관계지만 있었다.

그래, 그 녀석, 얼굴이 이랬나. 이렇게까지 심취한 녀석은 처음이지만… 하지만 잘 되었다. 분명 인신은 이걸 예견한 것이다. 성에서 붙잡혀서 그와 친해지고, 그리고 그의 도움을 빌려서 탈출한다.

좋아, 엔딩이 보였다!

나는 부처 같은 얼굴로 그에게 말했다.

"제자여. 방 어딘가에 이 결계를 유지하는 마력결정이 있을 것입니다. 그걸 발견하여 깨뜨리세요!"

"알겠습니다, 스승님! 그걸 실행하면 부디, 부디 인형 제작의 극의를 제게!"

"발견해내지 못하면 파문입니다. 두 번 다시 나를 스승이라고 부르는 것을 허락하지 않겠습니다."

"물론입니다!"

자노바는 그 말에 일어섰다.

일어서서 방 안을 뒤지고 윗방을 뒤지고, 바퀴벌레처럼 주위를 기어다녔다.


그럭저럭 한 시간.

발견한 것이라고는 천장에 A4사이즈 정도의 구멍이 뚫린다는 것 정도였다.

팩스는 아무래도 거기로 식사를 투입할 생각이었던 모양이다.

식사는 그걸로 좋다고 치고, 배설물이나 병은 어떻게 할 생각이었을까?

위에서 수면 가스라도 쏘아서 나를 잠들게 한 뒤에 몰래 결계를 해제하는 걸까?

아니, 아무 생각 없었겠지.

그 팩스라는 남자는 애완동물에게도 먹이만 주면 된다고 생각할 것 같았다.

아무튼 뚜껑만 치울 수 있으면 탈출할 수 있겠지.

천장은 높지만, 로프라도 늘어뜨려 준다면 어떻게든 올라갈 수 있겠고.

하지만 묵직해 보이는 돌판이 용접된 맨홀처럼 꽉 고정되어 있어서 쉽게 벗겨질 것 같지 않았다.

뚜껑 위에도 마법진이 그려져 있는 모양이다.

이게 한 세트일까. 깨뜨리는 것도 어렵겠다.

"전하의 부하 중에 결계에 밝은 사람은 없습니까?"

"제게 부하는 없습니다!"

"그렇습니까? 팩스조차도 친위대가 있는데…."

"마지막 한 명은 록시 인형과 트레이드했습니다! 으음, 좋은 거래였습니다!"

이놈도 바보인가. 더군다나 친위대를 트레이드하다니, 이 나라는 어떻게 되어먹은 거지?

아무튼 한 가지 판명된 사실이 있다.

"좋아…. 알겠습니다."

"오오, 아셨습니까. 역시나 스승님!"

"예, 이대로라면 아무래도 당신은 파문일 것 같습니다."

"그럴 수가?!"

나의 살짝 기분 나쁜 제자는 이례적인 광속 파문이—되지는 않았다.

모처럼의 협력자를 잃을 생각은 없었다.

"조건을 바꾸지요. 여기서 나가는 걸 도와준다면, 나간 뒤에 제자로 삼지요."

"오오! 그걸로 되겠습니까! 잠시, 잠시만 기다리시길!! 지금 당장 주먹으로 천장을 뚫겠습니다!"

"괜한 짓 마세요."

주먹을 움켜쥐고 천장을 노려보는 자노바를 나는 다급히 막았다.

진짜로 하려는 얼굴이었다. 손뼈가 부서져도 뚜껑을 계속 두들길 얼굴을 하고 있었다. 위험한 녀석이다.

자노바는 잠시 안절부절못했지만, 문득 뭔가 깨달은 것처럼 고개를 들었다.

"스승님, 이 결계를 만든 것은 누구입니까?"

"으음, 분명히 제7왕자인 팩스 전하라고 했습니다."

"흠, 그리고 보니 진저가 그런 이야기를 했지…."

"자세한 사정을 듣지 못했습니까?"

"애초에 제 머릿속은 인형으로 가득하기에."

"아하, 과연."

아무튼 이 왕자는 진저와 연줄이 있는 모양이다.

진저도 뒤에서 움직이는 걸까…. 그렇다면 그 사람도 팩스에게 감정이 있겠고, 그런 방면으로 도움을 받는 게 좋을지도 모르겠다.

아니, 반대인가. 자노바는 진저가 알려줘서 여기에 왔다고 했다. 그렇다면 진저가 나와 자노바를 만나게 했다는 소리다. 루이젤드 인형을 보고 취미가 똑같다고 생각한 걸까?

하지만 진저는 이 미덥지 않은 왕자를 동료로 끌어넣어서 어쩌려는 걸까?

도무지 움직임을 또렷하게 읽을 수 없었다.

"스승님, 즉 팩스를 어떻게 하면 되는 거로군요?"

"음? 예, 그렇군요."

자노바는 거기서 잠시 생각한 뒤, 여태까지 떠들었던 게 거짓말인 것처럼 조용한 목소리로 말했다.

"알겠습니다. 잠시만 기다리시길."

무슨 생각이 있는 모양이지만, 이 왕자도 별로 머리가 안 좋은 모양이니까 괜히 움직였다간 긁어 부스럼이 되지나 않을까?

"어어, 행동을 시작하기 전에 누군가와 잘 의논하세요. 그래, 예를 들어서 진저 씨라든가. 나라도 좋지만."

"하하하, 스승님은 걱정도 많으시군요. 안심하시고 모두 다 맡겨주세요."

"어이, 잠깐만. 어딜 가는 거야. 내 말 들어. 뭐 하려는 거야!"

자노바는 웃으면서 계단을 올라갔다.

"진짜냐…."

나는 이때 저질렀구나 하는 심정이 들었다.

부하가 없는 멍청이 왕자를 괜히 부추겨서 뱀이 있는 덤불을 찌르게 만들었다고 생각했다.

사태는 아주 안 좋은 방향으로 굴러가겠구나 싶었다.

안 좋은 예감이 슬금슬금 전해졌다.

아아, 이럴 줄 알았으면 하다못해 밥을 가져오라는 정도로 부탁할 걸 그랬다.

그렇게 생각했다.


하지만 그게 착각이었다고 알게 되었다.

나는 자노바 시론이라는 인물을 완전히 오판했다.

나중에 생각해 보니, 인형의 제작자라고 자노바에게 알려진 시점에서 이 사건은 죄다 끝났던 걸지도 모르겠다.


## 제6화 스피드 해결

사건의 결말을 말하기 전에 한 가지 요소에 대해 짚어 보자.

이 세계에는 선천적으로 이상한 점을 갖고 태어나는 아이가 있다.

이상하다고 하면 기형아가 떠오를지도 모르지만, 외모는 평범한 경우가 많다.

반대로 말하자면 외모가 평범할 뿐이다.

그 아이는 선천적으로 특수한 능력을 가지고 있다.

이상하게 다리가 빠르다든가, 괴력이라든가, 귀가 남보다 밝다든가, 체중이 깃털처럼 가볍다든가 혹은 무겁다든가, 만지는 걸 죄다 얼린다든가, 입에서 불길을 내뱉는다든가, 손끝에서 독을 내뿜거나 단거리를 순간이동할 수 있다든가, 눈에서 광선이 나온다든가, 모든 독을 무효화한다든가, 하루종일 안 자고도 지치지 않는다든가, 수백 명의 여자를 동시에 안아도 지치지 않는다든가….

그런 초인적인 능력을 선천적으로 가진 아이를 이 세계에서는 '신의 아이'라고 부르는 모양이다.

혹은 도움이 되지 않는, 혹은 살아가는 데에 좋지 않은 능력을 가진 아이를 '저주의 아이'라고 부르는 모양인데, 그건 일단 넘어가자.

자, '신의 아이'라는 존재를 이해하고서 시론 왕궁의 이야기를 하자.

현재 이 왕궁에는 일곱 명의 왕자가 있다.

제일 위가 32세고 제일 아래가… 뭐, 나이는 아무래도 좋다.

이 나라에서는 왕자가 태어나면 직속 친위대가 주어진다.

어렸을 적부터 손발이 되는 존재를 주어서 사람을 움직이는 법을 가르치려는 마음이다.

친위대의 숫자는 정해지지 않아서, 좋은 일을 하면 늘어나고 나쁜 일을 하면 줄어든다.

왕이 붕어했을 때에 가장 친위대의 숫자가 많은 이가 다음 왕이 된다.

그런 것이 이 나라의 관습이다.

친위대의 숫자가 많으면 많을수록 권력을 갖는다는 소리다.


그런 가운데 가장 친위대를 많이 가진 것이 제1왕자.

장남이라는 자각을 가지고 다소 교만하긴 하지만 왕족으로서 합당하게 행동한다. 고로 30명 가까운 친위대를 가졌다.

그럼 가장 숫자가 적은 게 누굴까.

병사들에게 모멸을 사는 제7왕자 팩스 시론일까.

분명히 그의 친위대 숫자는 적다.

현재 세 명뿐이다. 한때는 한 명으로까지 줄어들었지만, 무법 지대였던 노예시장에 연줄을 만들어서 한 명 늘었다. 또 한 명 은 후술하겠다.

팩스의 친위대는 적다.

하지만 또 그 밑이 있었다.

그게 제3왕자 자노바 시론이다.

그의 친위대 숫자는 0. 자기가 움직일 수 있는 병력이 단 한 명도 존재하지 않는다.

불과 몇 년 전까지는 진저라는, 이 나라에서 열두 번째로 실력 있는 자가 친위대였다.

하지만 결국 그 마지막 한 명도 어떤 인형과 트레이드하여 팩스의 밑에 들어갔다.

진저는 그 시점에서 사직을 청했다고 했는데, 팩스가 황급히 가족을 인질로 잡는 바람에 어쩔 수 없이 그의 친위대가 되었다고 한다.


자, 이 제3왕자 자노바 시론.

사실 그는 신의 아이였다.

선천적으로 힘이 세고 대단히 튼튼한 몸을 가진 이능력자였다.

대단한 능력은 아니지만, 태어났을 때 국왕은 환희했다.

신의 아이는 장래 반드시 나라에 도움이 되는 인물이 된다.

특히나 북쪽으로 분쟁지대와 가까운 이 나라에서 전력이 될 수 있는 존재의 탄생은 쌍수를 들고 기뻐할 만한 일이었다. 자노바를 낳은 것은 첩이었지만, 그녀도 이걸로 역할을 다했다면서 가슴을 쓸어내렸다.

국왕이 쳐들었던 쌍수를 내린 것은 3년이 경과했을 무렵이었다.

자노바가 세 살 때, 제4왕자가 태어났다.

제4왕자라지만, 정비에게서 얻은 첫 아이였다. 구슬 같은 아이라고 주위는 기뻐했고, 온 나라에서 파티가 열렸다.

자노바는 그 파티 중에 뚜벅뚜벅 걸어가서 자기 남동생에게 다가갔다.

그리고 침대에 누운 남동생을 만지면서 '귀엽네, 인형 같네.'라고 말했다.

다들 그 말을 듣고 빙그레 웃었다. 자노바는 세 살이라서 인형을 좋아했으니까, 동생을 자기가 좋아하는 것에 비유하는 말을 하는 건 실로 흐뭇한 광경이었다고 한다.

하지만 다음 순간 자노바는 동생의 목을 뜯어내었다.

인형처럼.

파티는 아비규환의 지옥으로 변했다.

국왕과 정비는 발광하여서 자노바의 어머니를 국외 추방시켰다.

하지만 자노바는 나라에 남았다. 아직 어린 탓도 있었지만, 신의 아이이기도 했기 때문이다.

이 세계에서 신의 아이란 그 정도로 중요한 인물이다.

자노바의 친위대는 그 사건으로 세 명으로까지 줄어들었다.

여덟 명이었는데 세 명이 되었다. 게다가 이 이상 늘려선 안 된다는 왕의 선언이 있었다.

다음에 사건이 일어난 것은 그가 열다섯 살 때였다.

이 무렵의 자노바는 인형광이라고 해도 분별이 생겼다.

그래서 아내를 맞게 되었다.

몇 번이나 북쪽의 분쟁지대에 있는 비스타 국의 침공을 막아온 호족의 딸로, 국왕으로서는 비스타 국과 전쟁이 일어났을 때 자노바를 진두에 세울 생각이었겠지.

결혼식은 문제없이 끝났다.

결혼식은 말이다.

첫날밤을 보낸 다음날. 신부가 침대 안에서 목 없는 시체가 되어 발견되었다.

자노바가 뜯어낸 것이다.

호족은 딸이 살해된 것에 미쳐 날뛰며 내란을 일으켰지만 진압되었다.

국왕은 자노바에게서 두 명의 친위대를 거두고, 전쟁이 일어날 때까지 성 안에 연금하도록 하였다.

그때 자노바가 편애하던 인형을 빼앗으려고 했지만, 그 임무를 맡은 병사는 죄다 목이 뽑혀서 죽었다.


'목 뜯는 왕자' 자노바 시론.

이 사건 이후로 자노바는 그렇게 불리게 되었다.

왕의 적자를 죽이고 자기 아내도 죽이는 광인은 아무리 신의 아이라고 해도 넘어갈 수 없었다. 국왕도 처형을 고려했다고 한다.

하지만 자노바는 인형만 있으면 좋았다.

인형만 정기적으로 주면 자노바는 해가 없었다.

고로 왕도 '저건 인간의 모습을 한 위험한 병기다'라고 생각하기로 했다.

그 이후로 다들 자노바를 조심스럽게 대하면서 현재에 이르렀다.

이렇게 길게 사정을 말했지만, 내가 이 이야기를 들은 것은 훗날이었다.

그때 나는 자노바가 시론 왕궁의 최대전력 중 하나라는 사실을 몰랐다.

자노바가 맡겨달라고 하고 사라진 지 몇 시간 뒤.

그는 싱글거리면서 돌아왔다.

반대로 나는 굳은 얼굴을 하고 있었을 것이다.

자노바는 싱글거리면서 손에 어떤 것을 들고 있었다.

"스승님, 어떻습니까. 이걸로 제자로 삼아 주시겠지요?"

"아파아파아파아파! 그만둬! 아파, 형!"

"시끄러워, 팩스."

"아아아아아아아!"

그건 얼굴을 붙잡힌 팩스 시론이었다.

붙잡힌 곳에서 피가 뚝뚝 흘러내렸다.

팩스가 피를 흘리는 게 아니었다. 자노바의 온몸이 피로 젖어 있었다.

"……"

나는 말을 잃었다.

영문을 몰랐다. 제자 운운 하는 가벼운 이야기를 하더니 어느 틈에 스플래터 호러가 되었다. 아니, 진짜 영문을 알 수 없었다.

자노바는 싱글거렸다.

천진난만한 미소였다. 피로 젖은 미소란 건 미녀가 하기에 아름답다. 이런 오타쿠에 말라빠진 형이 하면 엽기적일 뿐이다. 무섭다.

"……"

자노바의 뒤를 따르듯이 몇몇 사람들이 따라왔다.

일단 검을 뽑은 진저와 그녀와 같은 차림의 기사 세 명.

"그만둬, 자노바! 그 손 놔라!"

"그, 그래, 자노바, 정신 차려…!"

그렇게 말하고 기사의 뒤로 숨는, 값비싸 보이는 옷을 입은 두 왕자. 두 사람 다 왕자라고 하기엔 한쪽이 다소 나이를 많이 먹었는데….

그렇다고 해도 이 좁은 방에 나를 포함해 아홉 명이나 있으니 비좁았다.

"형님. 팩스가 병사의 가족을 인질로 잡고 자기 마음대로 부렸다는 사실을 아십니까?"

"아, 아니…."

"친위대가 아니라 아바마마의 것인 이 나라의 병사를 말입니다."

자노바는 빙긋빙긋 웃었다.

빙긋거리면서 말하였다.

"거기 진저도 가족을 인질로 잡힌 모양입니다."

"…그런가?"

"예."

진저는 검을 뽑은 채로 왕자에게 대답했다.

자노바는 여전히 미소 짓는 채였다.

"형님들은 록시를 기억하십니까?"

"그, 그래. 팩스의 가정교사였던…."

"수왕급 마술사이며 우리 시론 병사들에게 마술사와 싸우는 방법을 가르쳐 준, 아주 은혜가 큰 분입니다. 아바마마도 록시를 정식으로 왕궁마술사로 들이자고 말씀하시지 않았습니까. 여기 팩스의 경솔한 행동으로 그것도 물거품으로 돌아갔습니다만."

"으, 음…. 그렇지. 분명히 팩스가 잘못했다. 하지만 네가…."

"그런데도… 보십시오. 그 제자인 스… 루데우스 님이 이런 굴욕을 당하고 있습니다. 팩스가 한 짓입니다. 록시가 자기보다 재능 있는 제자라고 호언했던, 훌륭한 인재일 터인 루데우스 님이 말입니다."

자노바는 웃음을 지우지 않았다. 어떤 의미로 그것도 포커페이스라고 할 수 있을까.

"너, 너, 의회에서는 관심 없는 눈치였지만 들을 건 다 들었구나. 형으로서 안심했다. 난 분명 네가 나라에 아무런 관심도 없는 줄…."

"형님, 저는 인형밖에 흥미가 없습니다. 다만 팩스를 이렇게 다루는 정당성을 말하는 것뿐입니다. 제가 이러는 이유는 단 하나."

자노바는 딱 잘라 선언하고 팩스를 들어올렸다.

"아야야야!"

"루데우스 님은 이 세계에서 둘도 없이 훌륭한 인형을 만드는 분. 그런 분이 팩스의 하찮은 복수에 이용당해서는 안 됩니다!"

"아아아악! 깨져, 깨져, 머리 깨져!"

팩스의 비통한 비명이 방에 울렸다.

"형님, 팩스 편을 든다면 저는 날뛸 겁니다."

기사 셋과 왕자 둘의 안색이 순식간에 창백해졌다.

이미 충분히 날뛴 것 아닌가 싶은데… 그 자리의 분위기가 얼어붙은 것을 보면 이 정도는 날뛴 축에도 안 들어가는 모양이었다.

"저는 어려운 이야기를 할 줄 모릅니다. 인형 제작자를 돕고 싶지만, 팩스의 악행이 그 앞을 막는다고 말씀드리는 겁니다."

"하지만 팩스는 노예시장을…."

"형님, 몇 번이나 말하지 않게 하시죠. 동생의 목을 뽑아 버릴 것 같습니다."

자노바는 더 이상 웃지 않았다.

나는 영문을 알 수 없었다. 뽑는다는 게 대체 무슨 비유적 표현인가 싶어서 당혹스러울 뿐이었다.

다만 자노바가 이 자리의 주도권을 쥐었다는 것만큼은 알았다.

힘내라, 내 제자. 조금 무섭지만.

"으아아아, 싫어! 그만해! 이거 놔, 진저어어! 살려줘! 가족이, 가족이 어떻게 되어도 좋냐!"

"제 가족이라면 어젯밤에 루이젤드 님이 구해 주셨습니다."

"뭐라고?!"

팩스가 발버둥치고 진저가 냉철하게 대답했다.

루이젤드가 누굴 구했다는 소린가. 그 녀석은 항상 누군가를 돕는다.

모르겠지만 역시 내가 모르는 곳에서 뭔가가 진행된 모양이다.

"보십시오, 형님. 저는 왕자 중에서 가장 권력이 없기에 형님에게 부탁하는 형태가 되었습니다만, 거절하시겠다면 저도 힘닿는 데까지 날뛸 겁니다. 뭐, 이 거리라면 형님들 중 한 분, 어쩌면 두 분의 목을 다 뜯어 버릴 수도 있겠죠. 그 뒤에는 궁정마술사에게 불타 죽겠지만…."

그 말에 아마도 제1왕자와 제2왕자인 듯한 두 사람은 꺾였다.

"아, 알았다! 네 말대로 하지!"

"형님, 잘 조사해 주시죠. 그리고 성 어딘가에 2년 전 소동을 일으켰던 리랴가 붙잡혀 있을 겁니다. 그 신병도 확보해 주십시오."

"물론이다. 아바마마에게도 말씀드리지…."

이때 나는 자노바가 신의 아이라는 걸 모르고 '너 같이 말라빠진 녀석이 왜 그리 자신만만한 거야?'라고 진심으로 생각했다. 스스로를 강하다고 믿는 건 위험하다, 왜 이 두 왕자는 팍스 같은 쓰레기를 옹호하는 걸까, 진심으로 그런 의문을 품었다.

하지만 그게 아니었다.

그들은 자노바를 두려워했다. 폭발 직전의 폭탄에게 두려움을 품고 있었다.

그걸 모르는 채 나는 결계 밖으로 나올 수 있었다.

팍스는 붙잡히고 리랴는 해방되고, 이럭저럭 하는 사이에 사건은 끝났다.

★　　★　　★

여기서부터는 후일담이라고 할까, 사건의 진실에 대한 이야기다.

일단 리랴가 억류된 흐름부터 말하자.

그녀는 당초에 타국의 스파이라는 의심을 샀던 모양이다. 심문받을 때에 록시나 파울로의 이름을 꺼냈기에 투옥을 모면했지만, 의심은 풀리지 않아서 감금. 전이사건의 정보가 들어왔을 때에 해방될 뻔했는데, 팩스가 끼어들어서 정보를 규제하고 성 안에 가두었다는 모양이다.

팩스는 록시가 떠난 뒤에 노예시장에 연줄을 만들었다.

그리고 그 노예시장의 연줄로 사병을 고용하여 병사의 가족을 납치감금.

목숨이 아깝거든 시키는 대로 하라고 윽박지른 모양이었다.

병사들도 어떻게든 수를 쓰고 싶어서 뒷골목을 돌며 인질이 있는 곳을 찾아내긴 했지만, 덩치 좋은 호위도 많이 있어서 구출하기 어려웠다. 그렇게 답답한 나날이 계속되었다.

그런 가운데 아이샤가 탈주하고 왕자에게서 추적 명령이 떨어졌다.

병사들은 떨떠름하니 움직여서 아이샤를 발견.

하지만 거기에 내가 나타나서 멋지게 아이샤를 데려갔다.

병사들은 내가 아이샤를 구할 뿐만 아니라 무영창 마술이라는 고도의 마술을 쓰는 것을 본 시점에서 내가 록시의 제자라고 눈치챈 모양이었다.

그래서 병사들은 계획을 세웠다.

일단 노예시장에서 싸움을 일으켜서 시장을 못 쓰게 한다. 아이샤는 정체 모를 남자에게 납치된 걸로 하여 사병들이 그걸 추적하게 한다. 그리고 내게 사정을 설명하고 인질 구출에 참가해달라고 한다. 경비가 줄어든 인질 보관 장소의 습격을 거들어 주면 대신 리랴의 신병을 어떻게든 해 주겠다, 그런 식의 흐름이었던 모양이다.

뭐, 그 계획이 실행되기 전에 나는 록시가 있다고 믿고 왕궁에 편지를 보냈고, 그걸 본 팩스 왕자에게 감금되었다.

하다못해 편지를 딱 하루만 늦게 보냈으면 나는 그들에게 사정을 듣고 오히려 팩스를 덫에 빠뜨릴 수 있었겠지. 역시 인신의 조언은 아이샤를 구한 뒤에 편지를 보내라는 의미였겠지.

그리고 구출계획 말인데, 물 건너가나 싶었는데 실행되었다.

내가 묵던 숙소에 가 보았더니 루이젤드가 있었기 때문이다.

그는 병사에게서 사정을 듣고 분기탱천하여 곧바로 인질을 구해냈다는 모양이었다.

인질을 무사히 집에 돌려보낸 뒤에 루이젤드는 성으로 돌격하려고 했지만, 병사들이 그건 자기들이 맡겠다고 하며 물러나지 않았다고 했다. 말하자면 자존심이란 거지.

병사들의 계획으로는 인질이 돌아왔다는 보고를 하지 않고,

어슬렁어슬렁 뒷골목으로 나타난 왕자를 그 자리에서 살해할 예정이었다나.

뒷골목에서 살해되면 발견도 늦고, 시체도 숨길 수 있을 테니까.

다소 무모한 계획이라고 생각되었지만 승산이 있을 듯하여 루이젤드가 물러났다.

참고로 이런 작전들은 끝날 때까지 진저도 몰랐다는 모양이었다.

따돌림이랄까, 친위대니까 위험시되었다나. 가엾게도.

다만 인질이 풀려났을 때, 진저의 가족도 발견되어서 무사히 보호되었다.

한편 진저는 진저대로 이번 사건을 기회로 보고 자노바에게 인형을 건네는 등의 행동에 나섰다.

이 왕국에서 최강의 전투력을 가진 자노바. 그에게 인형을 주면 내게 흥미를 갖는다. 내가 그 인형에 대해 이야기하면 자노바가 귀중한 정보원으로 자기편에 붙어 줄지도 모른다.

그런 타산도 있었던 모양인데, 진저는 단순히 자노바에게 충성을 맹세했다는 이유도 있는 듯했다. 이번 일로 팩스에게서 해방되어 자노바의 밑으로 돌아가고 싶었던 모양이다.

인형 대신 팔려갔는데도 왜 그렇게 충성을 맹세하는가 싶지만, 그녀에게도 나름 눈물나는 에피소드가 있겠지.

그리고 다음날. 자노바가 팩스의 친위대 두 명을 살해하고 신병을 확보했다.

병사들의 계획은 마지막까지 실행되는 일 없이 사건은 놀라운 결말을 맞았다는 소리다.

모든 것이 밝혀진 뒤에 국왕에게서 하명이 있었다.

일단 팩스는 국외 추방에 처해졌다.

노예시장의 연줄은 아까웠겠지만, 병사의 가족을, 나아가서 친위대의 가족을 인질로 잡고, 본디 회유해야 할 마술사인 나를 붙잡고 록시를 유인해서 범하고 죽이려고까지 했다면 아무리 그래도 기강이 서지 않는다.

체면도 있으니까 표면상으로는 유학.

실제로는 죽여도 되는 인질로 왕룡 왕국 어디로 보낸다는 모양이었다.

자노바 또한 국외 추방에 처해졌다.

이쪽도 표면상으로는 유학이라는 형태였다.

이걸 제안한 것은 제1, 제2왕자였다. 방식이 스마트하지 않았다, 자노바에게도 잘못이 있다는 식으로 두 왕자가 말했다나 본데, 실제로는 무슨 일로 폭발할지 모르는 핵탄두가 자기들에게 피해를 입힐까 두려웠던 모양이다.

국왕도 자노바를 놓아주기 싫은 모양이었지만, 조종할 방법이 보이지 않는데다가 문제만 일으키는 자노바에게 아무래도 지쳤겠지.

리랴의 신병은 해방되었다. 하지만 이 후에도 계속 타국의 스파이 운운하는 자가 있었다. 리랴는 사실 팩스에게 붙어서 시론의 정보를 훔쳤다고.

감시당하면서 그런 짓까지 할 수 있다니 우리 집안의 리랴는 대단하네.

그리고 그자들의 입을 막기 위해서 리랴는 파울로에게 '호송'되는 걸로 처리되었다.

아슬라 왕국이 아니라 파울로에게.

뭐, 아슬라 왕국으로 보내더라도 그녀의 신원을 증명할 수 있는 사람은 없고.

아, 일단 아슬라 왕국에 고향이 있었지만. 송금을 한다는 말도 했고.

하지만 부부라는 점을 보아 파울로에게 보낸다는 모양이다. 지금 파울로를 보자면 아무래도 미리스 신성국과의 관계가 강한 모양이고, 아슬라 왕국에게 이상한 의심을 안겨주는 것보다는 낫다는 소리겠지.

뭐, 이것도 명목상의 문제란 소리다.

나로서는 이동 중에 입막음을 위해 암살자라도 오는 게 아닌가 걱정했지만, 진저가 호위로 붙는다고 했다.

스승님의 가족을 지키라는 자노바의 명령을 받았다나.

그 외에도 루이젤드에게 도움을 받은 병사도 참가한다니까 안심할 수 있었다.

그리고 나는 국왕님으로부터 직접 '궁정마술사의 지위를 줄 테니까 여기에 머물지 않겠나?'라는 제안을 받았다.

목소리에는 한숨이 섞여서, 되든 안 되든 일단 물어나 본다는 식으로 들렸다.

나도 당연하게 거절했다.

그러자 국왕님은 확실하게 한숨을 쉬면서 '그럼 물러가도록 하여라'라고 말했다.

그것뿐이었다. 딱히 사죄 같은 건 없었다. 상대는 왕족이니 사과 같은 걸 할 수 없겠지. 그런 부분에서 수족 쪽이 훨씬 깨끗했다.

하지만 나도 위자료 내놓으라는 소리 같은 건 안 해.


모든 게 끝나고 내가 왕궁을 나서려고 하자, 자노바가 울면서 매달렸다.

"스승니이임! 가시는 겁니까! 제자를 두고 가시는 겁니까!"

"미안해요. 바쁜 여행을 하는 몸이라서…."

"그럼 인형을, 인형을 만들어 주시면 안 되겠습니까!"

"그걸 만들려면 시간이 꽤 걸리니까 아무래도…."

"그럴 수가!"

자노바는 내가 인형을 만들어 주지 않는다는 게 슬픈지, 내 손에 매달려서 꺼이꺼이 울었다.

이때는 이 녀석이 신의 아이라는 이야기를 들은 뒤였다.

남의 손발을 갈가리 찢고 목을 뽑아 버리는 살육의 왕자라고.

솔직히 꽤 무서웠다. 갑자기 내 목을 뽑아 버리려는 게 아닐까 싶어서 흠칫거렸다.

언제 분노의 스위치가 켜질지 모르는 녀석은 무섭다.

아니, 감사는 하지만. 무서운 건 무섭다.

"혹시 다음에 만나거든 인형 제작법을 기초부터 가르쳐 주지요."

"에엣! 아니, 하지만 저로, 괜찮겠습니까? 비전의 기술 아닙니까?"

"제자에게 제작법을 안 가르치면 안 되잖아요?"

"우오오오오, 스승니이이임!"

자노바는 울면서 내 몸을 헹가래쳤다.

나는 천장에 부딪쳤다.

"이, 이런! 진저! 치유 마술을!"

"옙!"

진저가 치유 마술을 걸어서 곧 내 상처가 아물었다. 자노바는 자칫 나를 죽일 뻔한 사실에 안색이 창백해져서 안절부절못했지만, 내가 무사히 일어나자 안도한 얼굴을 하였다.

이 녀석, 확 파문해 버릴까? 하는 생각이 떠올랐다.

아니, 그만두자. 목이 뽑히는 건 사양이다.

"그럼 스승님, 건강하시길! 저는 어디로 유학가게 될지 모릅니다만, 스승님이라면 언젠가 또 만날 수 있을 것 같습니다!"

"어흠···. 예, 건강하길."

자노바는 울면서 고개를 끄덕이며 나를 전송했다.

진저도 그걸 보고 눈물을 한 줄기 흘렸다.


이렇게 시론에서 일어난 사건은 막을 내렸다.

리랴와 아이샤는 구출되어 파울로에게 가게 되었다.

팩스는 국외 추방.

내게는 자노바라는 제자가 생겼다.

나로서는 인신의 조언에 완전히 따른 것도 아니고 미흡한 부분도 있었지만···, 결과적으로 최상이라고 할 수 있는 형태로 끝났다.

뭐라고 할까, 인신의 손바닥 위에서 춤춘 듯한 기분이었다.

내가 어떻게 움직이든지 대충 조언에 따르면 비슷한 결과로 끝날 듯했다. 광대극을 보는 기분이었다.

하지만 분명히 죄다 좋은 방향으로 흘러갔다.

리랴도 아이샤도 멀쩡하고, 자노바는 잘 모르겠지만 악감정을 품지 않았다.

팩스는 악감정을 품은 채겠지만, 더 이상 권력 없는 상태로 국외로.

과정은 몰라도 최소한 결말은 내게 아주 좋은 형태였다.

생각해 보면 여태까지의 조언도 최종적으로는 내게 나쁜 형태로 끝난 적이 없는 듯했다.

어쩌면 인신을 더 믿는 편이 좋지 않을까…? 아니, 사기꾼이
란 놈들은 일단 성공체험을 심어 준 뒤에 착취하니까. 조금 더
신중을 기하자.

하지만 약속은 약속이다. 다음에 나오거든 시비 걸지 않도록
하자.


## 제7화　여동생 시녀가 생긴 날


여기는 시론 왕국의 어느 소도시의 숙소.

아슬라 왕국과 미리스 신성국으로 가는 길은 여기서 갈라진
다.

고로 나는 여기서 리랴와 아이샤와 헤어지게 되었다.

나는 테이블을 사이에 두고 리랴를 마주보는 형태로 앉아 있
었다.


"그래! 루…개주인은 대단하니까! 마음만 먹으면 비가 쏴아
쏟아지는 숲도 죄다 얼려 버릴 수 있어!"

"그건 마술입니까! 대단합니다!"

"물론이야! 그보다 더 대단한 이야기도 있는데 들어 볼래?"

"듣고 싶어요!"

창밖에서는 에리스와 아이샤의 목소리가 들렸다. 에리스가 개주인의 위업에 대해 자랑하는 듯했다.

나는 쓴웃음을 지으면서 테이블 맞은편에 앉은 리랴에게 의식을 돌렸다.

그녀와는 전부터 드문드문 이야기하는 정도지만… 어디 보자, 이럴 때는 무슨 이야기를 해야 할까.

망설이는데 리랴 쪽에서 말을 꺼냈다.

"거듭 감사드립니다, 루데우스 님. 한 번만이 아니라 두 번이나 목숨을 구해 주셔서 감격할 따름입니다."

"그만두세요. 이번에 저는 아무것도 안 했어요."

"아뇨, 루데우스 님이 몇 안 되는 정보를 모아서 일부러 시론까지 와 주셨다고 들었습니다."

리랴는 그렇게 말하고 깊게 고개를 숙였다.

나는 인신의 말대로 했을 뿐이다. 그 후에는 정말 아무것도 하지 않았다. 멍청하게 덫에 걸려서 도움을 받았을 뿐이다. 이 정도로 감사하다고 할 수 있다면, 생전의 나는 더 거물이 될 수 있었겠지.

"루이젤드와 에리스에게 감사하세요. 그들이 잘 움직여 주어서 스무스하게 일이 끝났거든요."

"그들과도 조금 이야기했지만, 모든 것은 루데우스 님의 책략이라고…"

"그럴 리가 없지요."

"…루데우스 님이 그렇게 말씀하신다면."

불만인 눈치지만, 나로서는 아닌 걸 맞다고 할 수 없었다.

그대로 한동안 침묵이 흘렀다.

"그런데."

리랴는 창밖을 힐끗 보고 조용히 물었다.

"아이샤가 무슨 결례를 저지르지 않았습니까?"

"설마요…. 똑똑한 애네요. 여섯 살에 저렇게까지 생각하고 행동할 수 있다니 보통이 아니에요."

뭐, 조금 마무리가 부족했지만.

넘어가 주자. 나라고 남을 흉볼 수 있을 정도도 아니고.

"루데우스 님 정도는 아닙니다…. 몇 년 동안 최대한 많은 것을 가르쳤지만, 아직 루데우스 님의 대단함을 이해하지 못하는 우둔한 아이입니다."

"우둔하다는 건 지나쳐요."

애초에 나는 예외다. 생전의 기억을 가지고 있으니까.

여동생인 아이샤에게도 그럴 가능성이 있나 싶어서, 시험 삼아서 텔레비전이나 휴대전화 같은 것의 존재에 대해 물어보았지만 어안이 벙벙한 모습일 뿐이었다.

내 동생은 단순히 천재일 뿐이다. 파울로의 유전자는 의외로 대단하네.

"루데우스 님. 아이샤를 어떻게 생각하십니까?"

리랴가 문득 떠오른 것처럼 물었다.

"어? 그러니까 우수하다고."

"그게 아니라 겉모습 말입니다."

"귀엽다고 생각하는데요."

"제 딸입니다. 성장하면 가슴도 커지겠지요."

호오, 가슴이…?

아니, 여동생의 가슴에 아무런 흥미도 없다…. 아니, 왜 이런 이야기를 하는 거지?

"루데우스 님. 아슬라로 계속 여행하실 거면 부디 아이샤를 데려가 주시지요. 저는 남편에게 가야만 합니다만, 아이샤는 루데우스 님을 따라가도 괜찮겠지요?"

"이유를 물어봐도?"

나는 반사적으로 되물었다.

"루데우스 님, 아이샤에게는 평소부터 장래에 루데우스 님을 모셔야 한다고 가르쳤습니다."

"그런 모양이더라고요."

"딸에게는 제가 아는 모든 것을 가르쳤습니다. 지금은 아직 어리지만, 4년만 지나면 남자들이 좋아할 만한 몸이 되겠지요."

남자가 좋아할 만한.

"잠깐만 기다리세요. 아이샤는 여동생인데요?"

"루데우스 님이 호색한이라는 건 알고 있습니다."

알고 있습니까, 그렇습니까.

하지만 아무래도 생전과 다르게 피가 이어진 상대에게는 별로 욕정하지 않는 모양인데. 그러니까 아이샤가 자라거든 잡아먹으라고 해도 곤란하다.

뭐, 그것도 본심이지만, 또 다른 본심이 하나.

"그 애는 아직 여섯 살이잖아요? 부모와 함께 있어야 할 나이입니다."

"…루데우스 님이 그렇게 말씀하신다면."

리랴는 실망한 기색이었지만, 나는 틀린 말을 하지 않았다.

아이샤는 어리다. 부모와 함께 있는 게 좋잖아?

어디까지나 일본인으로서의 감각이지만, 어렸을 적에는 아버지와 어머니, 양쪽과 함께 있는 편이 바람직하다.

한쪽만이라도 좋다고 생각하지만, 양쪽이 다 없는 건 안 되겠지.

"알겠습니다. 분명히 아이샤는 아직 미숙. 미숙한 자를 루데우스 님의 곁에 둘 수는 없습니다."

"저기, 너무 이상한 건 가르치지 마세요? 저기, 변태 어쩌고 하는 건."

"저는 루데우스 님이 훌륭한 분이라고밖에 전하지 않았습니다."

"그 바람에 다소 반발하는 모양인데요…."

"그렇군요. 뭐, 지금뿐입니다."

리랴는 후훗 웃으며 고개를 들었다.

밝은 얼굴이었다.

아이샤는 데려갈 수 없지만, 나는 이미 리랴에게 소중한 것을 받았다.

그 중 하나는 가죽 끈을 꿰어서 내 목에 늘어뜨렸고, 또 하나는 상자에 넣어서 소중히 보관하고 있다.

두 가지 다 절대로 놓치지 않겠다.

"이 펜던트(와 팬티), 감사합니다."

"아뇨, 루데우스 님에게 소중한 것이라는 걸 알고 있었기에."

말로 하지 않은 부분도 참작해 주었다.

리랴에겐 정말 큰 신세를 졌다.

"…저기, 역시 팬티를 가지고 있으면 변태라고 여겨질까요?"

"변태? 아이샤가 그렇게 말했습니까?"

리랴가 벌떡 일어났다.

서둘러서 진정시키고 도로 앉히자 리랴는 작게 한숨을 내쉬었다.

"그 아이는 성 안을 비교적 자유롭게 다닐 수 있기에 누군가에게 이상한 말을 들은 거겠지요."

이상한 말이라. 응, 그래, 이상한 말.

"팬티 정도로 변태라고 하자면, 아슬라 왕궁에서 일했다간 어떻게 될지…"

"아슬라 왕궁 말인가요? 그러고 보면 예전에 후궁에서 일했다고 했지요."

"예, 거기와 비교하면 남편이나 루데우스 님 정도는 변태 축에도 못 듭니다."

"그런가요…."

나는 내가 꽤 문제라고 자각했는데, 그런가…. 아슬라 왕궁은 그 이상의 신사가 모이는 곳인가. 생각해 보니 변경귀족조차도 수인을 애호할 정도다. 아니, 그레이랫 가문만이 아니라 시론 왕가도 심각했지만.

"그 중에는 여성의 월──."

"아뇨, 구체적인 묘사는 됐습니다."

이 이상은 안 된다.

"아무튼 왕후귀족 중에는 도착적인 취미를 가진 분이 많습니다. 거기에 비하면 동경하는 분의 속옷에 흥미를 가지는 정도는 보통입니다."

리랴는 시선을 흐렸다.

분명 안 좋은 기억을 떠올린 거겠지.

"아버님에게는 잘 말씀드려 주세요."

"알겠습니다."

"일단 노자는 드리겠는데, 부족할 것 같거든 모험가 길드에서 아버님의 부하를 찾아 보세요."

"알겠습니다."

"호위병은 신용할 수 있을 것 같지만, 모르는 상대니까 부디 조심하세요."

"문제없습니다. 다들 아는 사람입니다."

"아, 그런가요, 어어…."

"루데우스 님."

이런저런 생각을 하는데, 리랴가 문득 일어서서 이쪽으로 다가왔다.

그리고 내 머리를 가슴에 품었다.

그녀의 풍만한 가슴이 내 얼굴에 닿자, 무심코 콧김이 가빠졌다.

"저기, 리랴 씨, 닿았는데요?"

"루데우스 님은 예전과 다름이 없으시군요."

리랴는 그렇게 말하고 가볍게 웃었다.


다음날. 출발 직전에 나는 에리스와 루이젤드와 함께 마차에 문제가 없는지 최종점검을 하고 있었다.

리랴 일행은 먼저 떠나려는지 이미 다른 마차에 타고 있었다.

"개주인 씨, 개주인 씨!"

그때 아이샤가 마차에서 뛰어내려서 종종걸음으로 달려왔다.

"왜 그러나요?"

"잠깐만요."

그리고 내 옷소매를 잡아당겨서 어딘가로 데려가려고 했다.

일단 루이젤드에게 눈짓을 하고 따라가 보았다.

그녀가 나를 데려간 곳은 길가의 덤불. 아이샤는 거기 웅크리더니 나더러도 앉으라고 손짓.

웅크려 앉아서 얼굴을 맞대자 마치 비밀 이야기를 하는 것 같았다. 아니, 마치가 아니라 진짜 비밀이야기인가.

"개주인 씨, 사실은 몰래 부탁할 게 있는데요."

"부탁인가요? 내가 할 수 있는 일이라면."

귀여운 여동생의 부탁이라면 최대한 들어주고 싶다.

노른에게는 미움을 샀지만, 아이샤에게는 미움 받고 싶지 않으니까.

지금으로선 괜찮은 느낌이지만, 그건 내가 개주인이기 때문이다. 오빠라고 밝히면 쓰레기를 보는 눈으로 보겠지.

"부탁이니까 저를 여행 동료로 삼아 주세요⋯!"

그런 말을 듣고 나는 눈을 휘둥그렇게 떴다.

⋯리랴인가?

"그거 엄마가 그러라고 하던가요?"

자기가 부탁해서 안 되니까, 이번에는 딸이 부탁하는 작전으로 나왔다.

그 인간도 의외로 제법이군.

"아뇨, 엄마가 된다고 할 리가 없어요."

"어?"

어라? 어제 이야기를 듣기론 리랴는 아이샤를 내게 붙여주고 싶다고 했는데⋯ 어떻게 된 거지?

"엄마는 평소부터 그러셨어요. 저는 장래에 배다른 오빠를 모시게 될 거라고."

"그랬지요."

"그런데!"

아이샤는 주먹을 지면에 쿵 내려쳤다.

"저는 사양입니다!"

정말이지 내가 싫은 모양이다.

팬티에 흥분하기 때문일까. 죄송합니다.

"저번에도 말했지만요. 오빠는 변태입니다. 개주인의 말씀도 이해하지만요, 저는 그런 사람을 모시는 건 절대로 싫습니다."

"그런가요…."

그렇게까지 말할 것도 아니라고 생각하는데.

"꼭 저를 구해 주세요. 저번에 저를 구해 주셨듯이 변태의 마수에서 멋지게!"

"거절하겠습니다."

농담이 아니다. 같이 여행을 했다간 이름을 들키잖아. 들켰을 때에 거짓말을 했다고 알려지면… 어라? 하지만 가족이니까 언젠가 들키지 않나?

"왜인가요! 변태라고요!"

"그건 네 상상이지 진실이 아니에요."

좋아, 여기서 오해를 좀 풀기로 하자.

리랴에게 맡겨두면 분명 아무리 세월이 지나도 변태로 남아 있을 테니까.

아무리 왕궁에 더 대단한 녀석이 있다고 해도 오빠의 평가는 변하지 않는다.

"실제로 만나 본 적은 없잖아요?"

"하지만 팬티는 분명히 있었습니다!"

"뭔가 이유가 있었을지도 모르지요."

"팬티를 소중히 여기는 이유란 게 뭔가요?!"

왜? 왜냐고 해도 말이지.

예를 들자면 어느 종교에서는 성인이 몸에 걸쳤던 것을 성유물이라며 숭상하잖아?

하물며 록시가 솔로 플레이에 썼던 때의 팬티잖아? 일류 플레이어의 아이템이라고?

장면에 주목하는 리스너라면 어떨까?

그야 평생 소중히 여기겠지!

우리 종교의 모토는 '성욕도 공부도 중요!', 에로 스터디의 더블 스탠더드다.

뭐, 그건 넘어가고.

"저기, 록시란 사람은 오빠의 가정교사지요?"

"예."

"그렇다면 오빠에게 다대한 영향을 주었을 겁니다."

"그럴까요…."

그렇다마다. 내가 하는 말이니까 틀림없어.

20년 가까이 못 했던 것을 할 수 있게 만들어 준 사람이니까.

내가 이렇게 살아 있는 것은 그녀 덕분이야.

"그런 사람이 입었던 것이라면 최대한 보관하고 싶다고 생각한 게 아닐까요?"

"으음…"

납득하지 않은 모양이군.

그럼 지난번에 목숨을 구해 준 개주인 씨의 소지품을 주자.

나는 품에서 어떤 것을 꺼냈다.

"이 머리보호대는 내가 계속 쓰던 것입니다."

"갑자기 뭔가요?"

"이걸 줄게요."

나는 짐에서 머리보호대를 꺼내어 그녀에게 넘겼다.

예전에 리카리스 시에서 구입한 것이다. 세탁하긴 했지만, 오래 썼기 때문에 내 땀이 배어 있다고 할 수 있겠지.

그걸 손에 든 그녀는 다소 놀란 얼굴을 하였다.

"아! 왠지 알 것 같아요."

"말이 아니라 마음으로 이해했나요?"

"예, 이해했습니다! 오빠는 변태가 아니었네요!"

그렇게 해서.

나는 낡은 머리보호대를 떠나보냈다. 그렇긴 해도 애도 참 쉽게 넘어온다.

"개주인 씨는 정말로 좋은 사람이에요!"

"그 정도는 아니에요."

씨익, 루데우스 스마일.

아이샤는 반짝이는 눈으로 날 보았지만, 문득 깨달은 듯이 중얼거렸다.

"아, 그렇지. 지금 오빠는 행방불명이지만요. 혹시 죽었으면 개주인 씨를 따라가도록 해 주시겠습니까?"

"아뇨, 그건 글쎄요."

"안 되나요? 엄마를 보면 아시겠지만, 전 꽤 자랄 거라고 생각해요! 남자가 좋아할 만한 몸으로!"

"아니, 그 말의 의미를 알고 하는 건가요?"

"아이를 만들고 싶어지는 몸이라는 거지요!"

"애가 애를 만든다는 말을 하면 안 됩니다."

커다란 친구에게 납치당해서 팥밥을 먹는 날조차 사라지게 됩니다.

정말이지, 대체 누가 그런 걸 가르친 거야?

"도저히 안 되나요…? 제가 싫은가요?"

눈물을 글썽이는 여동생. 으음, 귀엽다. 물론 싫어하는 건 아니다.

"알겠습니다. 오빠를 못 찾으면 그러도록 할게요."

"정말인가요?"

속이는 것 같아서 가슴 아팠다.

그녀가 성장할 무렵에는 여행도 끝나고, 또 가족들이 사이좋게 살 수 있게 되겠지.

"그럼 변태라고 한 건 화 안 내는 거지요?"

"그야 물론…… 어?"

지금 그게 뭐지?

"고마워, 오빠!"

그녀는 마지막에 그렇게 말하고 벌떡 일어서더니, 세 명의 호위병이 기다리는 마차로 달려갔다.

내가 멍하니 있는 동안에 아이샤는 마차에 올라탔고 마차가 출발했다.

아이샤는 손을 흔들었고, 리랴도 꾸벅 고개를 숙였다.

그리고 마지막으로.

"안녕, 오빠! 또 봐! 약속이야!"

마차가 가 버렸다.

그걸 지켜보고 나도 내 마차로 돌아왔다.

멍하니 있자니 에리스가 어색한 얼굴로 말했다.

"뭐야, 역시 다 들켰잖아."

"어, 어라…?"

루이젤드가 말의 고삐를 끌자, 우리의 마차도 움직였다.

애초에 생각해 보면 들킬 만한 장면은 많았다. 처음에 이름을 부르기도 했고, 그 뒤에도 에리스나 루이젤드와 이야기하는 동안에 그들이 실수로 루데우스란 말을 흘린 때도 있었다.

이미 들켰던 것이다.

그럼… 왜 모르는 척을?

생각, 생각. 곧 답이 나왔다.

아마도 그녀는 오빠가 신뢰할 수 있는 사람인지 확인하려고 했겠지. 내가 거기서 가명을 쓰는 채로 그녀를 데려가려고 했다면, 그녀는 나를 저버렸을 게 틀림없다.

"하하하."

그걸 깨닫고 나는 웃었다.

아이샤는 정말로 영특하고 총명한 아이였다.

장래가 기대됐다.


## 제8화 한 사람 몫

우리는 시론 왕국에서 서쪽으로, 서쪽으로 이동했다.

목적지는 아슬라 왕국.

그 나라로 가는 길은 평탄해서, 그만 꾸벅꾸벅 졸 정도로 느긋한 분위기가 주위를 뒤덮었다.

가도 좌우를 둘러보면 죄다 초원, 정면에 희미하게 보이는 건 적룡산맥이다.

산맥 위를 세 개의 그림자가 천천히 선회하는 게 보였다.

한가로웠다.

가끔씩 분위기 모르는 도적이 값나가는 걸 놓고 가라고 말하기도 했지만, 원하는 대로 에리스가 철권을 선물해 주자 발발기어서 도망쳤다.

처음에는 루이젤드가 다 죽여 버리려고 했지만, 사정을 들어 보니 단순히 먹고 살 길이 곤궁해져서 그러는 모양이라 일단 놓아 주었다. 일단은 말이다.

중앙대륙이라고 해도 이 부근 가도는 다소 치안이 안 좋았다.

마대륙을 보고 배웠으면 싶다.

거기는 도적 같은 게 나오지 않았다. 도적의 열 배 정도로 마물이 나왔지만.

인간이 멋대로 굴 수 있다는 것은 평화롭다는 증거일까.

조금만 더 북쪽으로 가면 많은 소국들이 난립하며 전쟁을 벌인다니까, 도적도 그 전쟁의 영향으로 늘어난 것 같은데….

어찌 되었든 한가로웠다.


이 근처의 지형에 대해 조금 설명하자.

적룡산맥이란 중앙대륙에 있는 장대한 산맥을 말한다.

중앙대륙을 3분할하듯이 산이 이어지고, 그 전체에 적룡이 생식한다.

적룡이란 중앙대륙에서 최강이라 일컬어지는 마물이다.

절대강자라고 해야 할까.

한 마리만 있어도 상당히 강한데 수백 마리라는 단위로 무리를 만든다.

특필할 만한 것은 그 탐지능력이다. 그들은 영역에 들어온 생물을 절대로 놓치지 않는다.

개 정도 사이즈의 생물조차도 놓치는 법 없고, 아무리 강력한 마물이더라도 그 영역에 들어가면 무리지어 덤비는 적룡에게 뼈도 안 남기고 잡아먹힌다.

어떻게 영역에 들어온 것을 탐지하는가 하는 점에 대해서는 알려지지 않았다.

용의 영역에 들어가면 죽는다. 그게 이 세계의 상식이다.

이 세계에는 몇 종류의 용이 있다.

하나 같이 한 마리만으로 A랭크 이상. 그중에서 가장 위험하고 사나운 게 적룡이다. 한 마리로도 S랭크 하위권이라고 하지만, 이게 또 그 무리의 단위, 영역의 규모가 엄청나게 크다.

적룡이라는 종이 살기에 그 산맥에는 적룡산맥이라는 이름이 붙었다.

통행불능의 죽음의 산맥…. 그게 적룡산맥이다.


적룡은 위험한 생물이지만, 사실 한 가지 약점이 존재한다.

그들은 전투능력이 높지만 비행능력이 뒤떨어지기에 평지에서 날아오를 수 없다.

날기 위해선 높은 절벽에서 뛰어내리든가, 아니면 어느 정도 긴 경사면을 활주할 필요가 있다.

중앙대륙에는 높은 산들이 있지만, 기본적으로 완만한 평야나 숲이 많다.

고로 평지에 사는 사람들이 적룡의 습격을 받는 일은 어지간해서 없다.

물론 이따금씩 멍청한 녀석이 있는지, 난기류 같은 것에 휘말려서 평지에 떨어지는 놈도 있다.

그런 용은 외톨이용으로 인정받는다.

천공의 패왕은 땅에 떨어지면 힘을 잃는다…라지만 모든 힘을 잃는 것도 아니라서 A랭크 상위에 위치할 힘을 가졌다.

인간들의 마을 근처에 떨어진 적룡은 압도적인 힘으로 날뛰면서 막대한 피해를 입히기 시작한다.

그러면 나라의 총력을 기울인 토벌 소동이 시작된다. 긴급의뢰가 발생하고 벌집을 쑤신 듯한 난리가 난다.

물론 대부분은 인간들의 마을과 먼 곳에 떨어진다.

의뢰의 랭크는 S랭크라고 하나 안전을 기해서 열 개 가까운 파티가 손을 잡고 덫에 빠뜨리기 때문에 의외로 간단히 토벌된다나 보다.

참고로 용의 고기나 뼈는 무기의 재료로 최상급에 가깝고, 용의 가죽은 예술품으로서의 가치도 높다.

물론 가죽만이 아니다. 용의 몸은 어디 하나 남김없이 써먹을 수 있다.

한 마리를 열 명이서 토벌해서 보수를 나눈다고 해도 1년은 부유하게 지낼 수 있는 돈이 손에 들어온다나.

구체적으로 말해서 한 마리당 아슬라 금화 100닢 정도가 된다나 보다.

값비싼 소재이기 때문에 의뢰를 받을 수 없는 C랭크로 갓 올라온 신출내기가 무모하게 도전하기도 하는데, 대부분은 통구이가 되어서 널름 잡아먹힌다는 모양이다.

그런 적룡이 대량으로 생식하는 적룡산맥에는 통행할 수 있는 곳이 딱 두 군데 있다.

'적룡의 아래턱', '적룡의 위턱'이라고 불리는 깎아지른 절벽으로 이루어진 협곡이다.

이것은 제2차 인마대전 때부터 존재했던 협곡으로, 당시에도 군대가 통행할 수 있는 넓이의 길이 달리 없었다는 모양이다. 라플라스는 그런 것도 넘겨보고 적룡산맥에 적룡을 풀었다나.

루이젤드의 말이니까 틀림없다.

우리는 중앙대륙 남부와 서부를 잇는 '적룡의 아래턱'으로 마차를 몰았다.

거기를 빠져나가면 아슬라 왕국이다.


하지만 우회한다는 소리는 다시 말해 멀리 돌아간다는 소리다.

멀리 돌아가는 걸 싫어하는 아가씨가 여기에 한 분.

"우회 같은 거 하지 않아도, 루이젤드가 있으니까 적룡산맥

정도는 통과할 수 있잖아!"

적룡산맥의 위를 작게 선회하는 적룡을 본 에리스의 말도 안 되는 소리가 시작되었다.

"말도 안 되는 소리 마라."

루이젤드가 쓴웃음을 지으면서 그렇게 대답했다.

나도 루이젤드라면 혹시나 싶었는데, 아무리 그라도 적룡산 맥을 걸어서 통과하는 건 무리인 모양이었다. 그럼 나도 무리겠지. 루이젤드한테는 못 이기고.

"하지만 루데우스라면 갈 수 있겠지!"

"아뇨, 무리입니다. 무슨 말이에요?"

아무래도 에리스는 용 퇴치란 것을 체험해 보고 싶은 모양이었다.

마음은 모를 것도 아니지만, 조금 기다려달라고 하고 싶었다.

아무래도 가능한 일과 불가능한 일이 있으니까.

"하지만 길레느는 전에 외톨이용을 쓰러뜨렸다고 했어!"

"정말인가요?"

나는 그런 이야기를 못 들었다.

모험가 시절의 이야기가 아닐지도 모르겠다.

혹시 모험가 시절의 이야기라면, 파울로가 한 번 정도는 자랑 스럽게 말했겠지.

"검성이 되기 전에 적룡하고 싸웠댔어!"

"헤에, 혼자서 말인가요?"

"어, 비슷한 상급검사 다섯 명 정도라고 그랬어."

"그래서 몇 명 죽었나요?"

"두 명."

멍청하긴.

40퍼센트나 손실을 입었잖아. 그런데 왜 내가 적룡한데 이길 수 있다고 생각할까.

"애초에 외톨이용과 산에 있는 용의 강함은 차원이 달라요. 하늘을 날잖아요?"

하늘을 난다는 소리는 인간에 대해 커다란 어드밴티지가 있다는 소리다.

비행속성을 가졌다고 활에 약한 것도 아니다.

더군다나 무리. 이 세계에서 무리를 짓는 마물은 대개 무리지어 사냥하는 법도 터득했다.

무리를 만들면서도 기껏해야 몇 마리 정도로밖에 행동하지 않는 왕룡이나 애초에 무리를 짓지 않는 흑룡이라면 몰라도, 백 마리 단위로 공격해 오는 적룡을 찢어 버리는 건 불가능하다.

"그렇죠, 루이젤드 씨?"

"그래. 적룡의 무리를 어떻게 할 수 있는 녀석 따윈 없다. 있다면 '칠대열강'의 상위진뿐이지. 아마 북신이나 검신이라도 도중에 물러나겠지."

"그런가요?"

헤에, '칠대열강'이라면 드래곤 정도는 간단히 상대할 수 있을 줄 알았는데….

"그래, 아마도 도중에 체력이 다하겠지. 잠도 못 잘 테니까."

아하. 수백 마리의 용이 밤에도 안 자고 계속 공격해 오나.

전투력 운운 이전에 물량에서 밀리겠네.

"물론 라플라스는 그런 적룡의 왕마저도 부렸다. 고로 '칠대열강'의 상위라면 통과 정도는 할 수 있겠지. 물론 과거의 '칠대열강'이라면 7위라도 적룡의 영역을 통과하는 정도야 가능하겠지만."

봉인 중인 4위 '마신'과 현재 5위 '사신' 사이에는 넘을 수 없는 벽이란 게 있다는 모양이다.

"하지만 언젠가 한 마리 정도는 잡아보고 싶어…."

오늘도 에리스는 평소처럼 무서운 소리를 했다.

그 언젠가에는 분명히 나도 끌어들이겠지.

언젠가 찾아올 날을 위해 적룡과 싸우는 법을 예습해두고 싶다.

푸근한 하루.

며칠만 더 가면 적룡의 아래턱에 도착하려는 어느 날.

나는 식사 준비를 하면서 인신에 대해 생각하고 있었다.

지난 번 시론 왕국에서 일어난 사건을 말이다.

솔직히 자노바와 만난 뒤의 흐름은 너무나도 이상했다.

내게 너무 유리하게 이야기가 흘러갔다.

어쩌면 인신은 미래예지 이외에 미래를 바꾸는 힘도 있는 걸까?

아니, 어찌 되었든 자노바는 그 자리에 있었다.

자노바의 성격이 갑자기 변한 것도 아니었다. 가령 인형을 가지고 있지 않았더라도, 진저는 어떤 형태로든 나와 자노바를 만나게 했을 것 같았다. 자노바는 록시 인형을 가지고 와서 이야기했겠고, 나는 역시나 사마귀에 대해 지적했겠지.

가명은 대체 뭐였을까.

적어도 본명을 대지 않은 덕분에 아이샤와는 친해졌다.

하지만 그 자체는 사건과 관계없고….

반대로 혹시 거기서 본명을 댔으면 어떻게 되었을까? 아이샤는 나를 변태로 생각했던 모양이지만, 최종적으로 오해는 풀렸다.

하지만 적어도 숙소에 도착한 시점에서는 아직 내가 오빠라는 확신은 갖지 못했을 터였다.

변태 오빠와 숙소에 단둘이….

나라면 정조의 위기를 느끼겠지. 화장실에 가는 틈에 도망칠지도 모른다.

어디로 도망칠까.

그녀는 편지를 보내려고 했으니까, 돈을 훔쳐서 갈지도 모른다.

돈이 있으면 편지를 보낼 수 있다고 내가 가르쳐 주었다.

똑똑한 아이샤라면 그 돈으로 편지지를 사고 사람에게 길을 물어서 모험가 길드로 가서, 거기서 편지를 부치려고 하겠지.

아니, 한 차례 병사에게도 들켰다. 일반적으로 생각하면 모험가 길드에 가면 병사에게 들킬 테니까 다른 사람한테 부탁하려고 하겠지. 하지만 그녀가 아는 사람이 없다. 병사에게 들키지 않았다고 해도 위험한 상황에서 시내를 어슬렁거리게 된다.

나는 그녀를 찾겠지.

아이샤가 없어졌다는 걸 알면 분명 나는 허둥거리면서 앞뒤 안 가리고 하늘을 향해 폭렬 마법을 써서 루이젤드와 연락을 취하겠지. 그리고 여동생을 찾았는데 놓쳐 버렸다고 말하고 찾아달라고 할 거다. 그리고 미아가 된 아이샤는 루이젤드가 보호해 준다.

루이젤드는 아이에게 잘해 준다. 아이샤도 분명 그를 신용하겠지.

응, 역시 문제없다.

생각하면 생각할수록 인신의 조언은 '대충 비슷하게 행동해도 똑같은 결과로 이어진다'고 생각되었다.

여태까지도 아마 그랬겠지.

루이젤드의 도움을 받든 받지 않든 최종적으로는 루이젤드와 함께 여행하게 되고, 키시리카와 만나서 어느 마안을 받더라도 역시나 나는 대삼림에서 돌디어족에게 붙잡히게 되었다.

녀석은 이런저런 생각을 하며 조언을 해 준다.

어쩌면 신용해도 좋을지 모르겠다.

하지만 여전히 그 목적이 보이질 않는단 말이지. 그것만 똑똑히 말해 준다면 나도 조금은 순순해지겠는데….

"그렇기는 해도 두 사람은 쌩쌩하네."

내가 인신에 대해 생각하는 동안 에리스와 루이젤드는 오늘도 여전히 훈련을 하고 있었다.

처음에는 나도 섞여서 했는데, 기초 체력의 차이인지 중간 즈음에 기브업했다.

최근 들어 에리스는 눈이 확 떠질 정도로 강해졌다.

1년 전에는 마안을 쓰면 여유롭게 이길 수 있었다. 그 무렵의 에리스라면 전투 중에 팬티를 끌어내릴 수도 있었을지 모른다.

하지만 지금은 무리다. 마안과 마력을 최대로 사용하면 마지막에는 내가 이기겠지만, 아마도 아슬아슬한 승부겠지.

물론 거리를 벌리고 싸운다면 간단히 내가 이길 수 있겠지.

하지만 그래선 은근슬쩍 가슴을 만질 가능성도 날아간다.

그래선 이겼다고 할 수 없다.

하지만 재능이란 거겠지.

나도 나름 노력을 했다고 했지만, 에리스는 그 위를 달렸다.

노력의 질도 양도 나보다 위다. 나도 노력해야 한다고 생각했지만 몸이 따라가지 못했다.

어쩌면 이 몸은 별로 체력이 없는 걸까. 생전의 기준으로는 그럭저럭이라고 생각하는데, 이 세계의 기준으로는 평균을 밑도는 걸까.

에리스 정도밖에 동세대가 없으니까 알기 어려웠다.

그런 생각을 하는데 오늘 연습은 끝난 듯했다.

"끝이다."

"허억… 허억… 그래….'

최근 루이젤드는 에리스에게 '알겠나?'라고 묻지 않았다.

말하지 않아도 알기 때문이겠지.

에리스는 잘 흡수했다.

"에리스."

내 옆까지 돌아왔을 때 루이젤드가 문득 에리스에게 말을 걸었다.

"왜?"

에리스는 내가 물기를 쥐어짜서 건넨 천을 받아서 옷 안에 손을 넣어 땀을 닦았다. 이전에는 브래지어 차림만으로 땀을 닦았지만, 내가 흥분하기에 이런 형태가 되었다.

그녀도 땀투성이면 기분 나쁠 텐데. 미안하다.

"너는 오늘부터 전사라고 말해도 좋다."

루이젤드는 지면에 털썩 주저앉으면서 말했다.

전사라.

검사가 아니라 전사. 이 세계에서 전사는 단순히 검사가 아닐 뿐이지, 전투능력에 커다란 차이가 있는 게 아니다. 그러니까⋯ 응?

거기서 나는 루이젤드의 말의 의미를 깨달았다.

에리스 또한 겨드랑이 밑으로 손을 집어넣던 움직임을 멈추고 있었다.

"⋯그 말은."

"한 사람 몫을 하게 됐다."

루이젤드는 조용히 그렇게 말했다.

에리스는 어색한 움직임으로 천을 내 쪽으로 내던졌다.

나는 그걸 받아서 물 마법으로 다시금 적신 뒤에 꽉 쥐어짜고 공중을 파앙 때렸다.

에리스가 내 옆에 앉았다.

이 표정은 기억에 있었다. 기뻐서 싱글거리고 싶지만, 차분한 얼굴을 해야만 한다고 생각할 때의 얼굴이다.

"하, 하지만 루이젤드, 아직 당신에게는 전혀 못 이기는데?"

"문제없다. 너는 이미 전사로서 부족함 없는 힘을 가졌다."

이건 말하자면 인가 같은 것일지도 모른다.

길레느에게 검신류 상급이라고 칭해도 좋다는 허가가 나온 것처럼, 루이젤드에게 전사라고 칭해도 좋다는 허가를 받은 것이다.

"에리스, 축하합니다."

에리스는 눈을 껌뻑거렸다.

그럴 생각으로 대련을 했던 건 아니었을지도 모른다.

"루, 루데우스, 꿈이 아닌지 조금 꼬집어 볼래?"

"꼬집어도 안 때릴 건가요?"

"안 때려."

언질을 받았기에 그녀의 유두를 꼬집어 보았다.

물론 부드럽게. 어차, 이 경우는 야하게, 라고 해야 하나?

에리스의 주먹은 부드럽지 않았다.

"어딜 만지는 거야?"

"실례…. 하지만 꿈이 아니네요. 꿈이라면 이렇게 아프지 않겠죠."

새빨간 얼굴로 가슴을 누르는 에리스에게 새파란 얼굴을 하며 턱을 누른 나는 말했다.

"그래, 전사…."

에리스는 뭔가 실감하듯이 자기 손바닥을 보았다.

"하지만 자만하지 마라. 이제 아이 취급 않겠다는 의미다. 알겠지?"

마치 어린애를 타이르는 부모 같은 말이었다.

"…예!"

에리스는 차분한 얼굴을 하면서 그렇게 말했다.

뭐, 턱 부분은 웃음이 나올 것처럼 실룩거리고 있지만.

어찌 되었든 오늘 밤은 평소보다 맛있겠다.

그날 밤 에리스가 잠들었을 무렵, 문득 궁금한 게 있어서 눈이 떠졌다.

눈을 감고서 파수를 보는 루이젤드에게 말을 걸었다.

"왜 에리스에게 그런 말을?"

루이젤드는 실눈을 뜨고 나를 보았다.

"아무리 시간이 지나도 네가 그 아이를 어린애 취급하기 때문이다."

…글쎄. 에리스는 어린애일까 아닐까.

어린애겠지. 생전의 나와 비교해도 스무 살은 연하다.

하물며 나는 그녀가 더 어릴 적부터 얻어맞아가면서 이것저것 많은 것을 가르쳐 왔다. 어린애라고 생각하는 게 뭐가 잘못일까.

분명히 에리스는 최근 어른스러워졌다.

몸의 이야기가 아니다. 조금씩 분별이란 것을 할 수 있게 되었다.

예전처럼 앞뒤 가리지 않고 날뛰는 일도 적어졌다.

아직 비슷한 짓을 하지만 그래도 빈도는 줄어들었다.

말하자면… 그래, 그녀는 어린애에서 어른이 되는 과정에 있겠지.

잘난 듯이 그렇게 말했지만 나도 빈말로도 훌륭한 어른이라고 할 수 없나….

"으음…."

내가 생각에 잠기자 루이젤드는 조용히 눈을 감았다.

"뭐, 어쩔 수 없나…."

뭐가 어쩔 수 없는 걸까. 나는 그 의미를 깊이 생각하지 않았다.

모르겠지만 왠지 안 좋은 예감이 들었다.

"루이젤드 씨."

"뭐지?"

"가슴 주머니에 이 은화를 하나 넣어두고 계세요."

그렇게 말하며 품에서 은화를 한 닢 꺼내어 루이젤드에게 던져 주었다.

그는 당혹스러워했다. 상의에 주머니가 없었기 때문이었다.

그래도 그는 가슴 근처의 이음매에 은화를 넣는 데에 성공한 듯했다.

"그래서 이건 뭐지?"

"부적입니다."

나는 거기에 만족하고 잠이 들었다.

그로부터 며칠 뒤.

시론을 떠난 지 4개월.

우리는 아슬라 왕국의 입구인 '적룡의 아래턱'에 도달했다.

그리고 깨닫게 되었다.

사건이란 갑자기 터지는 것이라고.

안 좋은 일은 예측도 예방도 할 수 없는 때가 있다고.

갑작스럽게 부모가 죽는 일도 있다. 갑작스럽게 형제에게 얻어맞는 일도 있다. 갑작스럽게 트럭이 돌진해 오는 일도 있다. 갑작스럽게 이세계에서 환생하는 일도 있다. 갑작스럽게 아버지의 공격을 받아 좋은 집안 아가씨의 가정교사가 되는 일도 있고, 갑자기 다른 대륙으로 날아가는 일도 있다.

아마 모든 게 우연의 산물인 것이다.

또한 알게 되었다.

이 세계의 엄격함을.

인간이 간단히 죽는다는 것을.

어떤 인간이라도 너무나도 간단히 죽는다는 것을.

예외 따윈 없다는 것을.

자신만, 혹은 자신 주위만 재수 좋게 살아남는 일이 없다는 것을.

이제 와서 간신히 실감하게 되었다.

죽음이라는 현상을 원인으로 가까운 사람이 갑자기 사라지는 일도 있다고….

그리고 어리석게도 이때의 나는 그것을 진실과 결부시킬 수 없었다.

혹시 이때 내가 사실을 잘 이해하고, 누구에게도 지지 않을 힘이란 것을 얻자고 생각했으면. 그렇게 후회할 수밖에 없었다.

혹시 여기서, 이 사건에서 조금 다른 길을 걸었으면.

그렇게 후회할 수밖에 없었다.

딱 하나 말할 수 있는 건 있다.

에리스는 대단했다.

## 제9화   터닝 포인트 2

적룡의 아래턱. 외길이 이어지는 협곡.

성룡가도처럼 똑바르진 않지만 갈래길이 없는 외길.

국경과 국경 사이에 있는, 어느 나라의 것도 아닌 영역.

여기를 통과하면 아슬라 왕국이다.

우리는 긴 여행의 끝을 예감하고 신이 나 있었다.

고향이 어떻게 되었는지 모른다는 불안도 있었지만, 그래도 달성감 같은 것을 느끼기 시작했다.

방심했다고 말해도 좋을지 모르겠다.

그런 가운데 그 녀석은 평범하게 걸어왔다.

외길 맞은편에서 천천히. 말을 탄 것도 아니고, 마차를 탄 것도 아니고, 그저 걸어왔다.

은발, 금색 눈동자, 딱히 방어구는 없고 무슨 가죽으로 만든 거친 하얀색 코트를 입은 남자였다.

내 인상으로는 기껏해야 '눈썰미가 사나운 녀석이군.' 싶은 정도였다.

이 남자의 눈은 심한 삼백안이었다.

그보다도 그의 옆에 있는 인물에게 눈이 머물렀다.

흑발 소녀가 한 명 따라오고 있었다. 어딘가에서 본 것도 같은데 기억나지 않았다.

이 세계는 순수한 흑발이 적다. 검은색으로 보여도 잘 보면 짙은 갈색이든가 다소 회색에 가까운 게 보통이었다. 머리카락 색깔로 남을 기억할 생각은 추호도 없지만, 순수한 흑발이라면 기억해도 이상하지 않을 것 같다…싶지만 기억나지 않았다.

게다가 이 소녀가 왠지 눈에 들어온 것에는 이유가 있었다.

그 얼굴.

소녀는 얼굴에 가면을 쓰고 있었다.

새하얗고 아무것도 그려지지 않았고, 아무런 장식도 없는 가면이었다. 특징이 없다면 없지만, 한 번 보면 잊을 수 없는 가면이었다.

예를 들자면 더티마스크 같은 가면이었다.

이 세계에서 이런 가면을 쓴 사람은 없었다.

안 좋은 쪽으로 눈에 띄기 때문에 패션은 아니겠지.

"……!"

소녀에게 정신이 쏠린 탓은 아니겠지만, 이때 나는 마부석에 앉은 루이젤드의 얼굴이 창백해진 것을 알아차리지 못했다. 에리스도 그랬다. 남자가 한 발 다가옴에 따라 그 표정을 험악하게 일그러뜨리며 검 자루를 쥔 손이 새하얗게 될 정도로 힘을 주고 있었다.

남자는 우리의 모습을 보더니 어라? 싶은 눈치로 고개를 갸웃거렸다.

"음…? 너는 혹시 스펠드족인가?"

남자의 삼백안이 가늘어지는 것을 보고 나는 의문스럽게 생각했다.

지금 루이젤드는 머리를 밀었고 이마의 보석도 숨겼다. 어떻게 알았을까? 스펠드족의 냄새라도 맡아냈을까? 그런 생각을 하면서 루이젤드를 돌아보았다.

"아는 사람인가…요…?"

내 질문은 도중에 끊어질 뻔했다.

루이젤드의 얼굴이 달랐다. 평소와 너무나도 달랐다.

원래부터 하얀 피부에서 일체 핏기가 사라졌고, 식은땀을 줄줄 흘리면서 창을 쥔 손을 부들부들 떨고 있었다.

이건… 이 표정은 본 적이 있다.

공포다.

"루데우스, 절대로 움직이지 마라. 에리스도."

루이젤드의 목소리는 떨리고 있었다.

나로서는 영문을 모르는 채로 말없이 끄덕였다.

에리스는 새빨간 얼굴을 하고 당장이라도 뛰쳐나갈 기세였다. 손도 발도 부들부들 떨고 있었다. 겁에 질리긴 했지만, 그 이상으로 에리스는 그에게 적의를 가지고 있었다.

하지만 나는 모르는 상대였다. 내가 모르는 사이에 두 사람은 이 남자와 만났을까?

나는 일단 사정을 지켜보았다.

"음? 그 목소리, 루이젤드 스펠디아인가. 머리카락이 없어서 순간 몰랐군. 왜 이런 곳에 있지?"

남자는 태연하게 다가왔다.

루이젤드가 창을 들었다.

나로서는 알 수 없었다. 루이젤드가 왜 이 남자를 이렇게까지 경계하는 걸까?

일단 두 사람이 두려워하기에 마안을 개방했다.

확실히 말해서 가벼운 마음이었다.

'남자의 모습이 몇 겹으로 겹쳐 있다.'

너무 많이 겹쳐서 윤곽도 또렷하지 않았다.

이게 뭐지?

"음? 거기 빨강머리는 에리스 보레아스 그레이랫인가. 또 한 명은… 누구지? 모르는 얼굴인데… 뭐, 좋아…. 그래, 알았다, 루이젤드 스펠디아. 아이를 좋아하는 너는 그 전이에 휘말려서 마대륙으로 날아온 그 둘을 여기까지 데려온 거로군."

다 안다는 얼굴로 끄덕이는 남자에게 에리스가 놀란 목소리로 외쳤다.

"어, 어떻게 내 이름을 아는 거야!"

에리스의 말에 나는 더욱 혼란스러워졌다.

첫 대면인가?

에리스라면 잊어버렸어도 이상하지 않겠지만, 이 세계에서는 거의 찾아볼 수 없는 은발에 특징적인 삼백안, 에리스와 루이젤드에게만 느껴지는 듯한 뭔가 이상한 감각.

한 번 보면 아무래도 기억하겠지.

"너는 누구냐! 왜 내 이름을 알고 있지!"

루이젤드가 남자에게 창을 뻗었다.

그의 지인도 아닌 모양이었다.

에리스와 루이젤드, 두 사람 다 남자를 모른다고 했다.

나도 그 남자를 모른다. 남자도 나를 모른다. 하지만 남자는 에리스와 루이젤드를 안다.

어떻게 된 거지…? 우리는 항상 함께 행동했을 텐데….

루이젤드는 유명하다.

중앙대륙에서는 그리 이름이 팔리지 않았지만, 마대륙에 가면 그의 이름과 얼굴을 아는 인물은 많이 있다. 에리스에 대해서는 모르겠지만, 빨강머리 소녀검사라면 어림짐작으로 찍어서 맞출 수도 있겠지.

하지만 이상한 건 그 점이 아니었다.

명백하게 이상한 건 그런 점이 아니었다.

태도다. 온도차라고 해야 할까?

남자의 태도는 친근했다. 목소리도 평탄하지만, 어느 쪽이냐 면 뜻하지 않은 곳에서 옛 친구를 만난 듯한 기쁨이 어려 있는 듯했다.

반대로 루이젤드는 당장이라도 공격을 시작할 분위기였다.

하지만 손을 쓰진 않았다. 명백히 적으로 보는데도 공격을 하 지 않았다.

항상 선수를 치려는 에리스도 움직이지 않았다.

루이젤드가 움직이지 말라고 했으니까…라는 이유만이 아니 다.

"기묘한 곳에서 만났지만… 건강한 모양이군. 그럼 됐다."

남자는 창을 들이대는 루이젤드를 똑바로 바라보았지만, 이 윽고 자조하듯이 웃으면서 한 발 물러났다.

그걸 보고 가면의 소녀가 조용히 중얼거렸다.

"괜찮아?"

"지금 시점에서는 어쩔 수 없지."

나로서는 이해할 수 없었다. 그렇게 주어가 생략된 대화를 나 눈 뒤,

"실례했다."

남자는 우리 옆을 천천히 지나가려고 했다.

흑발의 소녀가 그 뒤를 따랐다.

루이젤드는 시선을 떼지 않았다. 물론 에리스도.

"나에 대해선… 조만간 알게 될 거다."

마지막으로 그는 그렇게 말했다.

의미심장했다.

나는 직감적으로 생각했다. 이 남자는 뭔가를 알고 있다. 이 인간에게서는 인신과 비슷한 뭔가가 느껴졌다. 그걸 알아내야만 했다.

"잠깐만 기다리세요!"

어느 틈에 그를 불러세웠다.

남자는 돌아보았다. 의외라는 얼굴이었다.

그리고 루이젤드와 에리스도 놀란 얼굴로 나를 보았다.

"왜 그러지, 너는 뭐냐?"

"아, 인사드립니다, 루데우스 그레이랫입니다."

"들은 적 없군."

첫 대면이니까.

"아니, 그레이랫인가? 부모의 이름은?"

"그보다, 어어, 성함이?"

"흠…. 뭐, 괜찮나. 나는 올스테드다."

올스테드. 들어본 적 없는 이름이었다.

죽어서 저 세계에서 계속 사죄하는 사람과 같다는 것밖에 모르겠다.

루이젤드를 보면 역시 모르는 눈치였다.

"저기, 두 분은 아는 사이입니까?"

"아니, 아직 아는 사이가 아니다."

"아직? 무슨 의미입니까?"

"너는 몰라도 된다. 그래서 부모는?"

쌀쌀맞은 말이었다.

이쪽의 질문에는 대답해 주지 않으면서 자기 질문에는 대답하라고 한다.

뭐, 됐어. 나는 그 정도로 화를 내지 않는다.

"파울로 그레이랫입니다."

"…흠? 파울로에게는 아들이 없을 텐데. 딸이 둘일 뿐이다."

무슨 소리. 있습니다. 아버지와 많이 닮은 아들이 한 명.

마대륙까지 일하러 나갔던 멍청이 아들이.

"…음?"

그때 올스테드는 뭔가 깨달은 것처럼 고개를 갸웃거렸다.

천천히 내게로 다가왔다.

"그 이상 다가오지 마라!"

"그래, 알고 있어."

하지만 루이젤드의 위협에 거리를 지켰다. 다소 거리를 벌리면서 뚫어져라 내 얼굴을 바라보았다. 나는 그 시선을 정면에서 받아내었다.

"너, 눈을 돌리지 않는군."

"당신의 눈매가 무서워서 당장이라도 눈을 돌리고 싶습니다."

"흠, 즉 공포는 느끼지 않는가."

남자가 눈썹을 찌푸렸다.

"흐음, 이상하군. 너와 만난 기억이 없어."

나도 없다. 첫 대면이다. 올스테드라는 이름도 모른다. 외모도 기억에 없다.

그러니까 아무것도 이상할 게 없을 텐데.

"그래서 무슨 일이지?"

"저기, 혹시, 그 전이에 대해, 뭔가 알지 않을까, 싶어서."

"…모른다."

올스테드는 고개를 내젓지도 않고, 그저 거절하듯이 말했다.

어라, 뭔가 나를 향한 태도가 이상한데. 경계심이 있다고 할까… 에리스나 루이젤드에 대한 어조보다 더 서먹서먹하달까…. 아니, 역시 첫 대면인 상대가 갑자기 불러 세우더니 이것저것 캐물어대면 누구든 싫겠지.

이러면 알더라도 안 가르쳐 줄지 모르겠다.

"그렇습니까, 불러 세워서 죄송——."

내가 고개를 숙이려던 다음 순간,

"너, 혹시 인신이라는 단어를 들은 적이 있지 않나?"

그는 간신히 내가 이해할 수 있는 단어를 내뱉었다.

이제야 간신히. 간신히, 그래, 정말로 간신히 아는 단어가 튀어나왔다.

대화가 끝나는 타이밍이라서 방심했던 탓도 있었다.

여태까지는 아무에게도 이야기하지 않았는데, 남의 입에서, 그것도 정체 모를 남자의 입에서 튀어나온 탓에 대화를 이을 공통언어가 되리라는 생각에 '아, 그거라면 저도 압니다'라는 마음으로 반응하였다.

그래서 가벼운 마음으로 말했다.

"있습니다. 꿈에서 인신이라는 게 나와서…"

갑자기 비전이 보였다.

'올스테드의 손이 내 가슴을 꿰뚫는다.'

마치 순간이동 같은 속도로 내 가슴을 꿰뚫는다.

피할 수 없다.

1초로는 너무 짧다.

"루데우스!"

그 비전은 순식간에 사라지고, 루이젤드가 내 눈앞으로 끼어들었다. 올스테드의 공격은 루이젤드에게 가로막히고, 나는 나뒹굴 듯이 뒤로 쓰러졌다.

루이젤드의 어깨 너머로 남자가 내려다보았다.

차가운 눈이었다.

"그래, 인신의 사도였나."

누명이라고 생각한 다음 순간 루이젤드가 외쳤다.

"도망쳐라! 루데우스!"

"비켜라, 루이젤드 스펠디아."

루이젤드가 창을 휘둘렀다.

나는 움직일 수 없었다. 도망치려고 하지 않았던 게 아니라 도망칠 시간이 없었다.

루이젤드가 당하기까지 몇 초.

나는 그가 갓난애처럼 당하는 것을 그저 멀거니 지켜볼 수밖에 없었다.

루이젤드는 강하다. 강할 터였다.

에리스는 결국 이 여행 동안 그에게서 한 판도 따낼 수 없었다. 500년 동안의 전투경험이 그를 무적으로 만들었을 터였다. 왕급 이상의 강함을 가진 남자였을 터였다.

그런 루이젤드가 지는 것은 내 눈에도 확연했다.

마안으로 그걸 시작부터 끝까지 지켜보았다.

시간으로 치자면 기껏해야 10초 정도일까.

올스테드는 결코 루이젤드보다 빠른 게 아니었다.

다만 루이젤드가 한 번 움직일 때마다 루이젤드가 조금씩 열세가 되었다. 그게 1초에 세 번에서 네 번씩 반복되었다.

루이젤드는 움직일 때마다 자기 못자리를 팠다.

조금씩, 또 조금씩 궁지에 몰렸다.

공격을 받을 때마다 조금씩 자세가 무너지고, 공격을 할 때마다 조금씩 불리해졌다.

기량. 그야말로 기량의 차이라고 할 수밖에 없었다.

올스테드가 압도적으로 웃돌았다. 내 눈으로 봐도 또렷하게 알 수 있을 정도로.

그 압도적 차이로 올스테드는 루이젤드를 무너뜨렸다.

화려한 솜씨였다.

가능한 최소의 움직임, 그러면서 가장 빠르게 루이젤드를 무력화한다.

그런 이상을 실현한다면 그런 움직임이 되겠지.

루이젤드의 간격을 완전히 파악하고 항상 창의 유효 사정거리보다 안쪽에 몸을 둔다.

숙련된 연대를 통해 자신이 장기로 삼는 거리로 몰아넣는 루이젤드를 비웃듯이 무너뜨리고, 비틀거리게 해서 틈을 만들고, 결코 맞아서는 안 되는 공격을 방어하게 했다.

그리고 루이젤드는 더 이상 손 쓸 수 없어졌다.

아무런 수도 없어졌다.

루이젤드의 명치에 주먹이 깊게 꽂히고 이어서 턱 끝에 주먹이 또 한 번 스쳤다. 루이젤드의 의식을 끊는 주먹이 관자놀이에 박혔다.

루이젤드는 삼회전하며 지면에 쓰러져서 움직이지 않게 되었다.

아마도 세 번째 주먹으로 죽이려면 죽일 수도 있었겠지만, 녀석은 그러지 않았다.

기절만 시켰다. 루이젤드를 상대로 힘을 빼면서 싸운 것이다.

올스테드는 한 방뿐이라면 언제든지 때릴 수 있었다. 아마도 두 방까지는 할 수 있었다. 하지만 루이젤드의 의식을 끊기까지는 세 방 필요했겠지.

그것이 루이젤드를 무력화하기까지 가장 빠른 과정이라고 말하는 듯한 솜씨였다.

"자."

"우, 우와아아아!"

소리친 것은 내가 아니었다.

에리스였다. 그녀는 내 앞으로 뛰쳐나오더니 올스테드를 향해 검을 뽑아 휘둘렀다.

"…오의 '류(流)'."

에리스를 향해 올스테드는 별로 손을 쓰지 않았다.

그저 검을 손바닥으로 부드럽게 막았을 뿐이었다. 적어도 내게는 그렇게 보였다.

그것만으로 에리스의 몸은 용오름바람처럼 회전하더니 날아갔다.

마치 세○트의 필살기를 맞은 것처럼 날아갔다.

에리스는 녀석의 시야 밖에 있었다.

루이젤드가 당한 순간, 에리스가 사각에서 날린 공격은 내 눈으로 봐도 부족함 없는 일격이었다.

방어를 생각하지 않는, 결심이 담긴 공격.

거기에 대해 녀석은 반격기를 딱 한 번.

구체적으로 뭘 했는지는 모르겠다. 내 눈에는 그저 에리스의 검 옆면에 손을 대었을 뿐으로 보였다. 그런데도 다음 순간 에리스는 날아가 버렸다. 뭐가 어떻게 된 건지 모르겠다.

아니, 비슷한 걸 본 적 있었다.

파울로가 보여준 적이 있었다.

수신류의 기술이다. 그걸 더 갈고 다듬은 듯한 움직임이었다.

에리스의 모든 운동 에너지를 그녀에게 되돌린 것이다.

"커윽…!"

에리스는 암벽에 격돌했다.

바위표면을 따라 주르륵 떨어져서 쿵 하고 바닥에 충돌했다.

그녀도 단련했으니까 죽지는 않겠지만, 어쩌면 골절 정도는 입었을지도 모르겠다.

"에리스 보레아스 그레이랫. 꽤나 검술이 늘었군. 소질은 있다고 생각했지만… 아직 거칠다."

"우… 으으…"

에리스는 신음소리를 내면서도 일어나려고 했다.

평소의 나라면 그녀에게 얼른 치유 마술을 걸려고 했겠지.

하지만 나는 그럴 상황이 아니었다. 녀석의 눈이 나를 바라보고 있었으니까.

"……!"

순식간에 두 사람이 당했다.

그동안 나는 계속 마안을 개안하고 있었는데 1초 뒤로 보이는 것은 절망이었다.

나는 여태까지 어느 타이밍에서 행동해도 반격을 당했다.

1초 뒤의 나는 모든 급소가 짓뭉개져 있었다.

머리, 목, 심장, 폐… 곳곳이 박살난 비전이 보이고, 녀석은 그 자리에 있는 비전도 보였다. 뭐가 뭔지 알 수 없었다.

이게 사실이라면 1초 뒤에 녀석은 다섯 명 있다는 소리다.

움직일 수 없었다. 뭘 해도 헛일이라는 걸 알았다.

아무것도 할 수 없는 채로 1초가 경과했다.

녀석은 눈앞에 있었다. 움직일 수 없는 내 눈앞에.

물리법칙을 완전히 무시했다 싶은 횡이동으로 순간이동처럼 눈앞에 와 있었다. 중간이 잘려나간 애니메이션처럼 갑작스럽게.

그리고 눈앞에 왔을 때에는 이미 공격 동작이 끝난 상태였다.

이런 움직임을 옛날에 어느 격투 게임에서 본 적이 있었다. 모든 캐릭터가 무한 콤보나 즉사 콤보를 가진, 세기말 게임이었다. 정신을 차렸을 때에 나는 녀석의 쌍장타를 정통으로 얻어맞았다.

늑골이 여덟 대 정도 동시에 부러졌다.

충격은 있었지만, 내 몸은 결코 뒤로 날아가지 않았다. 등에서도 동시에 공격을 받았나 싶은 압박감을 느꼈다.

대미지는 모두 내부로 집약.

폐가 박살났다.

"커흑!"

순식간에 목에 피가 솟구쳐서 피를 토해냈다.

"마술사는 폐를 부수는 게 최고지…"

무릎을 꿇은 내게 녀석은 별것도 아니라는 듯이 그렇게 말했다.

나는 지면에 퍼지는 내 피를 보면서 마음속 어딘가로 그렇구나 하는 심정으로 납득하였다.

마술사는 폐를 부수면 된다. 주문을 못 외우게 된다. 사실 나는 이 시점에 치유 마술이 봉쇄되었다. 물론 폐가 박살나면 생명활동도 유지할 수 없어진다.

즉 어찌 되었든 치명상이다.

"죽어서 인신에게 전해라. 용신 올스테드는 반드시 너를 죽이겠다고."

용신. '칠대열강' 제2위.

올스테드는 가슴을 누르고 웅크린 내게 시선을 던지고 발길을 돌렸다.

나는 그걸 빈틈으로 보았다.

이미 치명상을 입어서 패배는 물론이고 사망도 눈앞.

그 상황에서 왜 아직도 싸우려 했는지 모르겠다.

시야 구석에서 에리스가 일어나려 했기 때문일까. 이 남자는 내가 죽은 걸 본 뒤에 일부러 두 사람에게 결정타를 날릴 거라고 생각했기 때문일까.

아무튼 나는 녀석을 향해 스톤 캐논을 쏘았다.

왜 더 센 마술을 쓰지 않았을까. 나는 더 상급 마술도 쓸 수 있었는데. 후에 생각해도 그건 알 수 없었다. 아마도 가장 익숙한 마술을 썼을 뿐이리라.

최대한 단단한 바위를, 최대한 빠른 속도로, 최대한의 회전을 넣어서. 스스로도 놀랄 만큼 그 스톤 캐논은 강력했으리라고 생각한다.

남자와 나 사이의 지극히 짧은 거리를 스톤 캐논은 벌겋게 달궈져서 날아갔다.

'올스테드는 돌아보며 주먹으로 스톤 캐논을 분쇄한다.'

그리고 깨졌다.

산산조각 나서 떨어진 바위는 지면에 부딪쳐서 찰그락거리는 금속음을 내었다.

올스테드는 자기 주먹을 바라보았다.

"지금 건 스톤 캐논인가…. 대단한 위력이군. 이런 마술로 내 몸에 상처를 내다니…"

올스테드의 손등에서는 가죽이 슬쩍 벗겨져 있었다.

긁힌 상처다.

틀렸다. 스톤 캐논으로는 이 남자에게 대미지를 줄 수 없다.

"폐를 박살냈을 텐데. 무영창 마술인가? 그건 인신에게 얻은 힘인가? 그 외에 어떤 힘을 얻었지?"

올스테드는 나를 관찰하듯이 내려다보려고 했다.

바로 결정타를 먹이면 될 텐데, 다리를 떼어낸 메뚜기를 내려다보듯이 냉혹하게.

괴롭다….

"쿠허…!"

나는 바람 마술을 만들어서 억지로 폐 안에 공기를 보냈다.

크게 쿨럭거렸다.

의미 없는 짓 같지만, 억지로 보내어 잔뜩 저장한 뒤에 숨을 멈추었다.

"재미있는 짓을 하는군. 지금 것에 어떤 의미가 있지? 왜 폐를 무영창 마술로 치료하지 않지?"

올스테드는 턱에 손을 대고 내가 괴로워하는 모습을 흥미 깊게 바라보았다.

나는 몽롱한 의식으로 오른손에 불덩어리를 만들려고 했다.

불 마술은 마력을 넣으면 넣을수록 온도가 올라가고 규모가 커진다.

속도와 강도를 살린 스톤 캐논이 안 된다면, 열량과 폭발력으로….

"그건 이제 됐다. '디스터브 매직'!"

그런 얕은 생각은 순식간에 지워졌다.

올스테드가 내게 오른손을 뻗은 순간, 손끝에서 모이려던 마력이 흩어졌다.

손끝에서 마력을 아무리 내리려고 해도 제대로 형태를 빚지 못하고 사라졌다.

나는 몽롱한 의식 속으로 이해했다.

손에서 나온 마력에 간섭하여 흩어 버려서 마술을 무효화한 것이라고.

오른손이 막혔지만, 내게는 아직 왼손이 있었다.

나는 다른 쪽 손으로 마술을 구축, 올스테드와의 사이에 충격파를 쏘았다.

쿠웅 하고 무거운 소리가 나고 올스테드가 뒤로 날아갔다.

동시에 나도 배후로 날아갔다.

"음…. '디스터브 매직'을 무효화했나? 아니, 아니군…. 다중 영창의 일종인가. 무영창으로 하다니 재주 좋은 녀석이야…. 이런 느낌인가?"

남자는 왼손으로 따악 하고 손가락을 튕겼다.

그러자 남자의 발치에서 50센티미터 정도 크기의 작은 사각형 창이 떠올랐다.

은색에 아름다운 용 장식이 새겨진, 아름다운 창이었다.

"호오, 의외로 어렵군."

나는 그걸 신경 쓰지 않고 올스테드를 향해 최대한 고화력의 마술을 날렸다.

이미지한 것은 거대한 화염. 버섯구름. 핵폭발.

힘을 모아서 후려치듯이 나는 우직하게 마력을 집중시켰다. 에리스나 루이젤드가 휘말릴 것도 생각하지 않았다. 이미 내게는 생각할 힘이 사라져 있었다.

"열려라, '전룡문前龍門'."

올스테드가 조용히 중얼거리자 창이 열렸다.

그 순간 내 왼손에서 마술을 빚으려던 마력이 빨려들었다.

창틀이 째앵 소리를 내며 금이 갔다.

동시에 올스테드의 근처에서 폭발이 일었다.

그것은 상정했던 것보다 압도적으로 작아서 간단히 회피되었다.

"엄청난 마력량이군. 이 사이즈의 '전룡문'으로는 견뎌낼 수 없었나. 거의 라플라스급인데⋯. 인신의 사도일 만하군. 하지만 왜 아까부터 폐를 치료하지 않지? 내 방심을 부르려는 건가?"

이때 내 의식은 거의 끊어지기 직전이었다.

판단력 따윈 없었다. 방금 전부터 제대로 숨을 쉬지 못했다.

남자는 계속 관찰하듯이 나를 바라보았다.

눈이 마주쳤다.

"끝인가?"

한순간에 올스테드는 내게 육박하였다.

이미 수라곤 없었다.

"마술 이외에는 아무것도 못 하나?"

마술은 봉인되었고 다리는 움츠러들어서 움직이지 않았다.

압도적인 살의를 앞두고 어쩔 수도 없었다.

시야 구석에서 창틀이 사라졌지만, 뭘 어떻게 할 수도 없었다.

"쿨럭!"

순간적으로 쓰려고 한 것은 돌디어족의 마을에서 배운, 제대로 위력도 없는 포효.

"음…!"

내 동작에 반응하는 올스테드.

하지만 물론 피를 토했을 뿐이지 아무런 효과도 없었다.

"…마력뿐인가. 무슨 생각이지?"

이미 나로선 아무것도 할 수 없었다. 마술이 봉인되었으면 체술로는 이길 요소가 보이지 않았다.

이제 할 수 있는 거라곤 엎드려 비는 것밖에 없었다.

"됐다. 죽어라."

하지만 올스테드는 그럴 기회조차 주지 않았다.

"꺼흐…"

고속으로 날아든 손이 쉽사리 내 몸을 관통했다.

주먹은 확실히 심장을 꿰뚫었다.

확실한 치명상. 내 치유 마술로는 치료할 수 없을 부상.

"한심하군. 인신 놈, 투기도 없는 것을 부하로 삼았나. 무슨 생각이지…?"

내 몸에서 빼낸 주먹에 피가 흥건하게 묻어 있었다.

일어서려고 했지만 몸이 말을 듣지 않았다.

마음과는 달리 무너지는 내 몸.

시야 구석에서 고개를 든 에리스가 이쪽을 멍하니 바라보는 게 보였다. 눈이 마주쳤다.

"아…아아, 루, 루데… 루데우스…!"

흐려지는 의식 속에서 나는 냉정하게 생각했다.

아아, 이런. 죽고 싶지 않아.

아직 에리스와의 약속을 지키지 못했다. 하다못해 2년. 딱 2년만 기다려 줘.

그러면 나는 미련 없이 죽을 수 있는데….

마력을 모아. 상처는 하나다. 치유 마술이다.

주문을 외울 순 없다. 폐에도 구멍이 났다. 하지만 할 수 있다. 천천히 마력을 모아.

치료해, 치료하는 거야. 아직 죽을 순 없어.

"우아아아아아아!"

에리스가 비통한 외침을 내질렀다.

"소중한 이였나? 미안하군, 에리스 보레아스 그레이랫. 하지만 너도 언젠가 알 날이 온다. 가자, 나나호시."

"그, 그래…."

소녀를 데리고 올스테드는 느긋하게 걸어갔다.

에리스는 일어설 수 없었다. 대미지일까, 공포일까. 아니면 쇼크일까.

그저 소리칠 뿐. 검도 없이 그저 울 뿐.

"루이젤드! 길레느! 할아버님! 아버님! 어머님! 테레즈! 파울로! 누구든 좋으니까, 누구든 좋으니까 도와줘! 루데우스가 죽겠어!"

이런, 의식이 흐려진다.

진짠가. 여기서 끝인가.

죽고 싶지··········· 않······ 아···.


"올스테드, 마음에 걸리는 게 하나 있는데···. 이 녀석, 살려두는 편이 좋지 않을까?"

의식이 끊어지기 직전에 그런 목소리가 들린 듯했다.


## 제10화  가슴에 뻥 뚫린 구멍

정신을 차리고 보니 하얀 장소에 있었다.

새하얀 공간. 아무것도 없는 공간.

평소라면 여기는 내 기분을 불쾌하게 만든다.

몸은 34년 동안 익숙해진 추한 것으로 돌아가고, 전생의 기억이 되살아난다.

후회, 갈등, 천박함, 얕은 생각, 12년 동안의 기억이 꿈처럼 흐려지고 낙담이 치솟는다.

긴 꿈을 꾼 듯한 기분에 잠기고, 머리를 쥐어뜯는 듯한 초조함이 내 가슴을 채운다.

하지만 이번만큼은 그러지 않았다.

평소처럼 비굴한 마음은 치솟지 않았다.

대신 가슴에 뻥하니 구멍이 뚫린 듯한 상실감이 있었다.

살펴보니 가슴에 바람구멍이 나 있었다.

아, 역시 죽었나….

"여어."

어느 틈에 인신이 서 있었다.

여전히 짜증나는 미소를 짓고 있지만, 왜인지 오늘은 그리 짜증이 나지 않았다.

왜일까. 가슴에 구멍이 뻥 났기 때문일까. 아니면 전에 싸우지 말자고 결심했기 때문일까…. 뭐, 됐어.

"으음, 뭐랄까, 아쉬웠어."

그래, 정말이지 아쉽다.

"…오늘은 평소랑 분위기가 다르네. 괜찮아? 기분 나쁘지 않아?"

보다시피 가슴에 구멍이 났거든.

…어이, 뭣 좀 묻고 싶은데 괜찮냐?

"뭔데?"

그 녀석, 올스테드인가 한 녀석 말인데.

네 이름을 들은 순간 공격해 왔단 말이야.

왜 그러는 거야?

"그놈은 못된 용신이니까. 선량한 나를 눈엣가시로 여기고 있어."

선량이라…. 뭐, 너는 눈엣가시가 되기 쉽겠고.

하지만 그렇다면 사전에 가르쳐 주면 좋았잖아?

너, 이것저것 보이잖아?

내가 거기서 올스테드랑 만나는 것도 알았을 거 아냐?

혹시 올스테드가 묻더라도 네 이름을 꺼내지 말라고 한 마디 말만이라도 해 줬으면 나도….

"아니, 미안. 실은 '용신'에 대해선 안 보여. 미래도 현재도 안 보여. 네가 녀석과 만나는 것도 몰랐어."

그런가…. 왜?

"녀석한테는 그런 저주가 걸려 있으니까."

저주. 그런 것도 있나.

"응. 네 세계에는 없었어? 선천적으로 마력이 이상을 일으켜서 뭔가 이상한 능력을 가진 아이가."

내 세계에서는 마력이라는 개념이 없었으니까.

영감이 강하다고 자칭하는 녀석은 있었지만, 솔직히 신뢰성이 부족했어.

"헤에, 그렇구나. 이쪽에서는 저주의 아이라고 해서 말이지, 이상한 게 있어. 올스테드도 그 중 하나. 뭐, 그는 그 외에도 세 개 정도 저주가 걸려 있지만."

전부 다해서 네 갠가.

그거 대단하네. 그러고 보면 신의 아이와 저주의 아이라는 걸 들은 적 있어.

"그래. 같은 건데 인간은 나눠서 생각하는 걸 좋아하더라."

그런가. 그래서 그 녀석은 어떤 저주를 가졌어?

"루이젤드나 에리스가 무서워했잖아? 그건 녀석의 저주 중 하나야. 이 세계의 모든 생물에게 혐오나 공포를 사는 거지."

모두에게 미움 받나. 그건 왠지 싫은데.

나라면 금방 마음이 꺾일걸. 미움 받는 자의 마음은 알아.

"어차, 동정 필요 없어. 그는 선천적으로 이 세계를 없애 버리려는 악당이니까."

아니, 그런 말 마.

주위로부터 악감정만 받게 되면 누구든 세계 정도는 없애고 싶어지겠지.

나도 전생에서는 그런 생각을 가진 적 있어.

죄다 죽어 버리라고, 월드와이드한 규모로 투덜거렸으니까.

"흐응, 그런 건가. 나도 그 녀석이 싫으니까 알 바 없지만."

음? 너한테도 저주의 영향이 있어? 눈에 안 보인다고 한 게 그 저주 때문이야?

미움 받는 저주와 보이지 않게 되는 저주랑… 그리고?

"글쎄, 안 보이니까 잘 몰라."

그런가…. 하지만 그런 위험한 녀석이라면 더 그렇지.

이 세계에서는 이런 녀석도 있다고 미리 좀 가르쳐 줬어야지.

그런 건 너무 갑작스러워서 큰일이라고.

"나도 너랑 그가 만날 거라곤 생각 못 했어. 이 넓은 세계를 돌아다니면서 만날 확률이라곤…."

사막에서 바늘 찾는 꼴인가.

아, 그리고 보면 나는 그 녀석한테 혐오도 공포도 느끼지 않았는데?

어떻게 된 거야?

"그건 네가 이세계에서 왔으니까 그런 거 아닐까?"

이세계인은 저주의 영향을 받지 않나?

"그런 모양이야. 루이젤드와 만났을 때도 그랬잖아?"

…어? 잠깐만, 그게 무슨 소리야?

루이젤드도 그 저주의 아이인가 하는 거야?

"아니, 그건 라플라스의 창의 저주야. 라플라스도 '공포의 저주'를 가지고 있었는데, 그걸 창에 옮겨서 스펠드족에게 넘겨준 거야. 녹색 머리칼을 발동 키로 만들어서 말이지."

저주? 넘겨줘…?

어이, 그게 무슨 소리야? 너, 그걸 처음부터 알고 있었어?

알면서 돕게 했어?

허튼 짓을 시킨 거야?

"아니, 착각하지 말아줘. 스펠드족 전체에게 붙은 저주는 시간이 지나면서 사라지고 있어. 루이젤드 자신에게는 아직 저주가 조금 남아 있지만, 삭발한 덕분에 급속도로 흐려지고 있어."

그러고 보면 실피는 괴롭힘을 당했지만, 공포를 산 느낌은 아니었지.

그런데 왜 머리카락?

마력의 원천이니까?

"라플라스도 녹색 머렸으니까."

아하, 과연. 내 세계에도 그런 건 있었어.

공통점이나 공통어를 이용하여 저주를 걸고 푸는 거군.

"어찌 되었든 너와 함께 다닌 덕분에 저주는 사라지고 있어. 아직 뿌리 깊은 차별의식이 남아 있지만, 그건 시간과 루이젤드의 노력에 따라서 어떻게든 돼."

즉 헛수고가 아니었단 소린가?

그거 다행이네…. 너도 생각 좀 하고 행동 지시를 내리란 말이야.

"뭐, 완전히 해소하기는 어렵겠지만."

뭐, 어려운 문제지.

하지만 그래…. 아무튼 다행이다.

"응, 다행이야. 너를 루이젤드랑 만나게 한 보람이 있었어."

그런 이유로 만나게 한 거야?

그거라면 그렇다고 말이라도 해 주면 좋았잖아.

"넌 처음에는 내 말을 들을 생각도 없었잖아? 여유도 없었고."

…뭐, 그것도 그렇지.

분명히 시비 걸듯이 거절했겠지.

그렇긴 해도 루이젤드도 올스테드에게 간단히 당했어….

그렇게 간단히 당할 줄은 몰랐어.

"뭐, 그 녀석은 루이젤드로는 무리겠지."

칠대열강이니까. 어떻게 하면 이길 수 있을까?

"못 이겨."

못 이기나. 역시 기본 실력이 너무 다르니까?

"그는 말이지, 이 세계에서 최강이야. 여러 저주로 제약을 받는 몸이면서."

최강? 하지만 용신은 칠대열강 2위잖아. 1위는?

"기신技神도 강해. 하지만 진짜로 싸우면 올스테드가 이겨. 올스테드는 이 세계에서 현존하는 모든 기술과 술법을 쓸 수 있어. 거기다가 용신 특유의 고유마술까지 쓸 수 있지."

모든 기술과 술법이라. 무슨 세기말 구세주 같은 녀석이네.

"헤에. 네 세계에서도 그런 게 있었어?"

여태까지 싸운 상대의 기술을 죄다 카피해.

물론 상대의 기술 같은 걸 쓰지 않아도 강하지만.

손가락 하나로 상대가 빵 터질 정도로.

"손가락 하나라. 대단하네. 하지만 올스테드도 대단해. 그가 마음만 먹으면 이 세계를 멸망시킬 수 있어."

강하다는 표현으로는 부정확하네.

이상? 천재지변?

"저주 때문에 제 실력을 못 내지만."

그런 건가? 저주도 귀찮네.

그런데 질문 하나 해도 돼?

"뭔데?"

너 말이지, 아까 저주에 대해 모른다고 했잖아.

미움 받는 저주라든가 보이지 않게 되는 저주 외에는 모른다고 했는데, 왜 제 실력을 못 낸다는 건 알아?

"…어어."

아, 됐어.

마지막이니까, 싸우지 말고 가자고.

네가 뭘 숨기든지 나는 신경 안 써. 루이젤드에 대한 건 호의였다고도 알고. 저번에도 네 덕분에 리랴랑 아이샤도 구해냈어. 그걸 보면 다소의 거짓말 정도는 신경 안 써. 네가 나한테 앞으로 뭘 시킬 생각이었더라도 모든 건 물거품이 되었고.

사실은 물어보고 싶은 게 더 많이 있었지만.

왜 마계대제와 만나게 했는지, 라든가. 다른 행방불명자들은 어디에 있는지, 라든가. 애초에 네 진짜 목적은 무엇인가, 라든

가. 지금 물어봤자 소용없는 것뿐이야.

음, 뭐랄까. 서로 실수했으니까 친하게 가자고.

예의 같은 거 다 치워 버리고 떠들고 놀자고. 알몸으로 춤추든 개인기를 부리든 오케이, 물론 배꼽춤을 춰도 뭐라고 안 해.

"마지막?"

그래, 마지막이지.

아니, 그렇잖아? 나는 죽었으니까.

"과연, 그래서 자포자기가 된 건가… 처음 만났을 때랑은 정반대네?"

그때는 뭐가 뭔지 모르는 채로 죽었다고 생각했으니까.

이번에는 뭐, 어쩔 수 없지.

게다가 왠지 모르게 죽는 순간에 여기로 오겠구나 싶었으니까.

인간이 죽으면 어디로 갈지 모르지만, 죽는 순간에 네가 말을 걸어오리라고 생각했어.

──어차, 의식이 흐려지네.

슬슬 작별인 모양이야. 마지막으로 너랑 온화한 분위기로 이야기해서 다행이야.

"그래…. 근데 너한테 낭보가 있어."

음?

"너, 안 죽었어."

어느 틈에 가슴의 구멍은 사라져 있었다.

★　　★　　★

문득 눈을 떴다.

에리스가 근처에 있었다. 눈앞이었다. 나는 에리스를 올려다보듯이 누워 있었다.

뒤통수가 따뜻해서 무릎베개라고 금방 깨달았다.

에리스는 불안한 얼굴로 보고 싶지 않은 것을 보는 눈으로 나를 보았지만, 내가 눈을 뜨자 안도한 표정을 했다.

눈이 새빨갰다.

"루, 루데우스… 눈 떴어?!"

"우우… 커헉!"

뭐라고 말하려다가 피를 토했다.

"루데우스!"

에리스가 날 껴안았다.

"쿨럭… 쿨럭…!"

나는 피를 다 토해내고 심하게 기침했다.

에리스가 등을 쓰다듬어 주었다.

"…괜찮아?"

에리스가 허둥대는 표정을 보며 나도 고개를 갸웃거렸다.

"어떻게… 살아 있지…?"

가슴의 상처는 완전히 아물어 있었다.

완전히라는 말은 어폐가 있지만. 내 로브 중앙에는 구멍이 났고, 그 안으로 보이는 맨살에는 마치 용접한 듯한 흔적이 남아 있었다.

참 이상한 일이다. 내 오른손은 기생수가 아니고 단순한 연인인데.

"아까 그 여자가, 뭐라고 했더니, 그 올스테드인가 하는 녀석이, 치유 마술로 루데우스를 치료해서…."

내 순수한 의문을 자기한테 하는 질문이라고 생각했는지, 에리스는 더듬거리면서 대답해 주었다.

"여자?"

"나나호시라고 불렀어."

나나호시. 그 소녀인가.

그러고 보면 그런 식으로 불렀지. 하지만 나나호시? 어디서 들은 적이 있는데.

그것도 최근 1년 동안에. 어디서 들었는지는 기억나지 않았다.

"죽인 상대를 일부러 치료했나…."

무슨 생각이지?

하지만 확실히 심장을 꿰뚫었을 터였다.

중요한 장기의 파손은 중급 치유 마술로는 회복할 수 없다.

그렇다는 소리는 상급이나 그 이상.

올스테드는 치사 레벨의 상처마저 순식간에 치유하는 마술까지 쓸 수 있다.

이 세계의 모든 기술과 술법을 쓸 수 있다는 것도 꼭 거짓말이 아닐지도 모른다.

"완패네…."

격이 다르다는 건 그런 걸 말하겠지.

칠대열강 2위. 인신의 이야기로는 세계 최강인가. 어찌 되었든 보통이 아니다.

루이젤드도, 에리스도, 나도 완벽하게 졌다.

아주 여유로운 완봉이다. 더군다나 녀석은 제 실력을 낸 것도 아닌 모양이다.

"루이젤드는?"

"아직 눈을 못 떴어."

살펴보니 길가에 루이젤드가 누워 있고, 마차도 길가로 치워놓은 채로 모닥불이 피워져 있었다. 전부 에리스 혼자 한 것일까.

"루이젤드가 누워 있는 걸 보는 건 처음이네요."

"루데우스, 아직 말하지 마. 아까 피를 토해서…."

"이제 괜찮아요. 목에 남아 있던 피니까요."

그렇게 말하면서도 나는 에리스의 무릎에서 고개를 치우지 않았다.

치우고 싶지 않았다. 계속 여기에 있고 싶었다. 지금 몸을 뒤척여서 반대쪽을 보면 어떻게 될까. 그런 생각만 머릿속에 떠올랐다.

생존본능에서 온 것일까. 인간은 죽음에 처하면 자손을 남기려고 한다고 하고….

별로 실감이 일지 않았지만, 이제 됐나. 어려운 생각은 하지 말자.

몸을 돌려 보자.

"살아 있다는 건 대단하네."

그렇게 말하면서 나는 몸을 돌려서 에리스의 허리에 매달리듯이 껴안았다.

한껏 숨을 들이마시자, 뭐라고 할 수 없는 달콤새콤한 향기가 나는 듯했다.

"루데우스…. 꽤나 쌩쌩하네."

"으음, 뭐라고 할까요, 너무 많은 일이 있었던 것 같네요."

평소보다도 더 말이다. 그 올스테드인가 하는 남자 때문일까.

아니면 인신의 꿈을 꾸었기 때문일까.

거듭 말하지만, 생사의 고비를 넘나들었다는 감각은 내게 별로 없었다.

하지만 눈을 뜨기 전보다 기운이 난 건 틀림없었다.

"그럼 때려도 되겠네?"

에리스의 떨리는 목소리가 들렸다. 화난 모양이다.

뭐, 어쩔 수 없지. 걱정했는데 갑자기 성희롱이나 해대니. 나라도 화나겠다.

"좋아요."

맞았다.

콩 하고 가볍게.

그리고 에리스는 가슴까지 나를 끌어올려서 내 머리를 껴안았다. 에리스의 부드러운 가슴의 감촉이 뺨에 닿았다. 그 안쪽의 심장 고동과 위에서 들려오는 조용한 오열도.

"……으윽. …흑…."

에리스는 울고 있었다. 조용히 울고 있었다.

"다행이야…."

에리스는 조용히 말했다.

나는 힘이 쭈욱 빠져서 그녀의 등을 탁탁 두드렸다.


## 제11화  여행의 끝

그로부터 사흘이 지나고 우리는 아슬라 왕국으로 들어갔다.

목적지는 이제 눈앞…. 아니, 이미 도달했다고 해도 과언이 아니겠지.

그렇다고 해도 일행의 표정이 밝지 않은 것은 지난 번 일이 기억에 남아 있기 때문이었다.

가도에서 엇갈리는 사람들의 밝은 얼굴과 차이가 컸다.

다름 아닌 완패였으니까.

허탈하게 전멸하고 나는 생명까지 빼앗겼다. 무슨 변덕인지 일부러 나를 도로 살려낸 모양인데, 그게 없었으면 나는 이 세상에 없었다.

물론 나로서는 별로 실감이 들지 않았다.

스스로도 신기한 일이지만, 나는 그때 일에 별로 공포를 느끼지 않았다.

심장이 꿰뚫리는 순간, 분명히 죽고 싶지 않다고 생각했다.

트라우마가 되어도 이상하지 않다고 생각했지만, 눈을 떴을 때에는 왜인지 아주 후련한… 정도는 아니더라도 '아, 꿈인가' 싶은 감각이었다.

악몽을 꾸었을 때와 같은 감각이었다.

죽기 직전의 감각과 꿈이 이어졌기 때문일까, 죄다 꿈이었다고 느끼는 걸지도 모르겠다.

그렇게 생각하면 인신은 그걸 상정하고 내 의식에 개입한 걸까.

솔직히 본능적으로 거부하고 싶어지는 느낌이지만, 루이젤드 문제도 생각해 준 모양이니 사실은 나쁜 녀석이 아닐지도 모르겠다.


그건 그렇다고 하고, 내가 죽을 뻔했던 이후로 에리스와의 거리가 부쩍 가까워졌다.

이전에는 마차에 앉아 있으면 비스듬히 맞은편 정도에 서서, "균형 훈련이야. 루데우스도 해 보지?"라고 말했는데, 최근에는 앉게 되었다.

내 옆에. 다리가 밀착할 만한 거리에 말이다.

그런 거리가 되면 여러모로 보이는 것도 있다.

예를 들면 어제는 에리스의 옷과 바지 자락 사이에서 맨살이 엿보였다. 그런 게 보이면 무심코 쓰다듬고 싶어지는 것이 인간의 마음. 그래서 오른손으로 가만히 쓸어 보았더니 새빨간 얼굴을 하고 날 노려보았다.

아무리 나라도 조금 당혹스러웠다.

얻어맞지 않았다. 에리스가 날 때리지 않았다.

맞을 짓을 했는데도 때리지 않았다.

새빨간 얼굴로 노려볼 뿐. 그저 가만히 볼 뿐이었다.

더군다나 에리스는 여전히 내게 밀착해서 앉아 있었다.

여태까지는 그런 행동을 하면 한 발 물러나서 거리를 벌렸는데, 지금은 거리가 가까운 채.

진지하게 말해서, 다음에는 바지 안에 손을 넣고 싶어지니까 슬슬 떨어져 줬으면 싶다. 웃으면서 용서받는 일과 그렇지 않은 일이 있는 것은 안다. 그리고 나는 그렇지 않은 쪽을 하고 싶다고 자각했다. 참고 있다.

그런 내 갈등을 아는지 모르는지 에리스와의 거리는 가까웠다.

"……"

손이 자유로우면 에리스 쪽으로 뻗게 되니까, 나는 지금 왼손으로 마술을 만들고 오른손으로 그 마력을 흩트리는 작업을 했다.

올스테드가 썼던 마술이다.

분명히 '디스터브 매직'이라고 했던가.

손에서 나오는 마력이 형태를 빚기 직전에 다른 마력으로 방해하고 흩는다.

단순하고 소비 마력도 적지만, 대단한 기술이었다. 돌이켜보면 시론에서 걸렸던 왕급 결계도 비슷한 방법으로 마술을 무효화했겠지.

말로 하면 간단하지만 실제로 해 보니까 꽤나 어려웠다.

왼손으로 마술을 쓰려고 하기 때문일까, 마술이 불완전하게 형태를 빚는 경우가 많았다.

올스테드처럼 완전히 무효화하는 건 꽤나 힘들었다.

하지만 이것만으로도 견제는 되겠지.

아니, 좋은 걸 배웠다.

"저기, 루데우스. 아까부터 뭐 해?"

"올스테드가 썼던 마술을 흉내낼까 하고."

그렇게 말하자 에리스는 내 손을 응시했다.

내 왼손에서 일그러진 형태의 작은 스톤 캐논이 생겨났다가 툭 떨어졌다.

또 실패다. 마치 양손으로 가위바위보를 하는 느낌이었다. 아무래도 왼손이 이긴다. 적당히 해선 안 되겠지.

음? 적당히 해선 안 된다는 소리는 마력을 흩트릴 때 법칙이 있다는 소릴까. 그럼 법칙을 고려하여 마력을 방출하면 반대로 디스터브 매직을 무효화할 수 있다는 소릴까?

꿈이 넓어지는구나.

"무슨 마술이야?"

"마술을 무효화하는 마술입니다."

"그런 게 가능해?"

"지금 연습하고 있지요."

"왜 그런 걸 해?"

"최근 마술을 봉인당해서 아무것도 못 하는 케이스가 많았으니까 연구하는 걸까요. 뭐, 또 올스테드와 만나서 싸우게 되면 도망치는 것 정도는 하고 싶잖아요."

에리스는 그 말에 놀라서 입을 다물었다.

한동안 스톤 캐논이 툭툭 떨어지는 소리만이 이어졌다.

"저기, 루데우스는 왜 그렇게 세?"

에리스는 계속 조용히 있었지만 갑자기 그런 질문을 했다.

내가 센 걸까.

아니, 그럴 리는 없다. 자랑할 말은 아니지만, 나는 최근 몇 년 동안 내가 강하다고 실감한 바가 없었다. 무력감만이 남는 매일이었다.

"에리스 쪽이 세다고 생각하는데요?"

"그렇지 않아."

"......"

"......"

거기서 대화가 끊어졌다.

에리스는 뭔가 질문하려는 듯이, 하지만 말하기 껄끄러운 듯이 입을 다물었다.

대체 뭘까.

모르겠다. 아니, 모를 것도 아닌가.

"저번에 간단히 진 걸 마음에 두고 있나요?"

"...응."

어쩔 수 없는 일이겠지.

인신의 말로는, 녀석은 세계 최강의 용신님이라고 했다. 루이젤드조차도 가볍게 가지고 놀았다.

상대가 안 좋다.

이 세계에서는 노력으로 도달할 수 없는 영역이 존재한다.

전생에서 나는 많은 것을 하고 그럭저럭 상위로 올라간 적도 있었지만, 최상급에 도달한 적은 한 번도 없었다. 열심히 팠던 게임, 이거라면 지지 않는다고 생각했는데 위에는 위가 있었다.

올스테드는 여러 제한을 받았다는 모양이다.

그래도 체술로 루이젤드를 웃돌고 에리스를 한손으로 상대하고 나를 완전히 무력화했다.

더군다나 최대 HP에 딱 맞게 대미지를 주는 식으로 쓰러뜨렸다.

아직 여유를 남겼다는 뜻이다.

진짜로 하면 얼마나 강한지 전혀 알 수 없었다.

저주 때문에 제 실력을 낼 수 없다는 모양인데… 그 녀석이 제 실력을 내지 않더라도 못 이긴다.

아마도 아무리 노력해도 못 이긴다.

"상대가 안 좋았어요. 그건 어쩔 수 없어요."

"…하지만."

에리스가 고민하는 마음도 알겠다.

애초에 에리스는 한 방이었으니까. 공격이 막히고 그대로 날아갔다.

"에리스는 아직 나이가 어리고, 노력에 따라 강해질 수 있어요."

"그럴까…?"

"예, 길레느도, 루이젤드도 그렇게 말했잖아요."

에리스가 고개를 들고 똑바로 나를 바라보았다.

"루데우스는 죽을 뻔했잖아? 왜 그렇게… 쉽게 말할 수 있어?"

그건 별로 감각이 남지 않았기 때문이다.

나는 싸우려고 생각하지 않았다. 다음에 그 녀석의 얼굴을 보면 나는 로켓처럼 도망치든가 쥐새끼처럼 그늘에 숨겠지. 도망칠 수 없다면 이번에는 목숨을 구걸할지도 모른다.

바라건대 그 광경을 에리스에게는 보여 주고 싶지 않았다.

하지만 그런 한심한 본심을 말하자니 창피했다.

"다음에는 죽고 싶지 않으니까요."

"…그래. 죽고 싶지 않구나."

"안심하세요. 혹시 에리스가 위험해지면 껴안고 도망칠 수 있을 정도는 될 테니까요."

에리스는 복잡한 얼굴을 하고 내 어깨에 머리를 올렸다.

지금 여기서 머리라도 쓰다듬어 주면 호감도가 오를지도 모르겠지만, 오른손은 디스터브 매직을 연습하고 있었다.

"뭐, 어찌 되었든 조금 더 강해져야만 하겠죠."

조금 더.

아무래도 이 세계에서 최강이 될 순 없다. 이 세계의 천장은 너무 높다. 전생에서도 나는 세계 최고가 될 수 없었다. 그런 재능이라곤 한 조각도 보이지 않았고, 노력하는 방법도 엉망이었다. 이 세계에서 재능이 어느 정도 되는지 모르겠지만, 나는 스스로를 믿고 우직하게 뭔가를 익힐 것 같지 않았다.

하지만 갑자기 이상한 녀석의 습격을 받았을 때 도망칠 수 있는 정도는 되고 싶었다.

나는 에리스의 머리칼에 얼굴을 묻고 킁킁 냄새를 맡으면서 그런 생각을 했다.

밤이 되고 에리스가 잠이 들자, 나는 루이젤드와 대화를 나누었다.

그 날 이후로 그는 여태까지보다도 더 말수가 줄어들었다.

평소에도 별로 말이 많은 편이 아니었지만 완전히 무뚝뚝해졌다.

그는 책임감이 강한 남자다. 무사히 데려다주겠다고 약속했는데 그걸 지키지 못했다고 생각하는 걸지도 모르겠다.

운 좋게라고 해도 나는 이렇게 쌩쌩한데.

"올스테드라는 그 남자, 용신이라는 모양이에요. '칠대열강' 제2위인."

일단 잽으로 그런 말부터 시작했다.

상대가 강했으니까 어쩔 수 없다. 그런 뉘앙스를 담으면서.

"그런가, 어쩐지…."

"강했지요. 그 뒤에 저도 제대로 상대도 못 하고 당했습니다."

"한눈에 못 이긴다는 생각이 든 건 라플라스 이후로 처음이다."

인신이 말하기로 올스테드는 라플라스보다 더 강하다고 했다.

제대로 싸울 수 없는 제약이 걸린 모양이지만… 루이젤드는 그걸 모른다.

적당히 힘을 빼고 체술로만 자기를 가지고 놀았다. 그 사실은 루이젤드에게 쇼크였을지도 모르겠다고 생각했지만.

"나도 '칠대열강'의 상위에게 대항할 수 있다고는 생각 않는다. 놈들은 우리의 생각이 닿지 않는 진짜 괴물이다. 그런 놈들과 외길에서 만나는 건 운이 없다고밖에 할 수 없지. 그리고 살아남은 것은 운이 좋다고밖에 할 수 없다."

변명 같은 말이었지만, 그 목소리에는 어딘가 자책의 마음이 어린 것처럼 느껴졌다.

어쩔 수 없는 일이었지만, 그거랑 자기가 역할을 다할 수 없었던 것은 별개다, 그렇게 생각하는 걸지도 모르겠다.

"루데우스, 혹시 또 그런 놈과 만나게 되어도 절대로 싸움을 걸지 마라. 눈도 마주치지 마라. 이번 같은 꼴을 겪고 싶지 않거든."

"예. 뭐, 다음에는 눈을 돌리고 지나가겠습니다."

화나게 만들었다.

뭐, 내가 말을 걸지 않았다면 아마 그냥 지나쳤을 뿐이었겠고. 그건 반성하자.

하지만 처음에는 그런 위험한 녀석으로 보이지 않았는데… 아니, 루이젤드와 에리스가 그런 반응을 보였으니까 더 경계해야 했다.

"그럼 뭘 고민하고 있나요?"

그렇게 묻자 루이젤드는 찌릿 나를 노려보았다.

"인신이라는 게 뭐지?"

어, 그거 말인가.

"녀석은 처음에 우리를 그냥 보낼 생각이었다. 살기를 뿌리면서도 안중에는 없었다. 하지만 인신이라는 말을 꺼낸 순간 살기가 완전히 너를 향했다."

나는 눈을 감았다.

말해야 하나, 말아야 하나. 전에 그걸 결정했다고 생각하는데….

인신은 그렇게 보여도 그렇게 나쁜 녀석이 아닌 듯하고, 그런 일을 겪었는데도 숨기는 건 싫었다.

그래서 말하기로 했다.

"사실 인신이란——."

그렇게 고민했는데도 결심하고 나니 간단했다.

입도 술술 움직였다.

전이했을 때부터 꿈에 때때로 인신이라는 정체불명의 인물이 나온 것.

그 인물이 루이젤드를 도우라고 조언한 것.

그 이외에도 몇 차례 조언을 해 주었던 것.

나의 이상한 행동은 그 조언에 따랐기 때문이란 것.

그리고 아무래도 그 인신과 용신은 적대관계라는 것.

인신과의 대화는 흐릿해서 잊어버린 것도 많다고 생각하지만, 대략적인 것은 죄다 전했다.

"인신과 용신… 태고의 일곱 신인가…. 다소 믿기 어려운 이야기다."

"그렇겠죠."

"하지만 납득 가는 부분도 있다."

그렇게 말하더니 루이젤드는 입을 다물었다.

모닥불이 타닥타닥 타는 소리만이 그 자리를 지배했다.

불이 만들어내는 그림자가 일렁일렁 흔들리고, 한 노전사의 얼굴을 그려내었다.

루이젤드는 종족상 젊게 보이지만, 그 표정에는 오랜 싸움의 경험을 떠올리게 하는 뭔가가 있었다.

나는 문득 마지막 꿈에서 루이젤드의 저주에 대해 들었던 것을 떠올렸다.

"그러고 보면 루이젤드 씨, 스펠드족의 오명 말인데요, 그건 저주라나 봐요."

"…뭐?"

"정확하게 말하면 라플라스는 자기에게 걸린 저주를 창으로 옮기고, 그 창을 종족 전체에게 나눠주게 했다…라는 느낌인가 봐요."

"그래…. 저주인가…."

낭보라고 생각하고 한 말인데, 루이젤드는 어두운 얼굴을 하고 한층 생각에 잠겼다.

"저주를 옮긴다는 말은 들은 적도 없지만, 라플라스라면 가능할까. 녀석은 뭐든지 할 수 있었으니까."

나는 그렇게 잘 아는 게 아니지만, 저주 쪽으로는 루이젤드

쪽이 더 밝겠지.

그는 잠시 동안 이것저것 생각하는 눈치였지만 마지막으로 힘없이 웃었다.

"저주라면 풀 방법은 없군."

"그런가요?"

"그래. 저주는 풀 방법이 없으니까 저주다."

저주를 풀 방법은 없나.

"종족 전체에 걸린 저주는 들은 적도 없지만… 신의 말이라면 틀림없겠지. 나는 괜한 짓을 했군."

그리고 자조하듯이 웃었다.

불빛 때문이겠지만, 눈가에 눈물이 맺힌 것처럼도 보였다.

"하지만."

"뭐지?"

"인신은 창을 통한 저주는 일반적인 것과 달라서 시간이 흐르면 사라진다고 말했습니다."

"뭐?"

"루이젤드 씨 본인에게 남은 저주도 머리를 밀면서 급속하게 흐려지고 있다고."

"사실인가!"

루이젤드가 갑자기 큰 소리를 지른 탓에 에리스가 '으음…' 소리를 내며 몸을 뒤척였다. 이 이야기는 그녀에게도 들려주는 쪽이 좋았을지 모르겠지만….

뭐, 일어난 뒤에 해 주면 되겠지.

"예. 지금 남아 있는 것은 저주의 잔재와 처음에 저주 때문에 생긴 선입관뿐이라는 모양이에요. 루이젤드 씨의 앞으로의 노력에 따라서 스펠드족의 인기는 조금씩 회복될 거라고 했어요."

"그래…. 과연, 그런 거였나…."

"하지만 인신이 한 말이니까 다소 신용할 수 있다곤 해도 그대로 믿지 않는 편이 좋을지도 모르죠. 여태까지처럼 신중하게 하는 편이 좋겠어요."

"알았다. 하지만 그런 말을 들은 것만으로도 내게는 충분하다."

루이젤드는 말이 없어졌다.

불빛 때문에 그렇게 보였다는 게 아니었다.

루이젤드는 눈물을 흘리고 있었다.

"그럼 저도 슬슬 자겠습니다."

"그래."

나는 그 눈물을 못 본 걸로 하기로 했다.

우리의 듬직한 전사 루이젤드는 눈물 같은 건 흘리지 않는 강한 남자다.

그리고 그로부터 한 달.

우리는 똑바로 북쪽으로 향했다.

왕도를 경유하지 않고 가는 길을 따라서 북으로, 북으로.

작은 농촌을 여기저기 들르고, 온통 밀밭인 곳이나 물레방앗간을 곁눈질하면서 북으로.

정보 같은 건 모으지 않았다. 최대한의 속도로 북쪽으로 향했다.

정보는 난민 캠프에 들르면 죄다 알 수 있으리라 생각했지만, '얼마 남지 않았다, 얼른 도착하고 싶다.'는 마음이 그 이상이었다.


그리고 피트아령에 도착했다.

피트아령에는 아무것도 없었다.

과거에 거기에 뭔가 있었을 듯한 장소에도 아무것도 없었다. 가득하던 밀밭도, 바티루스 꽃밭도, 물레방앗간도, 가축우리도 없었다.

그저 초원이 펼쳐졌을 뿐이었다. 넓고 넓은 초원이었다.

그 광경에 적막감을 품으면서 현재 피트아령의 유일한 도시라고 할 만한 난민 캠프에 도착했다.

최종목적지.

그 입구까지 마지막 한 걸음 남았을 때 루이젤드가 마차를 세웠다.

"응? 무슨 일 있나요?"

루이젤드는 마부석에서 내려왔다.

마물이라도 있나 생각하며 주위를 둘러보았지만 적의 모습은 없었다.

루이젤드는 마차의 뒤까지 걸어오더니 말했다.

"나는 여기서 헤어지지."

"어?!"

갑작스러운 선언에 나는 놀라서 소리쳤다.

에리스도 눈을 동그랗게 떴다.

"자, 잠깐만 기다려 보세요."

우리는 나뒹굴 듯이 마차에서 내려와서 루이젤드와 마주보았다.

너무 이르다. 난민 캠프에 이제 도착했다. 아니, 한 걸음을 앞두었으니까 도착도 하지 않았다.

"하다못해 하루 정도는 쉬고, 아니, 마을 안까지는 같이 들어가는 게 좋잖아요?"

"그래. 그러니까…."

"필요 없다."

루이젤드는 쌀쌀맞게 말하며 우리를 보았다.

"여기에는 전사밖에 없다. 지켜줄 필요 없겠지."

"……."

그 말에 에리스가 입을 다물었다.

솔직히 나도 잠시 잊고 있었을지 모르겠다.

루이젤드가 어디까지나 우리를 고향에 데려다주기 위해 여기까지 따라왔다는 사실을.

그 목적이 달성된 이상 헤어진다는 사실을.

계속 함께 있을 거라고 생각했다.

"루이젤드 씨…"

입을 열다가 나는 망설였다.

붙잡으면 남아줄 것 같지만….

아니, 돌이켜보면 나는 이 남자에게 다대한 수고를 끼쳤다. 분명히 이 남자 때문에 고생한 적도 있지만, 한심한 모습을 보인 적은 내가 더 많았다.

그런데도 그는 나를 전사로 인정해 주었다.

이 이상 의지해선 안 되겠지.

"루이젤드 씨가 없었으면 3년 만에 여기까지 올 수 없었겠죠."

"아니, 너라면 가능했을 거다."

"그렇지 않아요. 저는 얼빠진 면이 있으니까 어딘가에서 실수했겠죠."

"그렇게 말할 수 있는 동안은 괜찮다."

어떻게 손 쓸 수 없는 상황은 제법 있었다.

이를테면 시론에서 붙잡혔을 때 루이젤드라는 존재가 없었으면 나는 더 허둥대며 혼란스러워했겠지.

"…루데우스, 전에도 말했지만."

루이젤드는 평소보다 한층 조용한 얼굴로 나를 굽어보았다.

"너는 마술사로서 이미 완성된 영역에 있다. 그만한 재능을 가졌으면서도 잘난 척하지도 않는다. 그 나이에 그 정도 일을 할 수 있다는 것에 자신을 가져라."

그 말을 나는 복잡한 마음으로 받아들였다.

그 나이라고 말해도 내 체감 연령은 이미 마흔을 넘었다.

잘난 척하지 않는 것은 그 때의 기억이 있기 때문이다.

하지만 마흔 살이라고 해도 루이젤드의 나이에서 보면 젊다는 영역에 들겠지.

"저는…."

여기서 나의 틀려먹은 부분을 나열할 수도 있었다.

하지만 그건 너무나도 한심할 것 같았다. 나는 이 남자 앞에서는 조금 더 어른으로 보이고 싶었다.

"아뇨, 알겠습니다. 루이젤드 씨, 여태까지 정말 신세 많이 졌습니다."

그렇게 말하고 고개를 숙이려고 했더니, 나를 붙잡아 제지했다.

"루데우스, 나한테 고개를 숙이지 마라."

"…그건 왜?"

"너는 나한테 신세 졌다고 생각할지 모르지만, 나는 네게 신세 졌다고 생각한다. 네 덕분에 일족의 명예회복에도 희망의 조짐이 보이기 시작했다."

"저는 아무것도 안 했어요. 거의 아무것도 할 수 없었죠."

마대륙에서는 데드엔드의 이름을 이용하려고 했다. 하지만 그건 어디까지나 모험가로서의 틀을 벗어날 수 없었다고 생각되었다.

미리스 대륙에서는 네임 밸류가 안 통하게 되어 다른 방법을 생각해야겠다고 하면서도 점점 뒷전이 되었다.

결국 중앙대륙에 온 뒤로는 아무것도 할 수 없었다.

여태까지 해 온 일도 조금은 영향이 있었다고 생각하지만, 어디까지나 그건 조금이었다.

세계에 크게 남은 박해의 역사를 지우는 건 물론이고, 스펠드족에 대한 편견을 어떻게 할 수 없었다.

"아니, 너는 많은 걸 해 주었다. 나처럼 우직하게 아이를 구하는 것이 아니더라도 더 많은 방법이 있다고 가르쳐 주었다."

"하지만 하나같이 효과는 별로였어요."

"하지만 분명히 변했다. 나는 전부 다 기억한다. 리카리스 시에서 네 책략으로 스펠드족을 두려워하지 않는다고 말한 노파의 말을. 데드엔드라는 말을 듣고도 겁먹지 않고 유쾌하게 웃던 모험가의 얼굴을. 스펠드족이라는 말을 듣고서도 인정해 준 돌디어족 전사와의 거리감을. 가족과의 재회에 울면서 고맙다고 말하던 시론 병사를."

처음 두 개는 몰라도, 마지막 두 개는 루이젤드가 혼자 애쓴 것이었다.

나는 아무것도 하지 않았다.

"…루이젤드 씨, 그건 당신 자신의 힘입니다."

"아니, 나는 혼자서 아무것도 할 수 없었다. 전쟁이 끝나고 400년, 나는 혼자서 움직이며 한 발짝도 전진할 수 없었다. 그런 내게 '한 걸음'을 내딛게 해 준 것은 너다, 루데우스."

"…하지만 그건 어디까지나 인신의 조언으로…."

"본 적도 없는 신 따윈 아무래도 좋다. 실제로 도와준 건 너다. 네가 어떻게 생각하든, 나는 네게 은의를 느낀다. 그러니까 고개를 숙이지 마라. 인사를 할 거면 눈을 봐라."

루이젤드는 그렇게 말하고 나를 향해 손을 내밀었다.

나는 그의 눈을 보면서 손을 잡았다.

"다시금 말하지. 루데우스, 신세 많았다."

"이쪽이야말로 많았습니다."

손을 꾹 붙잡자 루이젤드의 힘이 전해져 왔다.

눈시울이 뜨거워졌다.

이렇게나 한심한 나를, 실패만 한 나를, 루이젤드는 인정해 준다.

잠시 뒤에 가만히 손이 떨어졌다. 그 손은 옆으로 이동하여 에리스의 머리 위에 얹혔다.

"에리스."

"…뭐야."

"마지막으로 아이 취급을 하겠는데, 괜찮을까?"

"마음대로 해."

에리스는 퉁명스럽게 대답했다.

루이젤드는 희미하게 웃으면서 에리스의 머리를 쓰다듬었다.

"에리스, 네게는 재능이 있다. 나 같은 것보다 훨씬 강해질 수 있는 재능이다."

"거짓말, 나는… 그 녀석한테…"

에리스는 입을 굳게 다물고 골난 표정을 하였다.

루이젤드는 가볍게 웃더니 평소에 훈련할 때 했던 말을 꺼냈다.

"신의 이름을 칭하는 자와 싸워서 그 기술을 받았다. 그 의미를… 알겠나?"

에리스는 루이젤드를 찌릿 노려보다가 이윽고 눈을 치떴다.

"…알았어."

"그래, 착하구나."

루이젤드는 에리스의 머리를 탁탁 두드리다가 그 손을 뗐다.

에리스는 입을 굳게 다물고 주먹을 움켜쥐었다.

울 것 같은 것을 필사적으로 참는 것처럼 보였다.

나는 그녀에게서 눈을 돌려 루이젤드에게 물었다.

"루이젤드 씨는 이제부터 어쩔 건가요?"

"모르겠다. 한동안 중앙대륙에서 스펠드족 생존자를 찾아볼 생각이다. 나 혼자서는 명예 회복 같은 건 꿈 속의 꿈이니까."

"그런가요, 힘내세요. 저도 짬이 나면 무슨 수를 쓰도록 하겠습니다."

"…흠, 그럼 나도 짬이 나면 네 어머니를 찾아 보도록 하지."

루이젤드는 그렇게 말하고 등을 돌렸다.

그에게는 여행 준비 따윈 필요 없었다. 몸에 걸친 것만 가지고 걸어가도 살아갈 수 있다.

하지만 갑자기 멈춰 섰다.

"그러고 보면 이걸 돌려줘야겠군."

그렇게 말하며 루이젤드는 목에 늘어뜨린 팬던트를 끌렀다.

록시에게 받은 펜던트였다. 미굴드족의 펜던트. 나와 록시를 잇는 단 하나뿐인 아이템…이었다.

"그건 루이젤드 씨가 가지고 계세요."

"괜찮겠나? 소중한 것 아닌가?"

"소중한 것이니까요."

그렇게 말하자 루이젤드는 고개를 끄덕였다.

받아들여 주는 모양이었다.

"그럼 루데우스, 에리스… 또 만나자."

루이젤드는 그렇게 말하고 우리의 곁에서 떠나갔다.

따라오겠다고 할 때는 이런저런 이야기를 했는데, 갈 때는 한 순간이었다.


하고 싶은 말은 많이 있었다.

마대륙에서 만나서 아슬라 왕국에 오기까지 정말로 많은 일이 있었다. 말로 할 수 없을 만큼 많은 일, 많은 마음… 헤어지고 싶지 않은 동료라는 마음.

'또 만나자.'

그 마음을 한 마디에 담고 루이젤드의 뒷모습은 멀어졌다.

그래, 또 만나면 된다.

분명 만날 수 있다. 서로 살아 있으면 분명….

나와 에리스는 루이젤드의 모습이 보이지 않게 될 때까지 지켜보았다.

그저 조용히, 여태까지의 감사를 담아서.


이렇게 우리의 여행은 끝을 고했다.


## 제12화  재해의 현실


난민 캠프는 한산했다.

규모로 보면 마을 사이즈. 혹시 마대륙이라면 아슬아슬하게 도시 규모라고 할 수 있을지도 모르지만 활기는 없었다. 전체적으로 썰렁한 공기가 감돌았다.

규모에 비해 사람도 적었다.

급하게 지은 듯한 통나무집 안에는 인기척이 있었으니까, 적어도 여기에 머무는 사람은 있는 모양인데 활력이 느껴지지 않

았다.

분위기에 생기가 없었다.

그런 난민 캠프의 중앙.

우리는 모험가 길드 같은 장소에 도착했다. 난민 캠프 본부라고 입구에 적혀 있었다.

안에 들어가니 사람은 나름 있었지만 역시 여기도 음울했다.

안 좋은 예감밖에 들지 않았다.

"루데우스, 저기⋯."

에리스가 기리키는 곳에는 이번 사건으로 행방불명된 사람들의 이름이 적힌 종이가 있었다.

가느다란 글자로 빼곡하게 마을이나 도시별로 발음 순서대로 적혀 있었다.

그 제일 위에는 피트아령 영주 제임스 보레아스 그레이랫의 이름으로 '행방불명자, 사망자의 정보를 구한다'라고 적혀 있었다.

"나중에 보죠."

"응."

엄청난 양의 사망자수. 그리고 영주의 이름이 사울로스가 아니라는 점.

그 두 가지에 불안을 느끼면서 우리는 건물 안으로 들어갔다.


카운터에 에리스의 이름을 말하자, 접수를 맡은 아줌마는 곧

바로 안으로 들어갔다.

그리고 엄청난 기세로 한 쌍의 남녀를 데리고 돌아왔다.

기억에 있는 남녀였다. 한쪽은 백발에 수염을 기르고 집사다운 얼굴을 하면서도 다소 유복한 시민 같은 옷을 입은 장년의 남자, 알폰스.

다른 쪽은 초콜릿빛 피부에 검사풍의 차림을 한 여자.

"길레느!"

에리스는 희색으로 가득한 미소를 지으며 그녀를 향해 달려갔다.

꼬리라도 있는가 싶을 정도로 기쁜 눈치였다.

나도 기뻤다. 여태까지 길레느에 대한 정보는 없었는데, 그녀는 건강한 듯했다. 파울로에게 정보가 들어가지 않았던 걸 보면 요 1년 동안 엇갈린 탓일지도 모르겠다.

길레느도 에리스의 얼굴을 보고 활짝 얼굴을 폈다.

"에리스, 아니, 에리스 님, 무사하셔서…."

"…그냥 에리스면 돼."

길레느는 한동안 기쁜 얼굴을 하였지만, 곧 얼굴을 흐렸다. 알폰스 또한 에리스를 안쓰러운 듯이 바라보았다.

설마… 싶은 불안한 마음이 내 마음속을 덮쳤다.

"에리스… 안에서 이야기하자."

길레느의 목소리가 딱딱했다.

꼬리도 똑바로 서 있었다. 그녀가 긴장했을 때의 얼굴이었다.

에리스의 귀환을 그저 기뻐하기만 하는 얼굴이 아니었다.

"알았어."

에리스도 그 얼굴을 보고 뭔가 눈치챘는지 길레느를 따라서 건물 안으로 들어갔다.

나도 그대로 따라가려고 하는데,

"루데우스 님은 밖에서 기다려 주십시오."

"어? 아, 예."

알폰스가 나를 제지했다.

그래, 나도 일단 고용된 몸이니까 중요한 이야기는 들을 수 없나.

"안 돼, 루데우스도 같이 들어야 해."

에리스의 어조는 강했다.

뭐라고 할 수 없게 하는 것이었다.

"에리스 님이 그렇게 말씀하신다면."

에리스는 전에 없이 입을 꾹 다물고 손도 하얗게 될 정도로 움켜쥐고 있었다.


우리는 말없이 짧은 복도를 지나 집무실 같은 방에 들어갔다.

중앙에 놓인 소파, 방구석에 놓인 꽃병에는 바티루스 꽃. 방 안에는 괜한 장식 같은 것도 없이 싸구려 집무책상만 있었다.

에리스는 누가 뭐라고 하기도 전에 소파에 앉았다.

그리고 내 손을 잡아서 옆에 앉혔다. 길레느는 평소처럼 방구

석에 서 있었다. 알폰스는 에리스의 정면에 서서 집사다운 모습
으로 인사했다.

"잘 돌아오셨습니다, 에리스 아가씨. 아가씨가 귀환하신다는
연락을 미리 받고, 저희 일동은 목이 빠져라…."

"서론은 됐어, 얼른 이야기해. 누가 죽었어?"

에리스는 집사의 말을 가로막고 이 자리에 있는 누구보다도
강한 어조로 물었다.

누가 죽었냐고.

돌려 말하는 것도 아니라 직설적으로 물었다.

그 자세는 곧고 시선은 강했다. 하지만 그녀의 마음이 불안에
소용돌이치는 것을 나는 알고 있었다.

왜냐면 내 손을 꾹 붙잡고 있었으니까.

"그건…."

알폰스는 말을 흐렸다.

이 반응을 보면 사울로스일까. 에리스는 할아버지를 많이 따
랐다. 뭐든지 사울로스를 흉내내었다. 그 분이 돌아가셨다면 아
무리 에리스라도 힘을 잃겠지.

알폰스는 쥐어짜내듯이 말했다.


"사울로스 님, 필립 님, 힐다 님… 세 분 모두 세상을 뜨셨습
니다."

그 말을 들은 순간 내 손을 잡은 손에 힘이 들어갔다.

격통이 일었다.

하지만 아픔보다도 알폰스가 말한 사실에 뇌가 혼란을 일으켰다.

무슨 착각이겠지. 아직 3년도 안 되었다. 그래, 아직 3년도 지나지 않았다.

아니, 이제 곧 3년이 된다고 해야 할까.

"잘못 안 게… 아니라?"

에리스가 떨리는 목소리로 던진 질문에 알폰스는 고개를 끄덕였다.

"필립 님과 힐다 님은 함께 전이하셨다가 분쟁지대에서 돌아가셨습니다. 이건 길레느가 확인하였습니다."

길레느가 고개를 끄덕였다.

"그래…. 길레느는 어디로 전이했어?"

"필립 님 부부와 마찬가지로 분쟁지대입니다."

길레느는 많은 말을 하지 않았다.

분쟁지대를 걸어서 돌파하는 도중에 필립과 힐다의 시체를 발견했다.

그저 그렇게만 말했다.

시체 상태나 발견 당시의 상황을 말하지 않았지만, 그 표정을 보면 좋지 않았다는 걸 알 수 있었다.

뭐가 좋지 않았는지는 모르겠다.

시체의 상태였을까. 시체 상황이 안 좋았을까. 아니면 더 눈을 돌리고 싶어질 만한 뭔가를 보았을까. 귀를 막고 싶어질 만한 뭔가를 들었을까.

에리스는 흥 소리 내어 콧방귀를 뀌었다.

나를 붙잡은 손이 부들부들 떨렸다.

"그래서 할아버님은?"

"…피트아령 전이사건의 책임을 지고 처형되셨습니다."

"그럴 수가."

나는 무심코 중얼거렸다.

"왜 사울로스 님이 처형될 필요가 있습니까?"

그런 천재지변의 책임을 물어서 처형?

웃기는 소리다. 인간이 어떻게 할 수 있는 게 아니잖아. 아니면 미연에 막을 수 있었단 소리야?

징조도 없이 갑작스러웠잖아. 그런데 책임?

"루데우스, 앉아."

"……."

나는 에리스가 잡아끄는 대로 다시 앉았다.

어느 틈에 일어났던 모양이었다.

머릿속에서는 뭐라고 표현할 수 없는 감정이 뱅뱅 돌았다. 격통 때문에 잘 정리할 수가 없었다.

손이 아팠다.

아니, 나도 알고는 있다.

징조가 없더라도. 미연에 막을 수 없었더라도. 사람들이 죽었고, 영지에 있는 밭이나 거기에서 나는 작물은 소멸했다. 손해를 헤아릴 수 없다. 불만은 크고 규탄도 받겠지.

누군가가 그 피뢰침이 되어야만 했다.

생전의 일본에서도 무슨 일이 일어나면 곧바로 총리가 책임을 지고 사임하였다. 당시에는 책임을 질 거면 사태 수습이 끝날 때까지 뒤처리를 하라고 생각했는데, 동시에 좋은 방법일지도 모른다고도 생각했다.

죽으면 사람들의 불만을 껴안고 사라진다. 다음 의자에는 기대할 수 있을 만한 사람을 앉힌다.

그러면 다소나마 울분은 풀린다….

그것만이 아니다.

분명 귀족들 사이의 권력다툼도 관련이 있다. 사울로스 할아버지가 어느 정도 힘을 가졌는지는 모르겠지만, 실각하면 목숨을 잃을 정도로 힘을 가졌던 것이다.

그런 식으로 억지로 납득할 수도 있었다.

납득할 수는 있지만… 하지만 그래서 이런 꼴인가.

한산한 난민 캠프. 인적 없는 본부. 나라가 정말로 피트아령을 재건하려는 모습이라고는 보이지 않았다.

사울로스가 살아 있었으면 어쩌면 더 활동적으로 움직였겠지. 그 할아버지는 이럴 때에야말로 도움이 되는 인물이다.

아니. 그런 건 죄다 겉치레다.

그런 건 내게 사소한 일이다.

에리스의 마음. 그걸 생각하면 도저히 마음이 편하지 않았다.

필립과 힐다의 죽음이 언제 전해졌는지는 모른다. 사울로스의 죽음보다 먼저였는지, 나중이었는지.

하지만 사울로스는 살아 있었다. 살아 있었던 것이다.

죽지 않았어도 되었다.

그 재해에서, 전이사건에서 얼마나 많은 사람이 죽었다고 생각하는가.

백 명이나 이백 명 정도가 아닌 숫자가 죽었는데, 왜 일부러 살아 돌아온 사람을 죽이는가.

겨우 에리스가 돌아왔는데….

으으, 제길, 생각이 정리되질 않았다. 손이 아팠다.

"루데우스 님, 마음은 알겠습니다만…. 이것이 현재의 아슬라 왕국입니다."

그런 말 한 마디로 정리될 문제가 아니잖아.

알폰스. 너는 자기 주군을 잃었잖아.

길레느. 너는 자기 목숨의 은인을 잃었잖아.

그렇게 말해 주고 싶었다.

"……."

하지만 말이 나오지 않았다.

에리스가 아무 말도 하지 않았기 때문이다. 이 자리에서 내가 아우성쳐도 소용없었다. 신세졌다고 해도, 친척이라고 해도 내게 사울로스는 남이다. 가족이 아무 말도 하지 않는데 내가 떠들어도 소용없었다.

"…그래서 어떻게 할 거야?"

에리스는 어쩐 일로 소리치거나 날뛰지도 않고 조용하게 물었다.

"필레몬 노토스 그레이랫 님이 에리스 님을 첩으로 들이고 싶다고 말씀하십니다."

길레느가 살의를 띤 것이 내게도 느껴졌다.

"알폰스! 너는 그런 이야기에 응할 생각인가?!"

길레느의 노성. 고막이 찢어지나 싶을 정도의 고함.

"그 남자가 무슨 말을 했는지 기억할 텐데!"

격노한 길레느와 달리 알폰스는 끝까지 냉정했다.

"하지만 피트아령의 앞날을 생각한다면 다소의 부자유는…."

"그런 남자에게 시집가서 행복해질 수 있을 리가 있나!"

"아무리 그래도 명가입니다. 원치 않은 혼인이라도 행복해진 사례는 많이 있습니다."

"그런 전례 따윈 몰라! 너는 에리스의 앞날을 생각하는 건가?!"

"제가 생각하는 것은 보레아스 가문과 피트아령의 앞날입니다."

"그걸 위해 에리스를 희생할 생각인가!"

"필요하다면."

갑작스럽게 말다툼을 시작하는 두 사람을 나는 멍하니 올려다보았다.

어느 틈에 에리스가 일어서 있었다.

내 손을 놓고, 팔짱을 끼고, 다리를 벌리고, 턱을 쳐들고, 서 있었다.

"시끄러워!"

길레느가 귀를 손으로 틀어막을 정도의 고함소리.

최근 거의 들어본 적 없는 에리스의 진짜 고함소리. 하지만 쌩쌩한 건 그때까지였다.

"…조금 혼자 있게 해 줘. 생각할 테니까."

힘을 잃은 목소리를 듣고 두 사람은 퍼뜩 놀란 기색이었다.

일단 알폰스가 제일 먼저 방에서 나갔다. 길레느가 아쉬운 듯이 에리스를 보고 방에서 나갔다.

그리고 내가 남았다.

나는 그녀에게 뭐라고 말해야 좋을지 망설였다.

"에리스… 저기…."

"루데우스, 못 들었어? 잠시 혼자 있게 해 줘."

토를 달 수 없는 어조였다.

나는 다소 쇼크를 받았다. 생각해 보면 최근 몇 년 동안 에리스에게 거절당한 것은 처음이었을지도 모르겠다.

"…알겠습니다…."

나는 꾸벅 고개를 숙이고, 등을 돌린 에리스를 바라본 뒤에 방에서 나갔다.

그리고 문을 닫기 직전에 코를 훌쩍이는 소리를 들은 듯했다.

알폰스는 우리를 위해 방을 준비해 주었다.

본부 근처에 있는 집으로, 원래 난민용이었는지 좁은 방이 네 개 연이어 있었다.

나는 그 중 하나에 내 짐을 풀고, 옆방에 에리스의 짐을 가져다놓았다.

여행용 옷에서 시내용 옷으로 갈아입었다.

서툴게 기운 자국이 있는 로브를 침대에 내던지고 방을 나서서 본부로 돌아갔다.

길레느나 알폰스와 조금이라도 이야기를 할까 싶었는데 모습이 보이지 않았다.

찾을 기력도 없었기에 게시판을 멍하니 바라보았다.

요 몇 달 동안 몇 번이나 보았던 파울로의 전언이 있었다.

중앙대륙 북부를 찾아라. 이걸 쓴 것은 내가 열 살 때일까.

나는 이제 곧 열세 살이 된다.

꽤나 시간이 흘렀다.

사망자, 행방불명자의 리스트를 훑어보았다.

부에나 마을 항목. 내가 아는 이름이 행방불명자 리스트에 주르륵 늘어서 있었다.

하지만 그 절반 정도에 줄이 그어졌다. 힐끗 사망자 항목을 보니 줄이 그어진 것과 같은 이름이 적혀 있었다. 아무래도 사망이 확정되면 줄을 긋고 사망자 항목에 기재하는 모양이었다.

행방불명자 쪽이 다소 많았지만, 그래도 사망자 항목 또한 빽빽하게 채워져 있었다.

나는 행방불명자 항목에 있는 롤즈의 이름에 줄이 그어진 것을 보고 눈썹을 찌푸렸다.

롤즈가 죽었다는 이야기는 파울로에게 들었다. 그 사인에 대해서는 자세히 듣지 않았지만.

그리고 바로 그 밑.

행방불명자 항목에 있는 실피의 이름.

거기에 줄이 그어져 있었다.


두근, 내 심장이 고동치는 소리가 들렸다.


설마 싶어서 사망자 항목을 보았다.

롤즈의 이름 근처에는 없었다. 위에서부터 순서대로 살펴보았는데 없었다.

실피에트의 이름이 없었다…. 어라?

"저기요, 여기에 줄이 그어졌는데 저쪽에 이름이 없는데요…."

이상하다 싶어서 직원에게 물어보았다.

"예, 그건 생존이 확인된 분입니다."

그 말에 내 가슴 속의 뭔가가 뚝 하고 떨어졌다.

그대로 가슴을 뚫고 배로 떨어졌다가, 배도 지나서 그대로 싸 버리나 싶었다.

실피가 살아 있다는 사실에 나는 안도하였다.

"저기, 그럼 연락처 같은 걸 알 수 있겠습니까?"

"아뇨, 그건 실제로 본부에 온 사람이 아니면…."

"실피에트라는 이름입니다. 조사해 주실 수 있겠습니까?"

"잠시만 기다려 보세요."

직원에게 부탁하고 수십 분.

"죄송합니다. 연락처는 등록되지 않은 모양입니다."

"그렇습니까…."

정해진 주거지가 없든가, 아니면 발견한 인물이 리스트를 갱 신했지만 본인의 연락처를 싣지 않았든가, 그런 사례라고 했다.

어쩌면 실수로 기입하지 않았을 가능성도 있겠지만 그건 생 각하지 않았다.

높은 확률로 실피는 살아남았다. 지금은 그 사실에 기뻐하자.

물론 걱정도 들었다.

예를 들어서 그녀의 머리카락 색깔. 스펠드족과는 다소 색깔 이 다르지만, 같은 녹색. 인신의 말로는 저주는 스펠드족에게밖 에 적용되지 않는 모양이고, 부에나 마을에서도 아이들 말고는 적극적으로 괴롭히지 않았다.

하지만 마음 없는 자는 세상에 많다.

어딘가에서 머리카락 때문에 안 좋은 말을 듣고 울고 있을지도 모른다.

아니, 파울로의 말로는 실피는 무영창으로 치유 마술도 쓸 수 있다고 했다.

나도 들은 이야기지만, 이미 혼자서 살아갈 수 있을 만한 힘을 가졌다는 느낌이었다. 나와 마찬가지로 어딘가에서 모험가라도 하고 있을지 모른다. 가족이 죽은 것을 모르고 찾고 있을지도 모른다.

오히려 그 전이에서 살아남았다면 그럴 가능성이 크겠지.

노예 같은 게 되지 않았기를 빌자.

아무튼 나는 리랴와 아이샤의 이름에 줄을 그었다.

내 이름에는 이미 줄이 그어져 있었다. 에리스가 이쪽으로 온다는 보고가 들어온 모양이고, 내 정보도 있었겠지.

파울로 일가 중에는 제니스 그레이랫의 이름만이 남았다.

역시 아직 발견되지 않았나.

다음에 인신이 꿈에 나오거든 물어볼까.


게시판을 다 조사해도 에리스는 아직 방에서 나오지 않았다.

마음의 정리가 빠른 에리스가 이렇게나 고민하는 건 처음 아닐까?

하지만 오랫동안 여행하여 간신히 돌아온 고향에서는 맞아주는 가족도 따뜻한 집도 없었다. 아무리 에리스라도 타격이었을 지 모른다.

역시 돌아가서 위로해 줘야 할까.

아니, 조금 기다리자.

그렇게 생각하면서 짐을 가져다놓은 건물로 돌아가기로 했다.

돌아가서 이것저것 해 보자고 생각했지만, 뭘 할지는 떠오르지 않았다.

조금 쉴까.

본부를 나서려고 했을 때 알폰스가 나를 불렀다.

난민 캠프 본부의 한 방으로 나를 데려가서 의자에 앉혔다.

눈앞에는 알폰스, 오른쪽에는 길레느가 앉았다. 두 사람이 앉은 것은 에리스가 없기 때문이겠지. 나와 달리 확실하게 주종 관계를 이해하는 모습이었다.

"자, 루데우스 님, 간결하게라도 좋으니까 보고를."

"보고 말인가요?"

"예, 3년 동안 뭘 하셨는지를."

"아, 그렇군요."

나는 알폰스의 질문에 3년 동안의 일을 말했다.

마대륙으로 전이해서 루이젤드와 만난 것.

모험가로 등록하고 생활비를 벌면서 이동한 것.

대삼림에서 소동이 있었던 것.

미리시온에서 파울로나 피트아령 수색단과 만나서 처음으로 상황을 알았던 것.

정보를 찾으면서 북상하고 시론 왕궁에서 소동이 있었던 것.

적룡의 아래턱에서 올스테드와 만난 것….

주로 에리스와 관련된 것을 중심으로 지극히 간결하게 이야기했다.

알폰스는 조용히 들었지만, 마지막에 루이젤드와 헤어진 부분에서 입을 열었다.

"…호위해 주셨다는 그 분은 가셨습니까?"

"예, 그에게는 신세 졌습니다."

"그렇습니까, 좀 진정되거든 정식으로 사례를 하자고 에리스 님께 진언할까 합니다만."

"그런 걸 받아줄 사람이 아닙니다."

"그렇습니까."

알폰스는 고개를 끄덕이더니 조용히 나와 시선을 맞추었다. 정말이지 지친 남자의 눈이었다.

"루데우스 님…. 사울로스 님을 모셔 온 사람도 저희만 남았습니다."

"…다른 메이드들은?"

"돌아오지 않는 걸 보면 죽었던가, 아니면 고향으로 돌아갔을

지도 모릅니다."

"그렇습니까."

그 고양이 귀들도 전멸인가. 어쩌면 몇 명은 대삼림으로 돌아 갔을지도 모르지만.

"사울로스 님께 은혜를 입었으면서 그렇다니, 개탄스러운 일입니다."

"결국 돈으로 이어진 관계에 불과했겠죠."

그렇게 말하자 알폰스의 포커 페이스가 실룩 움직였다.

따끔한 말이었을지도 모르지만, 그런 거겠지.

"아직 나이 어린 루데우스 님을 여기에 모실지 고민했지만…… 그런 식의 대답을 하실 수 있다면 문제없겠군요. 당신은 에리스님을 지키고 무사히 데려왔습니다. 그 공적을 인정하여 보레아스 그레이랫 가문의 가신단에 들어오는 것을 인정하겠습니다."

가신단.

이건 그런 조직인 모양이다.

"이제부터 가신단의 회의를 시작할까 합니다만, 괜찮겠습니까?"

회의라.

분명 전이 사건 전에도 내가 없는 곳에서 했겠지. 아마 길레느도 이전에는 포함되지 않았을 게 틀림없다. 지금은 나를 포함해서 세 명밖에 없는 모양이지만, 과거에는 더 많은 가신들이 이야기를 주고받았겠지.

"감사합니다. 그래서 의제는?"

나는 괜한 이야기를 할 생각도 없어서 그렇게 물었다. 애초에 더 이상 사울로스도 필립도 없다. 누구 이야기일지는 이미 정해져 있었다.

"에리스 님 문제입니다."

그렇다니까.

"구체적으로는 에리스 님의 앞날에 대한 의논을 할까 합니다."

"앞날, 입니까?"

에리스는 고향에 돌아왔지만, 거기에는 아무것도 없었다. 가족도 없고 집도 없다. 이전과 같은 삶으로는 돌아갈 수 없다.

"분명히 사울로스 님과 필립 님은 돌아가셨습니다만, 보레아스 가문 자체는 사라지지 않았겠지요? 살 집 정도는 준비해 주지 않겠습니까?"

"제임스 님은 풍문에 신경 쓰시는 분이니까, 에리스 님을 거두기를 거절하시겠지요."

제임스, 에리스의 숙부인가.

현재 영주다. 분명히 필립과 권력 다툼을 벌여서 이긴 녀석이다.

풍문을 신경 쓴다면 분명히 귀족답지 않은 에리스를 가족으로 넣고 싶지 않겠지.

예의작법도 어중간하고, 귀족 자녀로 대하기 어렵다.

또한 그의 밑에는 일단 에리스의 형제가 있을 것이다. 그 외에도 사촌형제가 몇 명. 에리스가 그들과 문제를 일으킬 것은 상상하기 어렵지 않다.

문제가 일어날 것을 알면서 거둘 만큼 에리스에게 너그럽지 않다.

"혹시나 거두어 가신다고 해도 과연 귀족으로 대접을 해 줄지 의심쩍고…. 에리스 님이 하녀 일을 하실 수는 없습니다. 그러니까 이건 기각되었습니다."

그 말에 나는 고개를 끄덕였다.

그래, 그만두는 편이 낫다. 에리스도 많이 원만해졌다지만 거친 성격은 그대로다. 얕잡아보는 이에게 반격하지 않을 만큼 어른이 된 것도 아니다.

"이어서 필레몬 노토스 그레이랫 님께서는 에리스 님이 돌아오셨을 때에 갈 곳이 없다면 꼭 자기 첩으로 삼고 싶다는 뜻을 전하셨습니다."

필레몬. 내 숙부인가. 파울로의 동생.

현재 노토스 가문의 당주였던가. 사울로스 할아버지는 그를 싫어했던 것 같은데….

방금 전의 말싸움의 원인이 된 인물이다.

길레느를 보니 미간을 찌푸리며 눈을 부릅뜨고 있었다.

"나쁜 이야기는 아닙니다만, 필레몬 님에게는 안 좋은 소문도 있습니다."

"안 좋은 소문이요?"

"예, 최근 급속하게 힘을 기른 다리우스 상급대신에게 알랑댄다는 소문입니다."

그게 어디가 안 좋은 걸까? 귀족에게도 여러 종류가 있겠고, 권력자가 보다 높은 권력자에게 아첨하는 거야 보통 아닌가?

"다리우스 경은 근래 십여 년 동안 힘을 기른 분으로, 제1왕자를 옹립하고 제2왕녀를 국외 추방으로 몰아넣은 공로자입니다."

갑자기 제1이네 제2네 하는 말이 나와도 모르겠다. 내가 아는 건 라디오 체조 정도다.

"필레몬 님은 제2왕녀를 옹립하는 파벌에 속했습니다만…"

"국외 추방되었으니까 그 힘이 급속하게 줄어들었다?"

"그렇습니다."

말하자면 자기네 보스가 졌으니까, 이긴 쪽으로 배신하겠다는 소리잖아.

"그거야 그렇다고 하고, 뭐가 문제입니까?"

"루데우스 님, 과거의 유괴사건을 기억하십니까?"

"유괴사건?"

"진짜 유괴범에게 에리스 님이 납치되었던, 그 사건 말입니다."

내가 제안했던 그것 말인가.

"그 유괴범의 뒤에 있던 것은 다리우스 경입니다."

"…호오."

"다리우스 경은 한 차례 피트아령에 들르셨는데, 그때 에리스 님을 처음 보았을 때부터 아주 마음에 드셨다는 모양입니다."

"그건 성적인 의미로?"

"물론입니다."

그렇게 마음에 들었으니까 사울로스에게 달라고 청했는데 딱 잘라 거절당해서 유괴하려고 했다?

몇 년 만에 밝혀진 진실.

아니, 실제로는 당시에 이미 판명되었겠지. 상대가 거물이니까 조용히 넘어갔을 뿐이지.

사울로스는 왜 거절했을까.

…다리우스가 싫었기 때문일까. 그런 감정으로 만사를 결정하는 일도 있는 할아버지였다.

뭐, 어떤 기준으로 결정했는지는 이 경우 아무래도 좋다.

"필레몬 님은 아마도 에리스 님을 첩으로 들였을 경우, 어떤 이유를 붙여서 다리우스 경에게 넘기겠지요. 필레몬 님은 에리스 님을 물건으로밖에 생각하지 않으시는 모양이라서."

흠, 다리우스는 변태귀족이란 건가.

아슬라 왕국에는 많은 모양인데… 에리스를 원하는 거라면 취미는 나쁘지 않은 듯싶다.

나쁘지 않은 건 취미뿐이지만.

"그럼 기각이군요."

"아뇨, 다리우스 경 본인에 대해서는 저로서도 얼굴을 찌푸릴 수밖에 없습니다만, 다리우스 경은 지금 왕도에서 가장 큰 세력을 가진 분입니다. 에리스 님도 다소 고생하시겠지만, 신분과 대우는 보장되겠지요."

"하지만…."

"다소의 부탁이라면 다리우스 경도 들어주실 겁니다. 예를 들어서 피트아령의 영민들을 위해 개척촌을 만든다든가…."

과연. 권력자의 여자가 되면 다소 그런 돈도 쓸 수 있다는 소린가. 하지만 에리스가 그런 변태의 것이 되는 건 싫은데.

"그 외에는?"

"다른 귀족 분들은 아마 에리스 님과는… 사울로스 님이나 필립 님이 돌아가신 이상 에리스 님에게 귀족 자녀로서의 가치는 거의 없어서…."

가치, 가치라….

그런 것일까. 내가 보기에 에리스는 그녀만으로도 충분히 가치가 있는데….

"루데우스 님은 어쩌는 게 좋다고 생각하십니까?"

"…제 의견을 말하기 전에 길레느의 의견을 들어도 되겠습니까?"

갑작스러운 질문에 나는 점잖게 그렇게 대답하며 도망쳤다.

아직 생각이 정리되지 않았다.

"나는, 에리스 아가씨가 루데우스와 맺어지면 된다고 생각한다."

"저랑 말인가요?"

"너는 파울로의 아들이다. 제니스도 미리시온의 유력한 귀족. 신원도 혈통도 확실하다면 아슬라 왕국의 귀족이 될 수 있을 거다."

아니, 과연 그럴까.

안 될 것 같은데. 그렇게 생각하며 알폰스를 보았다.

"불가능한 건 아닙니다. 파울로 님은 이번 일로 공적도 있고, 그걸 이용하면 루데우스 님을 귀족으로 만들 수도 있겠지요. 하지만 피트아령의 관리자가 될 수 있을 정도냐면 어려울 겁니다. 파울로 님의 아드님이 권력을 잡는 것을 필레몬 님이 허락하시리라고는 생각되지 않습니다. 또한 에리스 님이 권력자에게 시집가는 것을 다리우스 경과 제임스 님이 좋게 볼 것 같지 않습니다."

그렇겠지….

하지만 대충 이해되었다. 알폰스의 생각은 어디까지나 이 영지의 재생이다.

"그럼 루데우스가 에리스 아가씨를 데리고 도망치면 되지."

"피트아령은 어떻게 되는 겁니까?"

"네가 어떻게든 해라."

길레느는 말을 마구 내뱉는 것 같았다.

알폰스와는 근본적으로 사이가 나쁠지도 모르겠다.

"사울로스 님이 사랑하셨던 이 토지를 에리스 님이 통치해야 우리의 비원이 이뤄지지 않겠습니까?"

"그건 어디까지나 네 비원이다. 똑같이 보지 마라. 난 에리스 아가씨가 행복해지시면 그걸로 족하다."

"루데우스 님과 도망치면 행복해지실 수 있다는 겁니까?"

"적어도 필레몬에게 시집가는 것보다는."

"영민은 어떻게 됩니까?"

"알 바 아냐. 에리스 아가씨는 애초부터 그런 분야에서 전혀 기대를 받지 못했다."

가신단의 반수는 의견을 달리하고 있었다.

정리하자.

말하자면 알폰스는 에리스가 사울로스나 필립의 뒤를 이어서 이 토지를 다스리길 원한다. 그러기 위해서 변태 귀족에게 다소 변태짓을 당하는 정도는 참으라고 한다.

길레느는 그런 건 관계없으니까 에리스가 행복해지길 바란다. 그러기 위해서라면 권력이나 가문 따윈 버리고 나랑 도망치라고 한다.

나로서는 길레느 쪽에 가까운 생각이었다.

논리적인 게 아니라 감정적인 것이다.

아니, 지금까지 지켜온 아이가 돼지 같은 녀석의 것이 된다니 싫고.

그럴 거면 차라리 에리스와 도망치는 편이 낫다. 나는 권력 같은 건 아무래도 좋고.

하지만 알폰스의 말도 어느 정도 이해되었다.

사울로스가 해 온 일을 에리스가 물려받는다. 거기에 무게를 둔 생각도 일단 이해할 수 있었다. 납득은 못 하겠지만.

뭐, 어찌 되었든 말이지.

"이래선 끝이 안 납니다."

조용히 중얼거렸더니, 말다툼을 벌이던 두 사람이 이쪽을 보았다.

"무슨 의미입니까?"

알폰스의 질문에 대답했다.

"어느 쪽이든 결정하는 건 에리스입니다. 우리가 이렇게 이야기해도 아무런 의미도 없죠. 그런 것보다 더 건설적인 화제를 찾죠. 달리 뭐 없습니까?"

알폰스는 아연한 얼굴로 나를 보았다.

길레느 또한 침묵하였다.

"없다면 저는 쉬도록 하겠습니다."

그 날 회의는 그걸로 끝났다.

## 제13화   아가씨의 결의

회의가 끝났을 무렵에는 해가 완전히 진 상태였다.

나는 방으로 돌아왔다.

최소한의 가구가 있는 방에는 짐이 난잡하게 놓여 있었다. 정리해야겠다고 생각하면서도 뭘 할 기력이 나지 않아서 침대에 앉았다.

몸이 딱딱한 침대에 가라앉나 싶었다.

생각 이상으로 지쳤던 모양이다.

"휴우⋯."

오늘은 지칠 만한 일을 하지 않았는데. 피로가 침대와 몸 사이에 달라붙었다. 이게 혹시 기절이라는 걸까.

아니, 그건 아니지.

나도 쇼크를 받았다.

사울로스, 필립, 힐다.

그들과는 그렇게 친하게 이야기 나누었던 것도 아니다.

하지만 눈을 감으면 지금도 떠올릴 수 있었다. 멀리 나가서 영지의 농작물을 확인하며 에리스 이야기를 들었던 사울로스 할아버지. 심술궂은 미소를 지으면서 함께 보레아스 가문을 되찾자고 제안했던 필립. 에리스와 결혼해서 자기 자식이 되라고 말해 준 힐다.

그들은 이제 없다.

애초에 집도 남아 있지 않다.

그렇게 넓고 때때로 고함이 울려 퍼지던 저택은 이제 없다.

에리스와 춤을 추었던 홀도, 사울로스 할아버지가 정사를 벌이던 탑도, 영지의 서류가 대량으로 보관된 서고도, 죄다 없어졌다.

저택만이 아니다, 부에나 마을도 없다.

실제로 보진 않았지만, 제니스가 소중히 여기던 정원수도, 록시에게 수성급 마술을 배웠을 때 벼락이 떨어져서 타 버린 나무도, 실피와 함께 놀았던 커다란 나무도 죄다 사라졌다.

…왜 부에나 마을 생각을 하면 나무만 떠오를까.

뭐, 됐어.

아무튼 죄다 없어졌다.

파울로에게 듣고 머리로는 이해했지만, 이렇게 실제로 보니 생각 외로 쇼크가 컸다. 있던 것이 없어진다는 것은 언제든지 괴롭다.

"후우…."

두 번째 한숨을 내쉬었을 때.

똑똑, 하고 문을 두드리는 소리가 있었다.

"…들어오세요."

대답하기도 힘든 마음으로 그렇게 말했다. 들어온 것은 에리스였다.

"안녕, 루데우스."

"에리스, 이제 괜찮나요?"

"괜찮아."

에리스는 그렇게 말하더니 내 앞에서 언제나처럼 버티고 섰다.

침울해진 기색은 없었다.

역시나 에리스로군. 육친이 전멸했는데도 나보다 훨씬 강한 모습이었다.

아니, 침울해진 걸지도 모른다. 평소라면 문을 노크하지 않고 걷어찼겠지.

"뭐, 이렇게 되지 않았을까 싶었어."

"그런가요…."

에리스는 별거 아니라는 듯이 말했다.

이전에 그녀는 각오를 하였다고 말했던 것 같다.

가족이 죽는 것을 각오한다. 나로서는 불가능한 일이었다. 나는 지금도 발견되지 않은 제니스가 어딘가에 살아 있다고 생각한다. 죽었을 가능성이 크다고 머리로는 이해하지만.

"에리스는 이제부터 어쩔 건가요?"

"어쩔 거냐니?"

"어어, 알폰스 씨한테 이야기는 들었지요?"

"들었어. 하지만 그런 건 아무래도 좋아."

"아무래도 좋다니…."

에리스는 나를 똑바로 바라보았다.

이제 와서야 깨달은 건데, 옷차림이 평소와 달랐다.

미리시온에서 구입한 뒤로 한 번밖에 입지 않았던 검은색 원피스를 입고 있었다. 원피스는 그녀의 빨강머리와 어울려서, 마치 드레스 같았다. 다소 얇은 옷인 탓에 가슴 모양이 드러난 게 보였다.

음? 노 브라인가?

잘 보니 에리스의 머리칼은 촉촉이 젖어 있는 듯했다.

목욕한 직후의 비누 냄새도 났다. 그것만이 아니라 평소의 에리스에게서는 풍기지 않는 살짝 달콤한 향기도 났다. 어딘가에서 맡은 적이 있는데, 대체 뭐지?

향수일까.

"루데우스. 나는 혼자가 됐어."

혼자.

그래. 그녀는 이제 가족이 없다. 피가 이어진 형제는 있어도 가족이 아니다.

"그리고 나는 저번에 열다섯 살이 됐어."

열다섯 살이 되었다는 말에 나는 허둥거렸다.

언제지? 그녀 생일이 언제였더라?

내 생일은 아직 한두 달 뒤다. 그렇다는 소리는 한 달 이상 전에 지났다는 소리다.

알아차리지 못했다.

"어어, 죄송합니다. 전혀 생각을 못 했습니다."

언제일까.

전혀 그런 기색을 보이지 않았다. 에리스라면 생일이 되면 시끄럽게 떠들 거라고 생각했다.

에리스가 그럴 듯한 말을 한 날이 없었나…?

"루데우스는 몰랐지만, 루이젤드한테 한 사람 몫을 하게 되었다고 인정받은 날이야."

"아."

그건가, 그 날인가.

기억한다. 길 한복판이었다.

과연, 그래서 루이젤드는 에리스에게 그런 말을 했나.

이런. 진짜로 알지 못했다….

"어어, 지금부터 뭐라도 준비하는 게 좋을까요? 가지고 싶은거 있나요?"

"그래, 가지고 싶은 게 하나 있어."

"뭔가요?"

"가족이야."

그 말에 놀랐다.

그건 나로선 준비할 수 없다. 인간을 도로 살려낼 수는 없다.

"루데우스, 내 가족이 되어 줘."

"예?"

문득 에리스의 얼굴을 보니, 그녀의 얼굴은 어둠 속에서 알수 있을 만큼 새빨갰다.

이건 그건가? 프러포즈인가? 아니, 설마.

"저기, 그건, 남매란 소린가요?"

"관계 같은 건 아무래도 좋아."

에리스는 귀까지 새빨개진 얼굴이면서도 시선을 돌리지 않았다.

"저기, 그러니까, 가, 같이 자잔 소리야."

그게 또 무슨 소리야.

진정해, 말의 의미를 생각하자.

…자자는 말에서 추측하면, 으음, 이러니저러니 해도 에리스도 쇼크를 받았다. 그런 마음의 아픔을 치유하기 위해 내게 곁에 있어달라는 거겠지.

가족. 이 경우는 가족놀이인가.

하지만….

"오늘은 쓸쓸한 기분이라서 야한 짓을 할지도 모르는데요?"

언젠가와 같은 말을 했다.

솔직히 내게는 자신이 없었다. 에리스와 한 침대에 들어가서 그 체온을 가까이서 느끼고 참아낼 자신이 없었다. 에리스도 그 정도는 알고 있겠지.

그런데….

"오, 오늘은, 괜찮아."

"그러니까 전에도 말했잖아요. 조금 정도로 안 끝날 거라고."

"기억해. 오늘은 마음대로 해도 된다고 말하는 거야."

그런 대답에 나는 에리스의 얼굴을 뚫어져라 바라보았다.

무슨 소리를 하는 건가 싶었어. 아니, 그러니까.

그런 말을 하면 이미 내 거기는 스탠딩 오퍼레이션 상태거든요?

"왜, 왜 갑자기 그런 말을 하나요?"

"열다섯 살이 된 뒤라고 약속했잖아?"

"그건 제가 열다섯 살이 된 뒤라는 이야기잖아요?"

"어느 쪽이든 상관없어."

"상관있습니다."

이상하다. 뭔가 이상하다. 생각해, 뭐가 이상하지?

그래.

즉 에리스는 외로워한다. 자포자기가 된 걸지도 모른다.

야겜에서도 이런 장면은 몇 번 체험했다. 누군가의 죽음을 치유하기 위해 누군가와 서로 위로한다. 육체관계를 맺는다. 응, 이해할 수 있다.

하지만 거기에 손을 내민 나는 뭐랄까, 마치 약점을 파고드는 것 같지 않나?

하고 싶기야 하지. 나의 글러먹은 부분은 동정상실이다! 라면서 기뻐한다.

하지만 그건 조금 더 평상적인 상태에서 해야 하지 않을까? 이런 정신 상태에서는 좋지 않다고 생각한다. 서로 힘든 상태라서 될 대로 되라는 듯이 저질렀다간 나중에 후회한다.

아, 하지만 에리스가 괜찮다고 말하는 찬스는 더 없을지도 모르고….

혹시 에리스가 필레몬에게 가겠다고 말하면 분명 열다섯 살의 약속은 휴지조각이 되겠지. 아니, 애초에 에리스의 처음을 남에게 빼앗기는 건….

하고 싶다. 하고 싶다. 하지만 왠지 아닌 듯했다.

나는 우유부단한 하렘 이야기의 주인공을 얕봐 왔다.

여타할 때에 남자답게 나서지 못하는 얼간이라고 생각했다…. 하지만 실제로 내가 겪어 보니 주저하게 되었다. 좋은 말이 떠오르지 않았다.

어쩌면 좋다? 어느 쪽을 택해도 나는 나중에 후회할 것만 같았다.

후회하지 않는 건 분명 지금으로부터 약 2년 뒤.

내 열다섯 살 생일에 에리스가 몸에 리본이라도 달고서.

"생일 선물이야. 무심코 때릴지도 모르니까 손은 묶었어. 마음대로 해."

같은 말을 하고 침대 위에 눕는 패턴뿐이겠지.

아니, 잠깐만.

나는 저번에 죽을 뻔했다. 그때는 죽기 직전에 무진장 후회했다. 아직 못 다한 일이 있다고 생각했다. 앞으로 2년 동안에 비슷한 일이 없으리라고만 할 수도 없다. 몇 번이나 구사일생을 얻을 수 있는 것도 아니다. 여기서 뒤탈 없이 버려 버리는 편이 낫지 않나?

아니, 하지만, 그래도….

"…으_으!"

결심을 못 하는 나를 보며 무슨 생각을 했을까.

에리스는 헛기침을 한 차례 하고 가만히 내 무릎 위에 앉았다.

그녀가 안기는 듯한 자세로 내 목에 팔을 둘렀다. 그러자 볕에 탄 가슴과 에리스의 예쁜 얼굴이 시야에 가득 들어왔다. 에리스는 입을 열려다가 자기 다리에 닿는 감촉을 깨닫고 얼굴을 한층 붉혔다.

"이거 뭐야…"

"에리스가 예뻐서."

에리스는 흐응 소리를 내면서 넓적다리로 내 소중한 곳을 꾹꾹 눌러댔다.

그 감촉은 부드러우면서 감미.

아들은 기뻐하고, 아버지 쪽의 숨결이 가빠졌다.

"이건 흥분했다는 거지?"

"예."

"내가 싫은 건 아닌 거지?"

"예."

"아버님과 할아버님 때문에 그러는 거야?"

"예."

"루데우스, 아까부터 시선이 저질이야."

"예."

"하지만 안 된다는 거네?"

"…예."

나는 마지막에 고개를 끄덕였다.

이미 시선은 그녀의 가슴이나 목덜미에 못 박혔다. 에리스의 부드러운 넓적다리나 밀려드는 가슴의 감촉, 숨을 들이마시면 가득히 퍼지는 에리스의 향기. 몸은 이미 굴복해서 꼬리를 흔들고 있었다. 마지막으로 남은 한 조각의 이성을 쥐어짜내어 말했다.

"약속은, 약속이잖아요…. 열다섯 살이 된 다음이라고, 했잖아요."

물론 그런 건 핑계다. 이 순간 딱 잘라 말해서 아무래도 좋다고도 생각했다.

내가 왜 저항하는지도 잘 알 수 없었다.

그런 내 말에 에리스는 한 차례 숨을 내뱉었다. 숨결이 뺨에 닿았다.

"저기, 루데우스. 어머님한테 배운 건데, 하지 말라고도 그러셨고 창피한 거니까 한 번밖에 안 할 거야."

그녀는 그렇게 말하고 심호흡을 한 번.

내 귓가로 가만히 얼굴을 가져왔다.

그리고 한 마디. 달콤한 목소리로 금단의 봉인을 풀었다.

"난 루데우스의 새끼고양이를 갖고싶어냥."

그건 내 귀에서 재빨리 뇌에 침입해서 마지막 저항을 계속하

는 이성을 순식간에 잡아먹었다.

　그건 항간에 광견이라 불리는 개와 똑같았다.

　그건 개인데도 어미가 냥, 이었다.

　나는 본능만 남았다.

　본능만 남은 야수는 에리스를 침대로 쓰러뜨렸다.

　그 날 밤. 나는 에리스와 사이좋게 어른의 계단을 올라갔다.

　이때 나는 어려운 걸 죄다 잊어버리고 있었다. 그저 에리스와 맺어지자고만 생각했다. 말로는 하지 않았지만, 그녀를 좋아한다고 생각했다. 계속 지키자고 생각했다. 다른 사정 따윈 아무래도 좋았다.

　파울로도 말하지 않았나. 귀족의 의무 따윈 아무래도 좋다고. 어려운 건 생각하지 않아도 된다고. 그녀를 지키기 위해서 뭐든지 하면 된다고 생각했다. 내친 김에 아이는 셋이 좋겠지만 더 만들자고도 생각했다.

　그래, 말하자면… 들떠 있었다.

　에리스가 무슨 생각을 하는지는 생각하지도 않았다.

**★ 에리스 시점 ★**

나, 에리스 보레아스 그레이랫은 그 날 어른이 되었다.

열다섯 살 생일 선물로 루데우스를 받았다. 약속과는 좀 다르지만 루데우스와 맺어졌다.

나는 그를 사랑한다.

확실히 자각한 게 언제부터였을까…. 그래, 분명히 처음으로 좋아한다고 깨달은 건 그의 열 살 생일 때.

자고 있는데 어머니가 깨워서 새빨간 잠옷을 입히더니 진지한 얼굴로 '그의 방에 가서 그에게 몸을 맡겨라'라고 하셨을 때였다.

싫지는 않았다.

하지만 곤혹스럽기도 했다. 그런 건 어머니나 에드나에게 몇 번이고 들었다. 언젠가 그렇게 되는 거라고 배웠다.

하지만 그때는 아직 각오가 없었고 더 훗날의 일이라고 생각했다.

내 망설임을 아는지 모르는지, 루데우스는 내 몸을 만졌다.

그는 늦게까지 아버지와 이야기를 한 모양이었고, 어쩌면 그런 이야기가 이미 되었는지 모른다.

그렇게 생각하니 내 안에 어떤 생각이 떠올랐다.

'그는 나를 좋아하지 않는 걸지도 모른다.'

어쩌면 아버지가 시켜서 어쩔 수 없이 내게 손을 대는 걸지도 모른다.

루데우스는 당시부터 대단한 사람이었다.

뭐든지 다 알고, 뭐든지 다 할 수 있는데도 배우려는 마음을 결코 잃지 않으며 쑥쑥 앞으로 나아갔다.

그런 그와 나는 어울릴까? 콧김이 가빠진 루데우스는 내 마음 따윈 아무래도 좋은 것처럼 생각되었다.

나는 아버지가 그에게 내린 보수. 그렇게 생각하니 싫어졌다.

나는 그를 떠밀치고 도망쳤다.

방까지 도망치려다가 이번에는 무서워졌다. 나는 지금 돌이킬 수 없는 짓을 한 게 아닐까, 하고.

어쩌면 지금 나는 마지막 기회를 잃은 게 아닐까. 루데우스 이외에는 받아줄 사람이 없다고 어머니는 말씀하셨다.

그럴 것 같았다. 귀족 아이들과는 몇 번 만난 적 있지만, 루데우스만큼 기골 있는 아이는 없었다.

루데우스는 어릴 적부터 내 몸에 흥미진진했다. 금방 스커트를 들추고 팬티를 내리려고 들고, 틈만 나면 가슴을 만지려고 했다.

그때마다 때려서 쫓아냈다.

잠시 학교를 다니던 무렵, 남자애들이 놀리길래 때렸더니 그 애는 두 번 다시 건방진 소리를 하지 않게 되었다. 하지만 루데우스는 전혀 움츠러들지 않았다.

루데우스밖에 없다는 어머니 말씀의 의미를 강하게 실감했다.

그에게 버림받으면 나는 평생 혼자라고 생각했다.

보수라도 좋지 않나 생각했다. …함께 있을 수 있다면.

나는 슬며시 루데우스의 방으로 돌아갔다.

내 모습을 본 그는 개구리처럼 엎어졌다. 자기가 잘못했다고 사과했다. 각오가 부족한 건 내 쪽이었는데….

그런 그를 향해 나는 거만하게 앞으로 5년 기다리라고 말했다. 당시에는 그 정도면 될 거라고 생각했다. 어른스러운 루데우스라면 기다려 줄 거라고 생각했다.

그때 나는 그를 좋아하게 되었다.


하지만 곧 사태는 급변했다.

영문 모를 곳으로 날아가서 눈을 떠 보니 눈앞에 스펠드족이 있었다.

벌을 받는 거구나 싶었다. 여태까지 멋대로 군 벌이 내렸다고. 응석만 부리면 스펠드족이 와서 잡아먹을 거라고 어머님은 몇 번이나 말씀하셨다. 그러니까 나는 이 악마에게 잡아먹히는구나 싶었다.

하다못해 그때 루데우스에게 허락하는 게 나았을 것을.

본격적인 것은 열다섯 살이 된 뒤라도 좋다. 루데우스가 만족할 때까지 내가 참으면 될 뿐이었는데.

나는 울면서 소리치고 지면에 웅크렸다.

도와준 것은 길레느도 할아버님도 아니라 루데우스였다.

그는 스펠드족과 이야기를 나누었다. 자기도 불안하기 짝이 없을텐데 연상인 나를 위로하고 달랬다. 정말 대단한 용기구나 싶었다.

또다시 좋아하게 되었다.

그 뒤로도 루데우스는 열심히 노력하였다.

새파란 얼굴을 하면서 마족과 말다툼을 벌였다. 밥도 제대로 먹지 않았다. 몸이 안 좋은 것을 숨겼다. 분명 내가 걱정하지 않도록 안 보이는 곳에서 힘들어했다.

그러니까 나는 참기로 했다.

소리치고 싶은 걸 참고 루데우스에게 맡기기로 했다. 최대한 평소처럼 행동하려고 했다. 하지만 도저히 참을 수 없을 때가 몇 번이고 있었다. 불안은 멈추지 않고 내 마음속에서 솟아났다.

힘든 상황에서 이 무슨 어린애 같은 모습일까 싶었다.

루데우스는 화내지도 않고 내 곁에 있어 주었다. 한 마디 핀잔도 없이 머리를 쓰다듬고 어깨를 껴안으며 위로해 주었다. 그럴 때에 그는 야한 짓을 일절 하지 않았다. 평소에는 그렇게나 껄떡거리면서도 그럴 때만큼은 내 몸을 필요 이상으로 만지려고 하지 않았다.

야한 짓은 그 나름대로의 장난일지도 모르겠다고 생각했다.

평소처럼 행동해서 날 안심시키려고 하는 걸지도 모르겠다고 생각했다.

그는 자신만이 아니라 나를 생각해 주었다.

나는 강해지자고 생각했다. 하다못해 루데우스에게 방해가 되지 않을 정도로. 내가 루데우스보다 잘하는 것은 검을 휘두르는 것뿐이다. 싸우는 것뿐이다. 그것조차도 동료가 된 루이젤드에게 아득히 미치지 못한다. 검뿐이라면 모를까, 마술을 구사하는 루데우스에게도 이길 수 없겠지.

루데우스는 그런 내게 경험을 쌓게 해 주었다.

분명 루데우스와 루이젤드뿐이었다면 더 간단히 마물을 쓰러뜨리고, 더 간단히 여행을 계속했을 게 틀림없다.

그렇게 생각하면 울고 싶어졌다.

루데우스가 그걸 깨달으면, 여행 도중에 나를 싫어하게 되면, 날 두고 갈지도 모른다. 그렇게 생각했다.

그러니까 필사적으로 강해졌다.

루이젤드에게 대련을 청하여 몇 번이나 당했다.

그때마다 루이젤드는 '알겠나?'라고 물었다.

그때마다 나는 길레느의 말을 떠올리며 끄덕였다.

합리, 그래, 합리다.

달인의 움직임에는 합리성이 있다. 자기보다 강한 이를 보면 일단 잘 관찰해라.

루이젤드는 강하다. 아마도 길레느보다 강하다.

그러니까 나는 보았다. 일단 그의 움직임을 보고, 내가 할 수 있는 걸 흉내냈다.

루이젤드는 강해지려는 나를 거들어 주었다. 밤중에 루데우스가 지쳐서 잠든 뒤에 싫은 얼굴 한 번 하지 않고 연습에 어울려 준 적도 있었다.

특훈도 했다.

루이젤드는 당연한 듯이 나를 때려눕혔다. 아이를 좋아하는 그가 나를 때려눕히는 건 괴로운 일이었을지도 모른다.

내게 루이젤드도 스승이라고 부를 만한 존재였다.

여행을 시작하고 1년.

강해졌다고 생각했다. 길레느가 툭하면 합리, 합리, 했던 것을 이해했다고 생각했던 당시와는 달랐다. 루이젤드와의 대련으로 나는 합리의 진정한 의미를 이해했다. 여태까지 적당히 해도 된다고 생각했던 몸의 움직임 구석구석까지 의미가 존재했다. 하찮다고 생각했던 페인트나 여태까지 별 생각 없이 했던 선제공격의 의미도 이해했다.

그런 어느 날, 루이젤드에게 처음으로 한 판을 따냈다.

지금 생각하면 그는 다른 뭔가에 정신을 빼앗긴 것 같았다. 하지만 내게는 그런 빈틈이라도 상관없었다.

처음으로 한 판을 따냈다. 이걸로 짐이 될 일은 없어졌다. 루데우스의 옆에서 걸어갈 수 있다. 나는 그렇게 기가 살았다.

그런 내 콧대를 루데우스는 간단히 꺾어 주었다.

갑자기 마안을 손에 넣어오더니 너무나도 간단히 나를 쓰러뜨렸다.

루데우스에게 졌다. 그것도 마술 없이 정면승부에서.

쇼크였다. 이젠 그에게 이길 수 있는 게 하나도 없다. 비겁하다고 생각했다. 그런 건 반칙이라고 생각했다. 내가 몇 년 걸려 걸어온 길을 한 방에 뒤엎었다.

동시에 사실이 내 눈앞에 제시되었다.

나는 여전히 짐일 뿐이었다.

남몰래 울었다.

다음날 새벽, 바닷가에서 검을 휘두르면서 울었다.

루이젤드는 신경 쓰지 말라고 말해 주었다. 애초에 마안은 루데우스와 상성이 좋은 거고 너는 단련하면 더 강해질 수 있다, 재능이 있다, 그러니까 포기하지 마라, 그렇게 말해 주었다.

뭐가 재능인가.

길레느도 루이젤드도 거짓말만 한다.

그렇게 생각했다.

이 무렵에 루데우스가 크게 보였다.

너무 커서 똑바로 바라볼 수 없을 정도의 광채를 띤 걸로 보였다.

신격화란 것일까.

완벽한 인간이 누구냐고 한다면 틀림없이 루데우스라고 대답했겠지.

간신히 따라붙었다고 생각했지만, 무리라고 생각하고 어딘가에서 포기했다.

그게 변하기 시작한 것은 미리스 대륙에 넘어온 뒤였다.

기스를 만나고 세상에는 검이나 마법 이외에도 여러 기술이 있다는 걸 알았다.

배우려고 했지만 거절당했다. 그때는 왜 그러는 걸까 싶었다. 납득할 수 없었다.

그리고 미리시온에서 일어난 사건.

하다못해 나 혼자서라도 뭔가를 이뤄보려고 가장 간단한 고블린 토벌에 나갔다.

나도 혼자서 할 수 있다고 생각하고 싶었다.

그때 나는 처음으로 내 재능이란 것을 깨달을 수 있었다. 이상한 암살자 같은 상대와 싸워서 압승할 수 있었다. 어느 틈에 나도 성장해 있었다.

그리고 돌아왔더니 루데우스가 약해져 있었다.

사정을 물었더니, 이 도시에 파울로가 있고 루데우스에게 심하게 대했다는 모양이다.

울지는 않았지만 심하게 기운을 잃은 루데우스를 보고, 나는 그가 아직 두 살 연하의 아이라는 사실을 떠올렸다.

그런데도 이렇게 고집만 부리는 여자애의 가정교사가 되어서, 열 살 생일에 가족의 축하도 받지 못하고, 짐더미를 껴안고 마 대륙을 여행해서….

그리고 아버지에게 버림받았다.

도저히 참을 수 없었다. 아슬라 귀족의 말석에 이름을 올린

자로서 파울로 그레이랫을 베겠다고 결심했다. 파울로라는 사람이 얼마나 강한지는 아버지에게 자주 들었다. 검신류, 수신류, 북신류라는 세 유파를 상급까지 딴 천재 검사라고 했다.

그리고 바로 루데우스의 아버지.

하지만 못 이길지도 모른다는 생각은 하지 않았다. 루이젤드에게 배운 것은 내 안에서 확실히 힘이 되었다. 길레느에게 배운 검술과 루이젤드에게 배운 전투술.

두 가지를 합치면 못 이길 리가 없다.

못된 자에게 질 수는 없다.

하지만 루이젤드가 날 제지했다. 왜냐고 물었더니 이건 부자 싸움이기 때문이라고 했다.

루이젤드가 자기 아들 일로 안타까워하는 것은 들었다.

그러니까 이번에는 루이젤드의 말에 따르기로 했다.

지금 와서 생각해 보면 루데우스도 이러니저러니 하면서 파울로 이야기를 할 때는 즐거운 모습이었다. 사이좋은 부자가 조금 틀어졌을 뿐. 그렇게 생각하면 딱 이해되는 바가 있었다.

하지만 당시의 나는 납득할 수 없었다.

결국 루데우스와 파울로는 화해했다. 루이젤드의 말이 옳았다.

다시금 말하는데 납득할 수 없었다.

왜 루데우스가 아버지를 용서했는지 알 수 없었다.

그래, 용서했다. 그는 그런 못된 아버지를.

나라면 절대로 용서하지 않을 상대를.

루데우스는 그 점에 대해 많은 말을 하지 않았다. 루이젤드도 가르쳐 주지 않았다.

그들은 어른이다.


그 뒤로 중앙대륙으로 넘어갔다.

이 무렵이 되니 루데우스도 기운이 났는지 밥을 많이 먹게 되었다.

그리고 여전히 루데우스는 대단했다.

시론 왕국에서는 하루 만에 제3왕자와 친해져서 가족을 구출했다.

나를 보자면 루이젤드와 함께 날뛰었을 뿐이다.

결과적으로 생각 없이 날뛴 것이 루데우스를 돕게 되었지만….

그는 '저는 아무것도 안 했어요.', '덕분에 살았습니다.' 같은 말을 했지만, 그 모습을 보면 혼자서 죄다 해결한 게 틀림없었다.

루데우스는 컸다.

너무나도 컸다. 그렇게 커다란 그는 어느 날, 용신과 만난 날에 더욱 커졌다.

용신과의 대결. 나와 루이젤드가 그 공포의 상징 같은 그에게 몸을 떨 때, 루데우스만은 태연했다.

루이젤드가 꼼짝도 못 한 상대에게 한 방 먹이기도 했다.

그때 쓴 마술은 내 눈에 보이지 않았다.

루데우스는 스톤 캐논이라고 말했지만, 여태까지 그렇게 엄청난 스톤 캐논은 본 적 없었다.

전력을 다한 루데우스는 대단했다.

세계 최강이라고 일컬어지는 용신과 싸울 수 있었다.

그렇게 생각한 다음 순간, 루데우스는 죽었다. 나는 그 순간까지 우리와 죽음은 상관없다고 생각했다. 루데우스는 강하고 절대로 죽지 않는다. 그가 지켜 주는 한 나도 죽지 않는다. 루이젤드도 있으니 안심. 그렇게 생각했다.

착각이었다.

혹시 그 용신의 일행인 소녀가 변덕을 부리지 않았다면, 혹시 용신이 치유 마술을 쏠 수 없었다면 루데우스는 사라졌겠지.

무서워졌다.

나는 발목만 잡으며 그의 짐이 되었다.

그래, 거듭 느꼈다.


그래도 나는 루데우스를 신격화했다.

왜냐면 그는 죽을 뻔했으면서도 천연덕스러웠으니까. 뿐만 아니라 또 그 용신과 싸우는 것을 상정하며 훈련을 쌓았다. 죽을 뻔했던 사흘 뒤에 말이다.

나는 그걸 이해할 수 없었다.

이해할 수 없었지만, 아무튼 무서워서 그의 곁에 있었다. 옆에 없으면 사라질 것만 같았다. 날 두고 갈 것만 같았다.

그리고 루이젤드와 헤어졌다.

루이젤드는 용신에게 이기는 게 무리라고 말했지만, 마지막 순간에 가르쳐 주었다.

용신이 쓴 기술을 떠올리게 해 주었다. 눈에 박힌 그 광경, 용신의 움직임, 내 공격을 받아흘린 기술. 그 중에서 나는 합리성을 찾아냈다. 용신은 정체불명의 괴물이 아니었다.

인간의 기술을 쓰는 달인이었다.


그리고 마지막으로.

집에 도착해서, 아무것도 없다는 사실을 알았다.

아버지와 할아버지, 어머니의 죽음을 알았다. 슬펐다. 너무나도 힘든 고생을 하며 돌아왔는데 내게는 아무것도 없었다. 집도, 가족도 없었다. 길레느와 알폰스는 있었지만, 왠지 남처럼 서먹서먹했다.

그래, 내게는 루데우스밖에 없었다.

그러니까 나는 그와 가족이 되려고 했다.

조급해져 있었다.

그의 일은 이제 끝나가고 있었다. 계약기간은 5년이라서 이미 지났다. 나를 데려다준다는 일도 끝났다. 그의 가족은 아직 다 찾지 못했다. 그는 당장이라도 여행을 떠나겠지. 나를 놔두고.

그렇게 생각했다.

그를 붙잡기 위해 몸을 이용했다.

그는 처음에 떨떠름해했다. 받아주지 않는 걸까 싶었다.

루데우스는 내 속옷에 흥미를 보였지만, 결코 내가 목욕하는 걸 엿보거나 하지 않았다. 미리스 대륙으로 가는 배 안에서도 마음만 먹으면 얼마든지 만지거나 벗길 수 있었는데 그러지 않았다.

그러니까 몸에는 흥미가 없는 걸지도 모른다고 생각했다.

검술 수행만 했으니까 나는 다른 애들보다 여자다움이 부족하고. 아무리 밝히는 루데우스라도 이런 걸 실제로 안는 건 싫을지도 모른다고 생각했다.

그렇지 않았다.

루데우스는 아주 흥분했다. 그런 루데우스를 보며 나도 흥분했다.


그리고 처음으로 몸을 겹쳤다.

나는 처음에는 아팠지만, 차츰 기분 좋아졌다. 반대로 루데우스는 처음에는 기분 좋아했지만, 갈수록 약하고 힘겹고 부러질 것처럼 되었다.

그래서 깨달았다. 또 깨달았다.

루데우스는 나보다 어리다.

물론 나를 여자로 만들어 준 것은 대단했지만, 키는 물론이고 전체적으로 그는 작았다. 나보다도.

루데우스는 나보다 연하라고 그때 처음으로 이해했다.

루데우스는 이렇게 어린데 나를 계속 지켜주었다. 배에 탔을 때도 계속 힐링을 걸어 주었다. 배에서 내렸을 때 그는 많이 지쳐 있었다. 그렇게 기분 나쁜 탈것을 탔으니 그도 태연할 리 없었는데.

그래. 혹시 그 힐링이 없었으면 배에서 내렸을 때 루데우스는 수족에게 당하지 않았을지도 모른다.

그와 비교해서 나는 어떤가. 힘은 세졌고 검술도 나름 실력이 올랐다. 하지만 루데우스에 대해서는 별로 생각하지 않았다.

그의 거대함에 눈을 빼앗겨서, 자잘한 면에서는 눈을 돌렸다.

최종적으로는 가족을 잃은 불안을 방패로 루데우스에게 몸을 맡기고 자기 욕망에 따라 이런 짓을 하였다.

다시금 말하겠다.

나는 루데우스를 사랑한다. 하지만 나는 루데우스와 어울리지 않는다. 나는 루데우스에게 짐밖에 안 된다.

가족이 되었지만, 그 이상의 관계는 될 수 없다.

부부는 될 수 없다. 그의 말처럼 남매 정도가 딱 좋겠지.

나는 그에게 어울리지 않는다. 함께 있어도 계속 그의 다리를 붙잡겠지.

잠시 동안 루데우스와 거리를 두는 편이 좋겠다.

자연스럽게 그렇게 생각했다.

루데우스와 함께 있으면 나는 그에게 의지하게 되겠지. 그 감미로운 감각은 아직도 뱃속에 남아 있다. 조금 부족할 정도다.

이런 얕은 생각은 그레이랫 가문 특유의 것이다. 의외로 루데우스는 그런 방향으로 강하지 않을지도 모른다. 노력하려는 루데우스를 그런 방면으로 휘둘리게 만들지도 모른다.

그건 안 되는 짓이다.

그렇긴 해도 나는 역시 그를 좋아한다.

알폰스의 말처럼 다른 남자에게 시집갈 마음은 없다. 애초에 이제 와서 귀족 자녀답게 살라는 것도 무리다. 얼굴도 모르는 영민을 위해 조력하라고 해도 와 닿지 않았다. 애초에 왜 내가 그런 짓을 해야 하는지 이해할 수 없었다.

할아버님도 아버님도 어머님도 이제 안 계신다.

피트아령도 이제 없다.

그럼 나도 '보레아스'라는 이름을 버리자. 그래도 사울로스 할아버님의 손녀로, 아버님와 어머님의 딸로, 강철 같은 의지로 살아가야지.

강해지자.

거듭 그렇게 생각했다.


그와 헤어져서 더욱더 수행을 쌓자.

하다못해 루데우스와 어깨를 나란히 할 수 있을 정도까지. 그에게 못 이겨도 좋다.

하지만 하다못해 루데우스에게 어울리는 여자가 되자. 쫄랑쫄랑 따라갈 뿐이라고 손가락질 받지 않을 정도의 여자가. 나로서는 루데우스처럼 똑똑하게 사는 건 무리다.

그러니까 힘을 기르자.

길레느도, 루이젤드도, 기스도 말했다.

내게는 검술의 재능이 있다. 루데우스와 만난 뒤로 여태까지 한 번도 스스로가 강하다고 생각한 적 없었다. 하지만 나를 성장시켜 준 그들의 말을 믿자.

길레느의 권유에 따라서 검의 성지로 가자.

거기서 강인한 검사가 되는 거다.

검사와 마술사.

남자와 여자가 반대다.

하지만 우리는 그거면 된다.

성장하고 강해져서 다시금 만난다면.

그때야말로 가족보다 한 걸음 나아가서 부부가 되는 거다. 그의 자식을 낳고 행복하게 산다.

응, 그러자.


자, 하지만 뭐라고 말하고 헤어질까.

루데우스는 말주변이 좋다. 이러니저러니 하면서 붙잡을지도 모른다. 나 혼자뿐이면 걱정된다면서 자기 일을 제쳐두고 따라오려고 할지도 모른다.

편지를 남길까….

하지만 나는 편지에 무슨 흔적을 남길지도 모른다.

그걸 보고 루데우스가 쫓아오면 큰일이다. 그는 나 같은 것에 신경 쓰면 안 된다. 더욱 더 앞을 갈 사람이다. 나도 그의 짐이 되기 싫다.

이럴 때에 이야기 속의 검사는 말없이 떠나간다.

하지만 루데우스는 그런 걸 싫어하겠지. 여행 동안에도 몇 번이나 보고, 연락, 상담이라고 입이 닳도록 말했다. 그에게 미움받고 싶진 않다.

좋아.

딱 한 마디만 남기고 가자. 그러면 루데우스는 분명 알아줄 거다.


## ★ 루데우스 시점 ★


굿모닝, 에브리원.

안녕, 좋은 아침이야, 동정 제군!

동정이 허락되는 건 초등학생까지인 모양인데, 너희는 괜찮나?

오오, 나는 틀렸어. 하하, 이제 곧 열세 살이니까. 환산하면 중학생이 되네, 하핫!

그리고 안녕, 비동정 제군!

오늘부터 나도 너희의 동료다! 이른바 리얼충이란 거지!

설마 나도 그쪽으로 들어갈 거라곤 생각도 안 했는데, 리얼충 초심자로서 따뜻하게 맞아줘. 부자는 몸을 사린다고 하니까 사이좋게 지내보자고!

여자의 몸보다 오나○ 쪽이 기분 좋다는 소문을 들은 적 있는데, 그거 거짓말이야.

오나○에는 이거라든가 저거라든가 입술이나 혀가 없으니까. 몸 전체로 맛보지 않으면 의미가 없어. 시각, 청각, 촉각, 미각, 후각, 모든 것이 충족되는 것이 거기에 있었어.

아니, 뭐라고 할까.

한 번 안은 정도로 남자친구 행세하지 말라는 말이 있지.

무슨 말을 하고 싶은 건지는 알아.

하지만 뭐라고 할까. 그녀의 허리 근처에 손을 두르고 꼭 껴안잖아. 그러면 그녀는 내 등에 팔을 두르고 꼭 마주 안아 주지. 귓가에 들리는 거친 숨소리, 얼굴을 보면 딱 얽히는 시선. 입가를 핥으면 그녀도 혀를 내밀고 위도 아래도 대홍수.

으음, 서로가 서로의 것이 되었다는 느낌이 들어서 허슬입니다.

정신적 충족이라고 할까?

서로를 원하고 내준다. 익숙한 사람이라면 그걸로 착각하지 말라고 생각하겠지.

하지만 나 같은 초심자에게는 무리야. 남자친구 행세를 하게 돼. 그리고 서로 초심자라면 문제도 없어. 에리스도 여자친구 행세를 하고 싶어지겠지.

어차차. 실례. 동정 제군에게는 다소 자극이 너무 강한 화제였을까.

미안, 미안. 나도 말이지, 조금 더 차분하게 갈까 생각했는데.

체감 시간으로는 47년. 갈망해 마지않았던 것을 손에 넣고 조금 들뜬 모양이다. 어차, 이 경우에는 넣어서가 아니라 버려서인가?

예전에는 혹시 내가 그렇더라도 쿨하게 가자고 생각했는데. 하하하, 나란 놈은 좀처럼 컨트롤이 안 되네!

어차, 벌써 이런 시간인가.

실례, 그녀와의 아침 대화 예정이 있어서.

으음. 리얼충이란 건 정말로 바쁘네. 특히나 밤의 예정이 바빠!

분명 오늘 밤에도 비스트 모드로 버닝 타임이야. 어쩌면 낮부터 바빠질지도 모르지.

자, 에리스, 아침이야. 일어나, 안 일어나면 장난친다.

어라, 없네.

침대 옆자리는 비어 있었다.

그녀는 일찍 일어나니까. 첫날 밤 아침은 침대 안의 대화와 커피 브레이크라고 정해져 있는데. 정말이지 부끄럼도 많이 탄

다니까.

"여차."

일어났다.

허리 근처에 기분 좋은 나른함이 돌아왔다. 그 덕분에 어젯밤의 일이 꿈이 아니라고 생각했다. 실로 기분 좋았다.

일단 벗어던진 옷을 입었다. 바지는 보였지만 속옷이 없었다.

어쩔 수 없으니 노 팬티로 바지를 입고, 침대 옆에 에리스의 팬티가 있었기에 주머니에 넣었다. 겉옷을 걸치고 크게 기지개를 켰다.

"으음, 좋군."

이렇게까지 상쾌한 아침은 그리 없겠지.

그때 나는 바닥에 어질러진 것을 발견했다.

빨간 게 흩어져 있었다.

"어…?"

머리카락이었다.

새빨간 머리카락이 바닥에 마구 떨어져 있었다.

"뭐야… 이거…."

나는 그 머리카락을 한 오라기 집어서 냄새를 맡아보았다. 어젯밤에 잔뜩 맡았던 에리스의 냄새가 났다.

"어…?"

혼란스러워하면서 시선을 앞쪽으로 보냈다.

그러자 거기에는 종이가 한 장 놓여 있었다.

주워들어서 거기 적인 글을 읽었다.

'지금의 나와 루데우스는 어울리지 않습니다. 여행을 떠나겠습니다.'

그 의미를 나는 차근차근 곱씹었다.

1초. 2초. 3초.

방을 뛰쳐나갔다.

에리스의 방을 보았다. 짐이 없었다. 곧바로 밖으로 달려갔다.

본부에 들어갔다.

알폰스를 발견했다.

"아, 알폰스 씨, 에리스는?!"

"길레느와 함께 여행을 떠나셨습니다."

"어, 어디로?"

그렇게 묻자, 알폰스는 다소 차가운 눈으로 나를 보았다. 그리고 천천히 입을 열었다.

"루데우스 님에게 말하지 말라는 당부가 있었습니다."

"어…. 그런, 가요?"

어라?

　왜…?

　　　　영문을 모르겠다.

나는 왜 차였지?

아니, 버림받았나?

날 두고 갔어?

어라?

　가족…?

어라?

1주일 정도 멍하니 지냈다.

때때로 알폰스가 와서 내게 뭔가 일을 지시하였다.

피트아령에는 아무것도 없다고 생각했는데, 자잘한 개척촌은 조금씩 늘어나는 모양이었다.

난민 캠프에서 조금 이동한 곳에서 밀 재배가 시작되었다.

나는 알폰스가 시키는 대로 마을 주위에 흙 마술로 방벽을 세우거나 제방이 없어져서 범람하려는 강에 제방을 만들었다. 부흥은 느리긴 해도 진행되었다.

물론 본격적인 개척은 미리시온에서 대규모의 이민이 끝난 뒤가 되겠지.


에리스는 사망한 걸로 처리한다는 모양이었다.

에리스 보레아스 그레이랫은 없어지고, 단순한 에리스가 탄생한 것이다.

그 바람에 여러모로 힘들어질 것 같으니 정식 발표는 몇 년 뒤라고 알폰스가 말했다. 다리우스인가에게 지원이라도 받고 있나.

뭐, 아무래도 좋다.

에리스가 없어졌어도 알폰스는 아무 일도 없었다는 얼굴을 하고 있었다.

에리스가 도망쳐서 아쉽네요, 라고 농담처럼 말해 보았더니 "어찌 되었든 저는 피트아령을 부흥시킬 뿐입니다."라는 태연한 대답이 돌아왔다.

사실은 계속 더 질문을 하고 상황을 알아야만 했을지도 모른다.

하지만 에리스가 없는 이상 정말 아무래도 좋은 기분이었다.

이미 권력 다툼이고 뭐고 멋대로 하라는 느낌이었다.


그리고 내가 1주일 동안 무슨 생각을 했냐 하면.

에리스가 없어진 이유를 계속 생각했다. 그 날 밤 내 언동이나 행동을 돌이켜보았다.

하지만 돌아보아도 핑크색 장면밖에 떠오르지 않았다. 내 기억은 모두 그 순간에 덧씌워졌다.

어쩌면 내가 서툴렀기 때문일까. 욕망에 따라 덮쳤으니까 환멸을 샀을까. 아니, 그건 이상하다. 내가 덮치긴 했지만 유혹한 건 에리스였다.

아니, 그런 말 말자.

내게 정나미가 떨어진 것이다.

생각해 보면 3년 동안 여행 도중에 실패만 했다.

결과적으로 잘 풀린 적도 많았지만, 루이젤드에게 도움을 받았다. 그런 상대와 앞으로 2년 동안 함께 다녀야 한다면 에리스도 싫었겠지. 그러니까 약속을 미리 끝마치고 작별한 것이다.

뭔가 의미 있는 듯한 태도를 취한 이유는 모르겠지만….

아무튼 그렇게 결론을 지었다.

결국 나는 하나도 성장하지 않았다. 그런 내게 정을 떼더라도 어쩔 수 없겠지.

그렇게 체념했을 때 문득 떠올랐다.

"아, 그래. 제니스를 찾아야지…."

이렇게 나는 중앙대륙의 북부로 여행을 떠났다.

## 막간  만나 버린 두 사람

록시 미굴디아는 크라스마 시에 도착했다.

크라스마 시는 마대륙 북서쪽 끝에 위치한다.

크라스마 시는 리카리스 시 정도는 아니라도 번영한 곳이었다.

언뜻 보면 아무런 특징도 없는, 어디에나 있는 평범한 도시지만, 사실 이 부근에 군림하는 마왕은 해인족과 사이가 좋아서 교역이 있었다. 크라스마 시는 그 교역의 거점이며 해인족의 물자와 마족의 물자가 모이는 장소다.

해인족이 가져오는 해산물과 마대륙 특유의 자극성 강한 향초.

크라스마 시에서는 이 두 가지가 어우러진, 아주 맛있는 요리를 맛볼 수 있다.

마대륙 안에서 1~2위를 다투는 맛있는 식사가 자랑이라고 할 수 있겠지.

참고로 거기와 다투는 곳은 웰포트다.

"여기 요리는 술과 잘 어울리는군!"

이 도시에 온 뒤로 탈핸드는 기분이 좋았다.

크라스마 시에는 마대륙의 독한 술만이 아니라 해인족의 달달한 술도 있었다.

드워프인 탈핸드는 주당이었다. 즐거운 술이라면 아무리 맛없는 술이라도 괜찮다면서, 주점에 가면 반드시 그 자리에 있는 거친 술꾼들과 의기투합해서 물마시듯이 술을 마셔댔다. 주점은 어디에도 있고, 선심 좋은 남자들은 어디에도 있다. 거기에 맛있는 요리가 어우러지면 탈핸드에게 낙원이라고 할 수 있겠지.

물론 나잇살이나 먹고도 애들 음식을 즐기는 록시에게는 이

도시의 요리가 별로 맞지 않았다.

애초에 마대륙의 요리는 입에 맞지 않았다. 그러니까 그게 아무리 진화했더라도 맛있게 생각되지 않았다. 그녀는 단 음식을 좋아했다.

하지만 해인 특유의 달달한 술, 그건 좋았다.

기본적으로 술은 쓴 것이라는 인식의 록시에게 달콤한 술이란 충격이었다.

향기를 맡으면 바다내음이 후욱 퍼지고, 입에 머금으면 뭐라고 할 수 없는 단맛이 입 안 가득 퍼진다. 뒷맛으로 아주 살짝 짠맛이 남지만, 거기에 안주를 먹으면 잘 넘어갔다.

"흐음, 흐음, 신기한 일이군! 록시도 마시고 있나!"

"예, 먹고 있습니다."

"오늘은 기분이 좋아! 주인장, 술통 가져와! 드워프가 마시는 법을 가르쳐 주지!"

탈핸드는 술을 마시는 록시를 보며 기분 좋게 추가 주문을 했다.

이럴 때에 마대륙의 저렴한 물가가 고맙다고 록시는 생각했다.

아무리 대량으로 먹고 마셔도 아슬라 동화 한 닢만 있으면 충분하니까.

"영감, 아주 잘 마시는데!"

"잘 마신다! 잘 마셔! 쭈욱! 쭈욱!"

"역시나 드워프야!"

"어이, 승부다, 짜식아! 주인장, 나도 술통으로 가져다줘!"

통 단위로 마시기 시작하는 탈핸드에게 자극받아서 다른 손님들도 마시기 시작했다.

참고로 이미 엘리나리제는 의기투합한 남자들과 밤거리로 사라졌다.

록시는 평소라면 다소 소외감을 느꼈겠지만, 어느 틈에 옆에 앉은 소녀와 함께, 신나게 마시는 탈핸드를 칭찬했다.

"와하하하! 기분 좋은 드워프로군! 통이잖아, 통! 드워프는 어느 세상에서도 변함없군! 어때, 너는 그렇게 생각하지 않느냐?"

"예, 그렇군요."

"오오, 시작했군. 자, 쭈욱 마셔라! 쭈욱! 쭈욱!"

"쭈욱, 쭈욱!"

탈핸드는 당당한 태도로 덩치 큰 마족과 나란히 술통을 껴안고 꿀꺽꿀꺽 술을 마셨다.

뚱뚱한 몸이라고 해도 대체 저게 어디로 다 들어가는 걸까.

한 아름은 되는 술통을 다 비우더니 꺼억 숨을 내뱉었다.

곧바로 다음 술이 나왔다.

"어이, 술이 늦잖아!"

"시끄러! 다 떨어졌다고!"

"없으면 옆집에 가서 사 와!"

"오오, 그런 수가 있었군! 좋았어, 너 얼른 가서 사 와!"

"맡겨 줘! 너희들, 돈 모아, 돈! 오늘은 끝까지 마셔 보자!"

"오오오오오!"

그런 식으로 돈주머니가 돌았다.

"하하! 아가씨, 가엾은 주정뱅이에게 자비를!"

"예, 오늘은 제가 사겠습니다!"

록시는 돌아온 돈주머니에 녹광전을 하나 넣었다. 그걸 보고 남자는 끈적거리는 미소를 띤 채로 고개를 숙였다.

"역시나로군요, 아가씨! 씀씀이가 크셔!"

"후후, 당연하지, 않습니다."

둥실둥실 떠다니는 기분으로 록시는 거만하게 끄덕였다.

주고받는 대화는 평범하게 들리지만, 그녀도 취한 상태였다.

"후하하하! 짐도 오늘은 돈을 가지고 있지. 자, 받아라! 그리고 더욱 떠들어라! 오늘은 예의 차릴 것 없다!"

옆자리의 소녀 또한 품에서 고철전을 꺼내더니 돈주머니에 넣었다.

평소에는 잘난척하며 겨우 '고철전이냐!'고 비웃었을 테지만, 돈주머니를 든 녀석도 취해 있었다.

"우헤헤헤! 감사합니다, 어르신! 오늘은 이 녀석들 토할 때까지 먹여 보겠습니다!"

"좋아, 좋아, 마음껏 토해 봐라!"

소녀는 거만하게 끄덕였고, 남자는 주위를 돌면서 계속해서 돈을 모았다.

"좋구나, 좋아, 이 분위기, 옛날 생각이 난다!"

소녀가 언제 록시의 옆에 앉았는지 록시는 기억나지 않았다.

어느 틈에 소녀는 옆에 앉아서 엘리나리제가 남긴 것을 우물 우물 먹고 있었다.

록시는 신경 쓰지 않았다. 취했기 때문이다.

"자, 한 잔 하시죠."

"오오, 미안하구나. 아니, 그렇긴 한데 즐거운 분위기를 느끼고 와 보길 잘했다. 꿀꺽꿀꺽. 후우, 너는 안 마시는 거냐!"

"마시고 있습니다."

"더 마셔라!"

"더 말입니까, 어쩔 수 없군요…."

록시도 소녀가 시키는 대로 꿀꺽꿀꺽 잔을 비웠다.

"푸하."

"예이, 아가씨에게 한 잔 추가!"

"아, 고맙습니다."

쿵 소리와 함께 테이블에 잔을 내려놓자, 어딘가에서 밝은 분위기의 남자가 나타나서 술을 따랐다.

정말로 이 달달한 술은 얼마든지 마실 수 있었다.

"너도 제법 말술인 모양이구나! 아직 어린데도 대단한 일이로다!"

"아직 어리다니, 당신에게 그런 말을 들을 정도는 아닙니다."

록시는 소녀를 뚫어져라 보았다.

무릎까지 오는 부츠, 가죽 핫팬츠, 가죽 튜브탑. 푸르스름한 피부에 쇄골, 굴곡 없는 몸, 배꼽, 넓적다리, 풍성하게 곱슬거리는 보라색 머리칼과 염소 같은 뿔.

어디를 봐도 자신보다 연하였다.

"후후, 아부는 됐다. 내 나이 정도는 헤아리고 있다!"

이런 종족이 있었나? 평소의 록시라면 그렇게 생각했겠지만 지금은 생각하지 않았다.

취했기 때문이다.

"저도 제 나이는 알고 있습니다. 자, 한 잔 더."

"오오, 미안하구나. 하지만 근래 수백 년 동안 술도 아주 맛있어졌군. 예전에 마대륙에 이렇게 달달한 술은 없었는데."

"해족의 술인 모양이군요. 여기 마왕님이 거래한다던데."

"뭐라고! 바구라하구라 녀석, 짐 몰래 그런 짓을! 용서할 수 없다!"

"좋지 않습니까, 예의를 차리지 않는다고 했죠."

"오오, 그랬지. 오늘은 예의 차릴 것 없다!"

마왕 바구라하구라는 이 근방 일대를 군림하는 마왕이다.

뚱뚱하게 살찐 돼지 머리의 마왕으로, 음식과 술에 대해선 마대륙에서도 제일가는 지식을 가졌다고 한다. 온건파지만, 라플라스 전쟁에서 급선봉으로 참가. 인간의 영지에서 여러 식재료나 술을 닥치는 대로 빼앗아서 '약탈마왕'이라는 칭호를 얻었다.

"우오오, 쓰러졌다!"

"우우우웁, 다음은 누구냐, 누구든 좋아. 뭣 하면 두 녀석이 한꺼번에 덤벼."

"누구, 누구 없냐!"

탈핸드는 어느 틈에 상반신을 벗어부치고 테이블 위에 떠억 걸터앉아서 술통에 팔꿈치를 짚으며 관록을 보이고 있었다.

거기에 나선 것은 옆에 앉은 소녀였다.

"좋아, 짐에게 맡겨라!"

"뭐야, 아가씨. 나한테 이기겠다고? 앞으로 20년 지난 뒤에 나서는 편이 좋지 않을까?"

"와하하하하! 멍청한 드워프! 짐은 이래보여도 이미 300년은 살았다! 20년 정도로 뭐가 달라질까!"

"그래, 그래, 그거 미안하군. 그럼 덤벼 봐!"

"좋아…. 어디, 그 전에 이름을 들어 주마! 짐에게 도전한 어리석은 자로 기억해 주마!"

"'험준한 봉우리의 탈핸드'다."

"그래! 너를 쓰러뜨린 것은 '마안의 마제 키시리카 키시리스'니라!"

그리고 키시리카와 탈핸드의 싸움이 시작되었다.

추가로 구입한 술은 순식간에 다 떨어지고, 두 차례, 세 차례 모금이 있었다.

록시는 자기 책임이라는 듯이 녹광전을 다섯 닢 정도 주어서 심부름을 보냈다.

덩치 좋은 남자들이 술을 대량으로 들여와서 다 같이 나누고 탈핸드와 키리시카가 술통을 비웠다.

록시는 심판이었다. 뭘 어떻게 판정하면 되는지는 몰랐지만, 가운데에 앉아서 술을 마시면서 몇 잔 마셨는지 세는 담당이었다.

"마흔 잔째입니다."

운명의 순간.

그 순간까지 승부는 팽팽한 것처럼 보였다.

보다시피 드워프인 탈핸드는 그렇다고 해도, 마제라고 말한 어린 외모의 키시리카는 그 몸의 어디에 술이 들어가는 걸까….

아무도 깨닫지 못했던 것은 다들 취했기 때문이었다.

그리고 승부가 났다.

"우웁… 꺼흡…."

탈핸드가 기묘한 소리를 낸 순간 입에서 분수처럼 숨을 토했다.

그리고 완전히 통처럼 된 배를 싸안고 쓰러졌다.

테이블 위에서 바닥까지 쿵 소리를 내며 떨어지고 입에서 술 냄새 나는 액체를 꿀럭꿀럭 흘렸다.

"짐의 승리로군!"

"우오오오! 대단해! 술 먹기 승부에서 드워프를 이겼어!"

"짐의 이름은 키시리카, 마계대제 키시리카 키시리스니라! 짐의 이름을 말해 봐라!"

"키시리카! 키시리카! 키시리카!"

"이 세상에서 제일 대단한 게 누구냐!"

"키시리카! 키시리카! 키시리카!"

키시리카의 승리의 함성과 동시에 합창이 시작되어 키시리카는 기분이 아주 좋아졌다.

"아하하하하하! 아하하하하하!"

"좋아, 좋아!"

"벗어라! 벗어라!"

그 뒤의 일을 록시는 잘 기억하지 못한다.

록시도 취해서 정신이 없었다.

동료가 쓰러졌으니 적을 쓰러뜨려야 한다고 생각하면서도 그럴 수도 없이 의식은 흐려졌다.

마지막에 본 것은 카운터 위에서 알몸으로 춤추는 키시리카의 모습이었다.


다음날 록시는 눈을 떴다.

"으윽…"

꽝꽝 울리는 머리, 자기가 내뱉는 술 냄새에 얼굴을 찌푸렸다.

즉각 술을 해독하는 주문을 써서 몸에서 술기운을 빼고 머리에 힐링을 걸었다.

주위를 둘러보니 주점이었다. 난투라도 있었는지 테이블은 부서지고 술병은 깨지고, 그리고 대량의 빈 통이 굴러다녔다.

"으윽, 과음했군요…."

기억은 흐릿했지만, 과음했다는 기억은 또렷하게 남아 있었다.

옆을 보니 상반신이 알몸인 탈핸드가 흰자위를 까뒤집고 굴러다녔다.

순간 죽은 건가 싶었는데, 드워프가 술을 먹고 죽을 리가 없다.

혹시 여기서 죽었더라도 그들은 어렸을 적에 술에 빠져 죽고 싶다고 한 번쯤은 꿈꾸는 모양이니까 바라는 바겠지.

록시는 다시금 주위를 둘러보았다.

정말이지 시체들이 첩첩이 쌓여 있었다.

술에 강한 종족도, 술에 약한 종족도, 죄다 나뒹굴고 신음소리를 내고 있었다. 그 중에는 돈을 모으던 남자도 있었다. 다들 만취해서 숙취에 시달리고 있었다.

치유 마술도 못 쓰면서 그런 식으로 마셨기 때문이라고 록시는 생각했다.

그리고 그런 도중에 서 있는 사람이 두 명 있었다.

"그러니까 변상이야, 변상. 이렇게 엉망으로 만들면 장사를 못 하잖아."

"아니, 저기, 그러니까."

"뭐야? 못 낸다고? 어이, 네가 산다고 그랬잖아?"

"그게 말이다, 처음에 낸 걸로 충분할 거라 생각해서…."

화내는 주인과 풀 죽은 키시리카의 모습이었다.

"돈이 없어?"

"아니, 저기, 미안하다, 빈털터리구나…."

"그럼 노예시장에 파는 수밖에 없지."

"뭐라고! 짐을 팔다니…! 잠깐, 잠깐, 지금 당장 하구라에게 연락을 취할 테니 잠깐만."

"못 기다려. 그러고서 도망치려는 거잖아."

록시는 한숨을 내쉬고 자기 품을 뒤졌다.

그리고 금화주머니를 꺼내어 안을 확인한 뒤 얼굴을 찌푸렸다.

술에 취한 김에 계속해서 술을 샀던 모양이다.

'아니, 실제로 마신 건 탈핸드 씨니까요.'

록시는 그렇게 변명하면서 기절한 탈핸드의 허리에서 금화주머니를 빼냈다.

안을 보아 충분한 돈이 있는 것을 확인한 록시는 일어섰다.

어깨 근처에서 쉰내가 나서 얼굴을 찌푸리면서 주인에게 다가갔다.

"여기 돈입니다."

"음?"

록시는 금화꾸러미에서 녹광전을 여섯 닢 정도 꺼내어 주인에게 쥐어주었다.

"조금 부족하군."

"이 가게의 술을 죄다 마셔 없앴으니까 매상도 올랐겠죠?"

"…뭐, 좋아."

주인은 그렇게 말하고 발길을 돌려 주방으로 돌아갔다.

록시는 한숨을 내쉬면서 금화주머니를 탈핸드의 배 위로 던졌다.

"오오… 오오오…. 미안, 미안하구나!"

키시리카가 바들바들 떨면서 록시를 올려다보았다.

록시는 그걸 내려다보면서 옛날에 촌장에게 들은 바 있는 마계대제의 이야기를 떠올렸다.

조금 이미지와 달랐지만 특징은 흡사했다.

장수하는 종족이라면 외모와 나이가 일치하지 않아도 이상하지 않다. 어젯밤에는 취했으니까 신경 쓰지 않았는데, 마왕과도 친한 모양이었다.

"실례. 지금 다시금 묻겠습니다만, 마계대제 키시리카 키시리스 님 본인이 틀림없습니까?"

"음? 오오, 그렇도다. 최근에는 믿어 주지 않는데. 그대의 이름은?"

"인사가 늦었습니다. 비에고야 지방의 미굴드족, 록시라고 합니다.”

록시가 이름을 대자 키시리카는 고개를 끄덕였다.

“오오, 록시? 오, 알고 있지, 알고 있지. 루데우스의 스승 아닌가!”

“…루디를 알고 있습니까?”

“웬포트에서 우연히 만난 적이 있노라. 제법 재미있는 남자던데!”

“그, 그렇습니까….”

대체 그가 자신에 대해 뭐라고 말했을지 의문스러웠지만, 록시는 구태여 묻지 않았다. 사실 키시리카는 여기에 오기 전까지의 정보에 따라 아는 척을 했을 뿐이지만, 록시는 그걸 몰랐다.

“흠, 루데우스에게도 도움을 받았고, 그대들은 정말 좋은 사제로구나. 그대에게도 도움을 받았다. 어디 상을 주지.”

상이라는 말에 록시는 가슴이 뛰었다.

마계대제가 하사하는 마안이라면 유명하다.

그 능력이 있기 때문에 마계대제는 마왕이 아니라 마제라고 불리고 인마대전을 일으킬 정도의 전력을 얻었다.

거기까지 생각하던 록시는 문득 어떤 사실을 떠올렸다.

“저기, 폐하의 마안으로 행방불명된 자를 찾을 수 있습니까?”

“응, 가능하지. 저번에는 우연히 바디와 만났으니까, 이 세상에서 내가 찾을 수 없는 자는 없다."

"그렇습니까…. 그럼 루데우스와 그 가족의 위치를. 그들은
현재 행방불명입니다."

록시는 망설이지 않고 말했다.

키시리카에게 받을 수 있는 마안은 아깝지만, 키시리카가 가
진 상위 마안 중 하나인 '만리안'이라면 이 세상에서 꿰뚫어볼
수 없는 것이 없다고 들었다.

"호오, 단 하나뿐인 소원을 남을 위해 쓰다니 기특한 녀석이
로고! 이런 세상만 아니었으면 마왕의 지위를 주어도 좋을 정도
다."

"아뇨, 그건 필요 없습니다."

"그런가, 그런가. 겸손한 녀석이로군. 어디…."

키시리카의 눈 색깔이 휘리릭 바뀌었다.

그리고 그녀는 여기저기로 고개를 돌리면서 끄덕였다.

"루데우스는 중앙대륙의 북부에 있다. 가벼운 차림으로 달리
고 있군. 훈련이라도 하고 있는 거려나."

록시는 거기에 고개를 끄덕였다.

아무래도 그는 그 전언에 따라 중앙대륙 북부를 찾기로 한
모양이다.

미리시온에서 그대로 베가리트 대륙으로 갈 가능성도 있을까
싶었는데, 역시 고향의 상태를 보고 싶었겠지.

"아버지는 미리시온에 있군. 메이드와 함께다. …흠, 이 메이

드는 리랴라고 하는 모양이군⋯. 음, 딸 둘도 같은 건물에 살고 있는 모양이다."

호오. 록시는 한숨을 흘렸다.

리랴와 아이샤는 아직 행방불명이라고 들었는데, 무사히 발견된 모양이다.

어쩌면 루데우스가 마대륙에서 발견하여 데려다준 걸지도 모른다. 데드엔드는 셋이었는데, 파티를 짜지 않았으면 달리 두 사람이 있었어도 알 수 없다.

"어머니는⋯ 조금 있어 봐라."

키시리카는 얼굴을 찌푸리며 눈에 힘을 넣었다.

그리고 보았다. 제니스가 어디 있는지를.

"베가리트 대륙, 미궁도시 라판⋯인가."

록시는 환한 얼굴을 했다.

여기서는 먼 곳이지만, 이걸로 전원의 생존이 확인되었다.

한두 명 죽어도 이상하지 않다고 생각했는데, 역시나 그레이랫 가문이라고 해야 할까.

운이 강한 모양이다.

"헌데⋯ 조금 이상하구나."

키시리카는 얼굴을 찌푸리며 빙글빙글 눈을 움직였다.

"무슨 문제라도?"

"아니, 흐음, 왠지 잘 안 보이는데."

"잘 안 보인다? 폐하의 눈을 가지고도 말입니까?"

"짐도 이젠 예전 같지 않아서 말이지…. 뭐, 가 보면 알겠지."

"그래선 곤란합니다만. 무슨 문제가 있으면 자세히…."

키시리카는 태연하게 말했지만, 록시는 더 자세한 이야기를 들으려고 했다.

여기까지 여행하는 도중에 난민이 비참한 꼴을 겪는 것을 목격했다. 마계대제의 마안을 가지고도 보이지 않는 상황. 그 내용에 따라서는 지금의 기쁨이 시들어 버릴 가능성도 있다.

"아니…. 그렇게 말해도 말이지, 안 보이는 것은 안 보인다. 오오, 그렇지. 어쩌면 미궁 안에 있을지도 모르지. 미궁도시이기도 하고, 짐은 가 본 적 없지만."

"미궁 안은 보이지 않습니까?"

"음. 베가리트의 미궁은 고농도의 마력으로 가득하니까."

록시는 생각했다.

제니스는 과거에 파울로나 엘리나리제, 탈핸드와 함께 미궁을 탐색했다고 들었다.

엘리나리제, 탈핸드의 실력은 여행 도중에 충분히 알았다. 그들과 여행을 함께했다면 미궁도 들어갈 수 있겠지.

하지만 왜 여태까지 연락도 없었을까. 이미 3년이나 지났는데….

"아무튼 살아 있는 거군요?"

"음, 그건 틀림없다."

록시는 그 말을 믿기로 했다.

어떤 이유가 있어서 미궁에 들어가야만 하게 되었을 거라 생각하고 록시는 고개를 숙였다.

"알겠습니다. 감사합니다."

"됐다, 됐다. 도움을 받은 답례니라."

키시리카는 거만하게 고개를 끄덕이더니 다소 비틀거리면서 술집을 나갔다.

그 날 오후.

아무 일도 없었던 것처럼 일어나서 해장술을 마시기 시작한 탈핸드와 목덜미에 대량의 키스마크를 달고 돌아온 엘리나리제.

두 사람과 함께 회의를 했다.

"마계대제를 만나다니 운이 좋았네요."

키시리카에 대해 말했을 때, 엘리나리제는 그러면서 조용히 웃었을 뿐이었다.

록시도 그리 큰 사건이라고 생각하지 않았다. 술집에서 취했을 때에 만났기 때문일까. 아니면 별로 위엄이 없었기 때문일까.

"하지만 이걸로 우리의 여행도 끝이로군."

탈핸드가 조금 아쉬운 듯이 말했다.

이제부터 미리스 대륙에 돌아갈 때까지 서둘러도 1년 정도 걸리지만, 여행의 목적은 달성했다.

파울로의 가족 전원의 생존을 확인했고, 마지막 한 명의 위치도 특정했다. 끝이다.

"록시는 어쩔 건가요?"

"저는 미리시온에 돌아가서 파울로 씨에게 이 사실을 이야기할 생각입니다."

"그래요, 그럼 도중에 헤어지겠네요."

엘리나리제와 탈핸드는 파울로와 얼굴을 맞대고 싶지 않은 모양이었다.

헤어질 때 크게 다툰 게 원인이라는 모양인데, 무슨 일이 있었는지에 대해서는 이야기해 주지 않았다.

록시도 별로 흥미가 없기에 끈덕지게 캐묻지 않았지만.

"흐음. 하지만 루데우스 혼자만 멀리 있나."

탈핸드는 턱에 손을 짚고 중얼거렸다.

그 말을 듣고 록시도 깨달았다.

이제부터 록시는 미리시온으로 돌아간다. 아마도 그대로 파울로를 따라서 베가리트 대륙으로 넘어가게 되겠지. 그러면 루데우스 혼자만 사정을 모른 채 중앙대륙 북부를 찾게 된다.

탐색 중이라서 소재지도 알 수 없으니 편지도 닿지 않는다.

"어떻게든 알리고 싶네요…."

엘리나리제도 그렇게 말하며 고민했다.

하지만 방법이 없었다. 중앙대륙 북부는 가까운 듯하면서도 멀었다.

록시도 생각했다.

루데우스는 우수하지만 아직 어리다.

지금 시기를 헛고생으로 보내는 건 가엾기도 했다.

가족과 합류하든, 지금 이대로 홀로서기를 하든, 하다못해 더 이상 찾지 않아도 된다는 한 마디만이라도 전하고 싶었다.

"거기에 짐이 짠짜라라잔!"

"그리고 나도 짠짜라라잔!"

갑자기, 갑자기 그 두 사람은 나타났다.

"이야기는 들었다!"

"훔쳐 들었지!"

쾅 소리와 함께 문을 열고 들어온 것은 체격 좋은 남자였다.

한눈에도 마족이라고 알 수 있는 흑요석 같은 피부에 여섯 개의 팔. 제일 위쪽의 팔은 팔짱을 꼈고, 가운데는 화살 모양을 만들어서 록시를 겨누었고, 아래쪽은 허리에 대고 있었다.

허리까지 오는 보라색 장발.

그리고 그 어깨 위에서 떡 가슴을 펴고 있는 것은 다름아닌 마계대제.

"좋아! 짐은 키시리카 키시리스! 사람들이 말하기를 마, 계, 대, 제!"

"그리고 그 약혼자, 마왕 바디가디!"

갑작스럽게 나타난 두 사람에게 놀라서 멍해진 세 사람.

일단 제일 먼저 반응한 것은 엘리나리제였다.

"어어, 또 만나네요, 오빠."

"후하하하, 최고의 하룻밤이었어, 누나!"

불끈 주먹을 쥐고 검지와 중지 사이에 엄지를 넣으면서 바디가 대답했다.

록시는 식은땀을 흘리면서 물었다.

"아, 아는 사이입니까?"

"저기, 일단, 그렇지요…?"

아무래도 어젯밤에 남자와 함께 주점을 나간 뒤에 엘리나리제는 다른 주점에 들어갔던 모양이다.

남자는 흑심으로 엘리나리제에게 술을 잔뜩 먹이고, 엘리나리제도 흑심으로 잔뜩 마셨다. 흠뻑 취한 엘리나리제는 그대로 여관으로 가서….

정신을 차리고 보니 이 시커먼 남자의 품 안에서 눈을 떴다는 모양이다.

그리고 왠지 모르게 그대로 돌입해서 오후까지 했다는 모양이다.

"어? 하지만 지금 약혼자라고…. 어라? 이, 인사가 먼저일까요?"

록시는 눈을 껌뻑거리면서 일단 고개를 숙였다.

"음, 록시, 고개를 들라. 바다는 인기가 있으니까 이런 일 따윈 일상다반사니라."

"음, 그렇다기보다 키시리카에게는 아직 물리적으로 무리니까 어쩔 수 없지!"

그런 프리덤한 발언에 록시의 뇌 처리능력이 따라갈 수 없었다.

최근에는 엘리나리제 탓에 꽤나 어른스럽게 자라는 록시지만, 마계대제의 약혼자인 마왕이 자신의 동료와 불륜이라면 이해의 범주를 넘어섰다.

"하지만! 그런 건 됐다!"

"음, 어차피 스쳐지나가는 관계고!"

솔직히 록시로서는 그렇게 신이 난 두 사람을 쫓아갈 수 있을 것 같지 않았다.

마왕 바디가디의 이름은 알고 있었다. 비에고야 지방에 군림하는 마왕이다.

'불사신의 마왕 바디가디'. 라플라스 전쟁에서 날뛰었던 '불사마왕 아토페'의 남동생.

라플라스 전쟁에서 온건파에 속하고, 키시리카 성에서 마왕 라플라스와 싸워서 패했다.

현재 행방불명이지만 높은 사람일 터였다.

"록시, 짐도 루데우스에게 빚이 있는 몸. 루데우스가 길을 헤매고 있다면 짐도 힘을 빌려 주지!"

"그렇긴 해도 내 권력을 사용하는 거니까 또 빚지는 거지만!"

혼란에 빠진 록시보다 먼저 탈핸드가 되살아났다.

그는 잔뜩 기른 수염을 쓰다듬으면서 의심 어린 시선을 키시리카에게 보냈다.

"괜찮겠습니까?"

"오오, 그대는 어제의 드워프! 괜찮다마다, 그렇지, 바디?"

키시리카가 머리를 탁 두드리자 마왕은 고개를 끄덕였다.

"음, 나도 키시리카가 틈만 나면 대단하다고 말하는 루데우스란 꼬맹이가 궁금했거든! 정말로 대단한지 이 눈으로 확인해 주지!"

"뭐야, 뭐야, 질투인가, 달링?"

"으음, 질투지, 허니."

"참나, 바디는 아직도 어린애구나. 짐이 사랑하는 건 그대뿐인데…."

"훗, 나는 사랑 위에 퍼져 있지 않아. 연적은 박살낼 뿐."

박살내면 곤란한데. 그렇게 생각했지만, 록시가 보기에 이 두 사람이 말을 들어줄 것 같지 않았다.

"후후후."

"후하하."

"아하하하하! 아하하하! 아하하콜록콜록."

"후하하하하! 후하하하! 후하… 괜찮아?"

록시의 이해가 쫓아가지 못하는 채로 이야기는 마구 진전되었다.

★　　★　　★

이 세계의 상식 중 하나인데, 세계의 바다는 해족이 지배하여
서 지상에 사는 인간들은 그 통행이 제한된다. 이건 라플라스
전쟁의 전후처리 중에 일어난 다툼과 관계가 있지만, 그건 넘어
가자.

마왕 바구라하구라는 해족의 왕과 개인적인 교우가 있다.

교우가 있다고 해족 전체가 정한 규율을 깰 수는 없지만, 그
건 그거.

개인적인 친구만 몰래 보내 주는 건 묵인되는 모양이다.

마왕 바디가디와 마왕 바구라하구라는 전부터 알던 사이다.
그 연줄을 이용하면 천대륙을 경유하지 않고 중앙대륙으로 넘
어가는 건 일도 아니라는 이야기였다.

하지만 여기서 록시를 포함한 세 사람이 바다를 건너가면 미
리시온에 보고가 늦어지게 된다. 누군가는 미리시온으로 가야
만 한다. 그리고 마대륙은 혼자서 통과할 수 없다.

안전한 중앙대륙이라면 몰라도, 마대륙은 위험한 마물이 많
다.

예를 들어서 록시는 우수한 마술사다.

판단도 빠르고 주문도 빨리 외운다. 전투만이라면 록시 혼자

서 헤쳐나갈 수 있을지도 모른다.

하지만 밤에는 잠을 자야만 하고, 집단으로 공격해 오는 적을 상대로 허를 찔릴 가능성은 있다. 최소한 두 명은 필요하다.

"저는 싫네요. 파울로랑은 얼굴도 보고 싶지 않아요."

"나도 그래."

"알겠습니다. 그럼 제가 가지요."

두 사람이 그렇게 우기는 바람에, 일단 록시는 미리시온으로 가기로 했다.

록시로서는 루데우스의 얼굴을 보고 싶었지만, 어쩔 수 없었다.

그리고 또 한 명. 두 사람은 머리를 맞대고 의논하다가, 곧 탈핸드가 꺾였다.

"흐음, 그럼 나인가. 본심을 말하자면 배는 타고 싶지 않고…."

"미안하네요, 탈핸드."

어깨를 늘어뜨리는 탈핸드.

딱히 미시리온까지만 가면 편지라도 보내면 된다고 생각한 록시였지만, 두 사람에게는 두 사람의 생각이 있으니 깊이 생각하지 않기로 했다.

그녀에게는 파울로를 만나고 싶지 않다는 이유 따윈 없으니까.


그렇게 록시 일행은 둘로 나뉘게 되었다.

록시와 탈핸드는 온 길을 따라서 미리시온으로. 엘리나리제는 마계대제 키시리카 키시리스, 마왕 바디가디와 함께 중앙대륙 북부로.

배가 떠날 때까지 다소 시간이 있었지만, 록시는 먼저 출발하기로 했다.

"엘리나리제 씨, 여태까지 고마웠습니다."

"이쪽이 할 말이에요, 록시."

엘리나리제와 굳은 악수를 나누는 록시.

"록시, 좋은 남자를 찾거든 놓치면 안 돼요. 위와 아래를 다 써서 꽉 붙들어야만 해요."

"또 그 이야기입니까?"

"됐으니까 들어요. 정말로 좋아하는 상대한테는 세게 나가요. 사랑 따윈 그 다음에 천천히 키워도 되니까요."

엘리나리제의 말에 탈핸드가 한숨을 내쉬었다.

"자네, 그거 제니스한테도 말했나?"

"그래요. 그래서 제니스는 파울로를 손에 넣었잖아요. 제 교육은 완벽해요."

그 말에 록시는 그런 거구나 싶었다.

록시에게 파울로와 제니스는 이상적인 부부였다.

엘리나리제의 조언으로 그렇게 된 거라면 들을 가치는 있겠지.

"알겠습니다, 엘리나리제 씨. 세게 나가겠습니다."

손을 놓았다. 록시는 키가 작기 때문에 엘리나리제를 올려다 보는 형태가 되었다.

"루디에게는 제가 잘 부탁한다고 전해 주세요."

"물론이지요. 록시가 밤중에 애절하게 부스럭대던 걸 가르쳐 줄게요."

"아니, 어떻게 아는 겁니까. 그런 건 그만 두세요. 딱히 루디를 생각해서 그런 게 아니고."

"예이예이."

그때 록시는 문득 생각했다.

혹시 루데우스와 엘리나리제가 만나면 그대로 같은 침대에 들어가는 게 아닐까 하고.

지금부터 북부를 찾으면 1년 정도 안에 엘리나리제는 루데우스를 발견하겠지.

그로부터 10년 가까운 세월이 흘렀다. 루데우스는 이미 열세 살인가 열네 살 정도일 터이다. 그 정도라면 엘리나리제의 눈에 들어도 이상하지 않다.

그건 조금 싫었다.

"뭔가요? 갑자기 말이 없고?"

"아뇨, 저기, 역시 루디가 좋은 남자가 되었거든 손을 댈 건가요?"

태연함을 가장하며 물어보았더니, 엘리나리제는 흥 소리를 내었다.

"저는 파울로의 며느리가 될 생각은 추호도 없어요."

정말로 싫은 모양이다.

록시는 안도하면서 대답했다.

"그런가요. 그럼 슬슬 출발하겠습니다."

"잘 가요, 록시. 건강하고."

"예, 엘리나리제 씨도."

엘리나리제는 슬쩍 탈핸드를 보았다.

벌레를 내려다보는 눈으로 자기보다 키가 작은 드워프를 내려다보았다.

"탈핸드는 어디서 객사해 버려."

탈핸드는 내심 불쾌한 얼굴을 하면서 침을 내뱉었다.

"그 말, 그대로 똑같이 돌려주지."

록시는 그걸 보고 '이 두 사람은 그럭저럭 사이가 좋았구나.'라고 재확인했다.


그리고 엘리나리제는 배에 올랐다.

아주 옛날부터 존재하는 해족의 배. 바다의 마족이 끄는 배는 인간의 그것과 비교하면 다소 초라해 보이지만, 인간의 그것보다도 빠르고 안전성이 높았다.

엘리나리제는 바디가디와 함께 배 위로 올라갔다.

그러자 뒤에서 키시리카의 웃음소리가 울려 퍼졌다.

"아하하하! 그럼 또 보자, 바디! 만나고 싶어지면 언제든지 마대륙으로 돌아와라!"

"음, 내 약혼녀도 건강하고! 언젠가 또 만나자! 후하하하!"

"다음은 몇 십 년 뒤가 될지 모르지만! 아하하하!"

마계대제 키시리카 키시리스는 배에 타지 않았다.

엘리나리제는 그 사실에 고개를 갸웃거렸다.

"어머? 저 분은 타지 않는 건가요?"

"음, 키시리카는 마대륙에서 나올 수 없어!"

"그래요, 저주인가요?"

"비슷한 거지."

마계대제 키시리카는 마대륙에서 나올 수 없다.

그렇게 오늘도 마대륙을 방황한다.

록시는 그걸 추호도 모른 채 키시리카는 함께 배를 타고 루데우스를 만나러 갔을 거라고 생각했다.

엘리나리제는 그럴 줄 알았으면 키시리카가 록시와 함께 가는 게 좋았을걸 싶었다.

마대륙은 위험이 많다.

탈핸드가 함께라면 만일의 일도 없겠지만, 한 명 더 있는 것만으로 안전성이 오른다.

그것이 마계대제라면 안전이 확보된 거나 마찬가지다.

하지만 직후에 그 생각을 지웠다.

저런 게 들러붙으면 록시가 가엾겠다고.

록시 미굴디아의 여행은 계속된다.

번외편

# 결코 변하지
않는 것

사나키아 왕국에는 커다란 논이 펼쳐졌다.

그 논을 가르듯이 난 한 줄기 가도에는 느릿느릿 이동하는 마차의 모습이 있었다.

마차는 병사 몇 명의 호위를 받고 있었지만 험악한 분위기는 없었다. 병사들도 휴가처럼 긴장 없는 얼굴을 하면서 걷고 있었다. 그것만 봐도 마차 안에 요인이 탄 게 아니라는 걸 알 수 있겠지.

게다가 돈 나가는 것을 가지고 있는 기색도 없으면서 호위만 많은 이 마차를 습격하는 사람이 있을 리가 없다.

실제로 마차에 요인은 없었다.

마차에 탄 것은 여자 세 명이었다.

그 중 한 명은 시론 왕국의 기사 진저 요크였다.

그녀는 마차의 출구 근처에 앉아서 나머지 두 여자의 대화를 듣고 있었다.

"개주인 오빠, 멋졌어."

기운 차게 떠드는 것은 헐렁헐렁한 메이드복을 입은 소녀 아이샤였다.

"역시 결혼할 거면 그런 상대야. 그렇지, 엄마?"

"음, 그렇지요."

상대하는 것은 역시나 메이드복의 여성.

아이샤가 그대로 성장해서 안경을 쓴 듯한 그녀의 이름은 리랴.

그녀를 본 사람은 그 안경 안쪽에 있는 차가운 눈빛을 보고 쿨하고 싸늘한 여성이라는 인상을 받는다……지만, 현재는 시선이 여기저기를 떠돌았다.

"날 구해줬을 때도 멋졌거든? 손가락을 이렇게 휙 하기만 해도 지면에 구멍이 나고 뿅 하고 위로 날아가고……. 그것도 마술일까? 무영창으로 뭐든지 할 수 있다니 대단해. 마치 옛날이야기에 나오는 마법 같아."

"그래요, 무영창 마술은…… 대단한 것이지요."

아이샤는 아까부터 '개주인 오빠'를 엄청나게 칭찬했다.

반대로 리랴는 다소 당혹스러운 기색이었다.

아무래도 딸은 '개주인'의 정체가 자기 오빠인 루데우스라고 알아차리지 못했던 모양이다.

출발할 때 오빠라고 말했으니까 분명 알아차린 거라고 생각했는데, 아무래도 '연상의 남성'이라는 의미로 '오빠'였던 모양이다.

"그래서 나도 그런 건 처음이었으니까 무서워서 오줌을 쌌는데, 개주인 오빠가 상대면 창피하지 않았어. 이 사람이라면 봐도 된다는 생각에… 혹시 이게 사랑인가?"

기도하듯이 손을 모으고 눈을 반짝거리는 아이샤.

리랴는 그런 아이샤를 보고 고민하였다.

지금 이 타이밍에 개주인이 루데우스라고 말해야 할지 말아야 할지.

얼마 전까지 아이샤는 루데우스를 싫어했다.

루데우스는 이렇게 훌륭한 사람이라고 말하는 리랴에게 반발해서 그럴 리가 없다고 혐오감을 드러내며 고개를 돌리는 게 아이샤였다.

물론 리랴의 방식에도 문제가 있었다. 리랴는 아이샤가 루데우스를 모시게 하려는 마음에 그의 좋은 점이나 대단한 점만 말하였다.

우수한 아이샤는 루데우스가 흠 없이 완벽한 인간이라는 말을 들으면 그럴 리가 없다고 곧바로 알아차렸다. 그리고 어머니가 숨긴 루데우스의 단점을 찾아내서 마음속으로 그것을 클로즈업했다.

사람은 남에게 듣는 것보다 자기가 발견하고 깨달은 것을 중요하게 여긴다.

혹시 몇 년 뒤의 아이샤라면 자기가 깨달든 남에게 들은 것이든 그 정보의 신빙성은 동등하다고 깨닫겠지만, 그녀는 아직 어렸다.

어머니의 말은 거짓말이고, 루데우스는 되어먹지 않은 인간이라고 생각하게 되었다.

그 점에서 리랴는 반성했다. 다른 식의 말도 있었을 텐데 오빠를 우상처럼 강요하는 말을 하였다.

물론 리랴가 아무리 반성하더라도 일단 굳어진 인상이란 좀처럼 되돌릴 수 없다.

시론 왕국에 머무는 중에 리랴는 아이샤의 인식을 수정하는 걸 반쯤 체념했다.

하지만 무슨 운명의 장난인지, 지금 아이샤는 '개주인 오빠'를 침이 마르게 칭찬했다.

리랴는 생각했다.

그렇게 칭찬하는 개주인의 정체가 루데우스라는 걸 밝히면 아이샤가 오빠를 싫어하는 것도 고쳐지지 않을까?

그리고 자신의 희망대로 아이샤는 루데우스를 따라주지 않을까?

그런 식으로 생각하는 반면 루데우스가 자기 정체를 숨긴 것을 우려했다.

그는 마지막까지 정체를 숨겼다.

왜 그런 짓을 했는지 모르겠다.

하지만 아이샤는 거짓말이나 숨기는 걸 싫어한다.

똑똑한 아이니까 어른이 적당히 둘러대는 걸 꿰뚫어보고 규탄한다.

지금에 와서 '사실 개주인의 정체는 루데우스였습니다'라고 밝히면, 아이샤가 한층 더 루데우스를 싫어하게 될 가능성이 있다.

루데우스가 마지막까지 정체를 밝히지 않았던 것은 마음에 켕기는 점이 있기 때문에다, 역시 오빠는 변태다, 거짓말을 하면서까지 내 팬티를 빨고 싶어 했다, 그렇게 곡해할지도 모른다.

리랴로서는 그걸 피하고 싶었다.

"저기, 엄마, 오빠가 혹시 죽었으면 개주인 씨를 모시고 싶어
～."

"……."

평소에 아이샤가 그런 말을 하면 리랴는 불길한 소리 말하고
아이샤의 머리를 때린다.

하지만 지금은 아무것도 할 수 없이 그저 식은땀을 흘리면서
쓴웃음을 지을 뿐이었다.

개주인이 루데우스라는 것을 전해야 하나 말아야 하나.

잘만 전하면 아이샤는 오빠를 좋아해 준다.

실패하면 아이샤는 한층 오빠를 싫어하게 된다.

후자는 허용할 수 없지만, 이 영리한 딸을 유도할 수 있을 만
큼 리랴는 자기 말재주에 자신을 갖지 않았다.

어떻게 해야 할까. 그걸 모르는 채로 아이샤의 이야기만 계속
되었다.

"개주인 씨를 모시는 나는 개주인 씨를 위해 열심히 일하는
거야. 하지만 개주인 씨를 경계하지 않는 나는 옷을 갈아입을
때도 무방비해서 어느 날 불끈거린 개주인 씨가 날 쓰러뜨리고
손을 대는 거지. 그 날부터 시작되는 음란한 매일… 내 몸만 원
하는 거라고 체념했지만, 어느 날 개주인 씨가 '네 마음도 원해'
라면서 청혼하고… 꺄악."

"……."

고민하는 리랴와는 달리 아이샤는 속으로 웃고 있었다.

개주인이 오빠라는 것, 오빠가 변태가 아니라는 것, 완벽하지 않지만 어머니의 말처럼 우수하다는 것….

그런 건 이미 다 꿰뚫어보았다.

그러면서 어머니를 놀리고 있었다.

솔직히 아이샤는 어렸을 적부터 저걸 해라, 이걸 해라, 라면서 아이샤를 계속 속박한 어머니를 별로 좋아하지 않았다.

이유를 물어도 일단 하라는 말만 돌아오는 매일.

얼굴도 본 적 없는 오빠를 모시기 위한 것일 뿐인 훈련…. 염증이 드는 것도 당연했다.

하지만 그것도 실제로 오빠를 보기 전까지의 일이었다.

무영창으로 마술을 쓰고 재치로 포위를 탈출하는 판단력, 혼자서 시론 왕성을 찾아가서 어머니를 구해내는 담력, 처음 만난 소녀가 오줌을 싸도 싫은 내색 하지 않는 다정함, 그것들은 아이샤의 안에서 '멋지다는 건 바로 이것'이라는 캐치프레이즈가 휘날릴 정도였다.

그런 우수한 오빠에게 힘이 되고 싶으면 어지간한 것은 다 해낼 수 있어야겠지.

그렇게 납득할 수 있었고, 지금은 오히려 감사하기까지 했다.

어렸을 적부터의 훈련이 없었으면 자신은 그 오빠를 모시는 것에 꽁무니를 뺏겠지.

"아아, 오빠, 안 죽을까. 그러면 개주인 씨에게 바로 달려가겠는데."

"루, 루데우스 님이 죽지 않았으면 잘 섬겨야 해요?"

"물론이야~, 알고 있어~."

하지만, 그건 그렇다고 하고.

허둥대는 어머니를 보는 건 아이샤에게도 첫 경험이었다.

"아, 하지만 1년 정도면 되겠지? 그 다음에는 계속 개주인 씨한테 있고 싶어."

"그, 그건 안 되는…. 으음…."

꽤나 즐거운 이 상황을 그녀는 한동안 더 즐기기로 했다.

리랴라는 여자는 아슬라 왕국의 촌구석에서 태어났다.

도나티령에 있는 그리 크지 않은 도시의 수신류 도장의 외동딸이었다.

성姓은 없었다.

아슬라 왕국에서 평민에게는 성이 없다.

리랴는 그냥 리랴로 태어나서 도장집 딸로 어렸을 적부터 검을 쥐고 쑥쑥 자랐다.

리랴는 부모를 닮아서 말주변이 서툴렀다.

어렸을 적부터 말수가 적고 쿨한 행동거지에 눈에 띄는 소녀였다.

별로 귀엽진 않았겠지.

다만 열심히 노력하는 성격이었기 때문에 주위에게는 사랑받았다.

누구의 눈으로 봐도 검술 재능이 없다는 게 분명한데도 불구하고 열심히 검을 휘두르는 리랴의 모습은 다른 문하생들의 눈에 아주 사랑스럽게 비쳤다.

문하생들은 리랴를 여동생처럼, 혹은 마스코트처럼 귀여워했고 리랴도 그들을 오빠처럼 따랐다.

누구의 눈으로 봐도 평화로운 시골도장의 풍경이었다.


문하생의 눈이 변하기 시작한 것은 리랴가 열세 살 때 무렵이었을까.

2차 성징기를 맞은 리랴의 몸은 급속하게 여자다워졌다.

문하생들은 함께 목욕하는 걸 사양하게 되고, 단둘이 이야기하는 것을 피하게 되고, 그렇다고 리랴를 따돌리는 건 아니라 때때로 뜨거운 시선을 보내게 되었다.

리랴도 담담히 느끼고 있었다.

그녀는 사춘기지만 현실적인 아이였다.

자신에게는 오빠도 동생도 없다. 어머니는 리랴를 낳은 뒤에 건강을 해쳤다.

도장의 후계자가 없어서 아버지는 고민했고 어머니는 미안해했다.

고로 리랴는 자기가 혹시 문하생 중 누군가와 결혼하고 그 문하생이 도장을 이을 거라고 생각했다. 문하생들은 다들 오빠나 동생 같아서 딱히 떠오르는 사람은 없었지만, 그들이 서로를 견제하는 걸 보면 막연하게도 상상이 갔다.

사춘기의 여검사와 그걸 불안하게 지켜보는 문하생들.

도장 안에서는 도장주인 아버지가 딸의 결혼상대로 누굴 고를까…, 다음 도장주로 누굴 고를까 하는 화제가 계속되고, 다음 도장주가 되고 싶은 자나 단순히 리랴를 좋아해서 결혼하고 싶은 자가 물밑에서 다툼을 벌이기 시작했다.

그대로 아무 일도 없이 시간이 지났으면 결국 누군가가 뭔가 결단하고 리랴가 상상한 결말이 기다리고 있었겠지.

도장에 파울로가 굴러들어온 것은 그 시기였다.


돈도 없고 살 곳도 없는 파울로를 리랴의 아버지는 쾌히 맞아주었다.

활발하고 명랑한 성격의 파울로는 순식간에 주위의 인기를 얻었다.

또한 그는 검술 재능도 탁월했다.

애초부터 검신류 검술을 배웠던 탓도 있었겠지만, 리랴가 십 년 들여 배운 것을 순식간에 흡수하고 따라잡고 추월하여, 순식간에 도장주인 리랴의 아버지마저 상대해낼 수 없을 정도의 실력이 되었다.

검술 재능이 있고 문하생들에게도 인기가 있었다.

그러면서 파울로가 리랴의 짝이 되는 흐름이 생겼다.

리랴는 당혹스러워하면서도 갑자기 튀어나온 전개에 마음이 뛰었다.

파울로는 여태까지 리랴가 보아온 그 어떤 사람과도 다르게 보였기 때문이다.

자유분방하고 검술에 대한 유연한 발상, 가문이나 후계자 자리에 집착하지 않는다. 그런 자유로운 삶은 리랴의 눈에 눈부시게 보였다.

하지만 파울로는 너무나도 달랐다.

검술에 대한 생각도, 집안이나 후계자에 대한 생각도… 그리고 '여자'에 대한 생각도.

사고방식의 차이는 여태까지 파울로를 좋게 받아들였던 문하생들과의 사이에서 확집을 낳았다.

문하생들도 느닷없이 굴러들어온 파울로에게 도장주 자리를 빼앗기는 것을 좋게 생각하지 않았다. 그래도 이 녀석이라면 어쩔 수 없다고 생각할 정도로 파울로를 인정했다. 하지만 자신들이 소중히 여기고 손에 넣으려고 겨루던 것을 무가치하다고 단정해 버렸다면 이야기는 달랐다.

그들은 파울로를 배제하기로 결심했다.

대련 도중에 집중적으로 공격하거나 뒤에서 걷어차거나 도복에 일부러 물을 끼얹거나….

리랴는 그런 파울로를 감싸고 문하생들을 질타했다. 하지만 문하생들이 그걸 좋게 생각할 리도 없어서 더욱 심해질 뿐이었다.

혹시 파울로가 평범한 소년이었다면 거기서 끝났겠지.

문하생들에게 꾸벅거리며 길을 양보하든가, 쫓겨나듯이 도장을 떠나든가….

하지만 파울로는 악동이었다.

도장에 있기 거북스러워진 그는 폭거에 나섰다.

어느 날 밤 리랴의 침소에 들이닥쳐서 그 순결을 빼앗았다.

리랴는 물론 저항했지만 손 쓸 수도 없었다.

일이 끝난 뒤에 리랴는 멍한 상태였다.

자기 몸에 무슨 일이 일어났는지 알 수 없었다. 어제까지 밝게 이야기했던 파울로가 그런 짓을 할 거라곤 생각도 않았기 때문이다.

그녀의 어머니가 아무리 있어도 일어나지 않는 딸을 살피러 왔다가 비명을 질렀을 때, 파울로는 이미 그 도시를 떠난 뒤였다.

그 뒤로 리랴는 한동안 남성 불신에 빠졌다.

문하생들의 시선에 공포를 느끼게 되었고, 신체적인 접촉은 노골적으로 피하게 되었다.

열다섯 살에 성인이 된 뒤에도 그건 변하지 않았다.

리랴의 아버지는 대대로 물려받은 도장을 존속시킬 의무가 있었다.

자신에게는 아들이 없고, 리랴의 어머니도 리랴를 낳은 뒤로 몸을 해쳤다.

리랴와 문하생 중 누군가를 결혼시켜서 존속시켜야만 한다.

하지만 아버지는 아버지였다. 리랴가 그렇게 마음에 깊은 상처를 입었는데 억지로 남자와 맺어주는 짓은 부모로서 할 수 없었다.

고로 자기 연줄을 써서 리랴를 아슬라 왕가의 '근위시녀'로 추천하기로 하였다.


그렇게 근위시녀가 된 리랴는 일하던 도중에 어느 틈에 남성 불신을 극복하고 왕녀를 지키다가 부상을 입었다. 본가로 돌아갈 수도 없어 피트아령으로 가서 어떤 운명인지 파울로 밑에서 일하고 안겨서 아이를 얻고 아내가 되었다.


솔직히 말해서 당시의 리랴는 자기가 행복한지 알 수 없었다.

첩 같은 입장이고, 파울로는 아마도 자신보다 제니스를 더 사랑했다.

제니스를 친구로서 좋아했지만, 켕기고 미안한 듯한 복잡한 마음도 있었다.

두 사람은 자신을 받아들여 주었지만, 불안정하고 불안한 나날이 계속되었다.

마음 둘 곳이라고는 자신을 도와준 루데우스였다.

딸에게 그를 모시게 하려는 것은 자기 마음을 완전히 이해할 수 없는 리랴에게 가장 확실한 것이었고, 그 뒤의 행동에 지침이 되었다.

한편 자신은 딸을 사랑하지 않는 게 아닐까 하는 마음도 있었다.

아버지는 자신을 생각해 도장의 존속과 다른 길을 만들어 주었다.

그런데 자신은 딸을, 아이샤의 마음을 고려하지 않고 자기 마음의 안녕에 이용할 뿐인 게 아닐까? 하는 생각.

그 생각은 아이샤가 보통 아이보다 우수하다는 걸 알면 알수록 커졌다.

불안했다.


그게 바뀌게 된 계기는 기이하게도 전이사건이었다.

리랴는 아이샤와 함께 시론 왕국으로 전이했다.

리랴는 물론 무슨 일이 일어났는지 알 수 없었다.

갑자기 정신을 잃었나 싶었더니, 정신을 차렸을 때에는 꽤나 고급스러운 방에 있고 이런저런 사이에 병사들에게 포위되었다.

적의와 살의가 넘치는 병사들을 앞둔 리랴의 뇌리는 새하얗게 되었다. 아무것도 이해할 수 없는 채로 순간 떠오른 것은 딸을 지켜야 한다는 생각이었다.

리랴는 아이샤를 자기 등 뒤에 놓고 근처에 있던 촛대를 움켜쥐고 싸웠다.

하지만 오랫동안 실전에서 떠나 있던 리랴의 몸은 생각만큼 움직이지 않았고 옛날에 입은 다리 부상이 움직임을 더욱 둔하게 만들었다.

제대로 저항도 못 하고 붙잡혔고, 아이샤는 병사들의 손에 리랴의 뒤에서 끌려나왔다.

"부탁드립니다! 그 아이만큼은! 딸만큼은 살려주세요! 저는 어떻게 되어도 괜찮습니다! 그러니까 딸만큼은!"

꼴사납게 울면서 소리친 것은 순간적인 일이었고 무의식이었고 본심이었다.

본심이었다.


그 뒤에 두 사람은 억류되었다.

성에 연금되어 외부와의 통신이 단절되고 메이드로서 일할 것을 강요당했다.

하지만 리랴의 마음은 이전보다 맑아졌다.

그녀는 순간적으로 나온 말이 아이샤를 구하려는 것이었다는 사실에 만족했다.

이미 아이샤를 향한 마음에 불안은 없었다.

이미 루데우스를 모시게 하겠다는 것에 아무런 의문도 품지 않았다.

자신의 행동이 이기적인 욕구에서만 나온 것이 아니라고 확신했기 때문이다.

　파울로의 핏줄인 탓인지 자유롭고 분망한 성격을 가진 아이샤는 구속되는 것을 싫어해서 리랴를 고생시켰다.

　똑똑한 그녀는 루데우스를 모시는 의미를 이해할 수 없어서 의미 모를 목적에 대해 노력하기를 싫어했다.

　하지만 리랴는 포기하지 않았다. 부모로서 반쯤 억지로라도 자기가 아는 모든 지식을 가르쳤다.

　언젠가 아이샤도 알아줄 거다.

　루데우스가 그 날과 다름없는 한 그녀도 분명 알아준다.

　그렇게 생각하면서….

　"개주인 오빠…. 아아, 떠올리면 황홀해져. 나를 안은 그 다부진 팔, 늠름한 얼굴, 허둥대는 태도…."

　그리고 아이샤는 알아주었다.

　실제로 루데우스를 보고 리랴의 행동의 의미를 이해했다.

　최근 그녀의 행동을 보고 그렇게 생각했는데 뭔가 달랐다.

　생각과 달리 전해졌다.

　"아이샤."

하지만 리랴의 마음은 변하지 않았다.

그녀는 흔들리는 마차 안에서 천천히 일어섰다.

장난스러운 미소를 지으면서 즐겁게 이야기를 계속하던 아이샤는 어머니의 움직임에 움찔 몸을 떨었다.

리랴는 아이샤가 못된 언동을 하면 주먹으로 머리를 때리는 습관이 있었다.

물론 아이샤는 똑똑하다. 어느 정도는 자기가 맞을 상황을 예측하였다. 일부러 못된 말을 해서 얻어맞고 혀를 날름 내밀면서 미안하다고 하는 것까지가 그녀의 장난이다.

하지만 이번에는 왜 어머니가 화를 내는지 알 수 없었다.

어머니가 모시라고 말한 오빠를 아이샤 나름대로 칭찬하였다.

말을 잘못한 걸까. 아니면 개주인은 사실 오빠가 아니었던 걸까.

그런 불안이 순간 아이샤의 머리를 스치고, 리랴의 손이 아이샤의 머리로 다가왔다.

"……?"

아이샤가 몸을 굳힌 순간, 아이샤가 머리로 느낀 것은 부드러운 감촉이었다.

리랴가 아이샤의 머리를 쓰다듬었다.

그녀가 아이샤를 쓰다듬는 일은 사실 드물었다.

우수한 아이샤는 해내는 게 당연한 경우가 많기 때문에, 아무래도 칭찬할 일이 줄어든 것이다.

"엄마?"

딸의 목소리에 리랴는 자기 얼굴을 보여주는 게 왠지 부끄러워졌다.

쓰다듬던 손을 아이샤의 등에 두르고 그 작은 몸을 끌어안았다.

"아이샤…. 개주인 씨라도 루데우스 님이라도 괜찮아요."

루데우스는 지금 아이샤를 데려갈 수 없다고 거절했다.

하지만 그건 어디까지나 지금은 안 된다는 이야기다.

몇 년 뒤, 분명히 루데우스와 재회할 날이 오겠지.

"그때가 오면 열심히 모시세요."

리랴는 그렇게 말하는 동시에 그때까지 아이샤를 훌륭하게 키우겠다고 맹세하였다.

그것은 결코 루데우스를 위해서가 아니었다. 리랴 자신을 위한 것도 아니었다.

리랴는 자기 생각에 이기적인 것도 섞여 있음을 자각하면서도 아이샤가 훌륭히 자라 주기를 진심으로 빌었다.

"아하하, 역시 들켰…나…?"

아이샤는 자기 머리에 닿은 부드러운 감촉에 머쓱한 감정을 느끼며 웃음을 띠었다.

"무, 물론 알거든? 개주인이 오빠라고… 그래서 엄마를 조금, 놀려 봤을 뿐이지…."

아이샤는 이리저리 변명하면서 문득 생각했다.

그러고 보면 어머니에게 이렇게 안겨본 적이 없었을지도 모른다고.

그렇게 생각했을 때 어디에선가 모르게 기쁨이 솟아났다.

일찍이 없었던 감정에 아이샤는 왜인지 자기 눈에서 눈물이 흘러내리는 걸 느꼈다.

기뻐서 우는 건 어린 아이샤에게 첫 경험이었다.

멈추지 않고 흘러나오는 눈물이 허둥거리면서도, 그래도 멈출 생각은 들지 않아서 그저 어머니의 등을 만지고, 그저 어머니의 어깨를 더럽혔다.

"……."

두 사람을 지켜보던 진저는 눈을 돌렸다.

그녀의 시선 끝에는 바람에 흔들리는 논이 한없이 계속되고 있었다.

**6권 끝**

**무직전생** ~ 이세계에 갔으면 최선을 다한다 ~ **6**

2016년 3월 7일 초판 발행
2024년 4월 10일 8쇄 발행

| | |
|---|---|
| 저자 | 리후진 나 마고노테 |
| 일러스트 | 시로타카 |
| 옮긴이 | 한신남 |

| | |
|---|---|
| 발행인 | 정동훈 |
| 편집인 | 여영아 |
| 편집 팀장 | 황정아 김은실 |
| 편집 | 노혜림 |

| | |
|---|---|
| 발행처 | (주)학산문화사 |
| 등록 | 1995년 7월 1일 |
| 등록번호 | 제3-632호 |
| 주소 | 서울특별시 동작구 상도로 282 학산빌딩 |
| 편집부 | 02-828-8838 |
| 영업부 | 02-828-8986 |

ISBN 979-11-256-5309-7 04830
ISBN 979-11-256-0603-1 (세트)

값 8,800원